# 上智英文90年

## SOPHIA ENGLIT 90

英文科同窓会
上智大学 文学部英文学科同窓会


高柳俊一＋巽 孝之──【監修】
上智大学文学部英文学科同窓会──【編】



彩流社

はじめに

# そこは何処にもない国

巽 孝之

二〇一三年、上智大学は創立百周年を祝いました。

そして二〇一八年は——一九二〇年に前年の大学令発布に伴い法的に大学として認可されたのち——一九二八年に上智大学文学部文学科が設けられてから九〇周年を迎えます。

世に歴史を誇る大学は少なくありません。

我が国においても、設立百周年というのは決して長い方ではないでしょう。

しかし二年前、たまたまイタリアの国際会議へ飛び、認識を新たにしたのは、古くはダンテやガリレオ、コペルニクスから現代ではウンベルト・エーコに至るまで、諸学諸芸術を横断するそうそうたる才能が輩出してきたイタリアのボローニャ大学が、一〇八八年の創設以来千年に迫る歴史をもつ、ローマ教皇庁お墨付きの世界最古の総合大学であり、にもかかわらずルネッサンスの折にはすでに、能力次第で女子学生の入学も許可していたという先覚者的性格です。一六世紀に来日した聖フランシスコ・ザビエルを祖の一人とするイエズス会が長く経営してきた上智大学にも、その学際的にして先取的な精神は受け継がれました。それは日本の首都の中心に位置しながらも、内部には日本を超えた時空間が拓けており、まさにそうした何処にもない時空間だからこそ学問の自由が保証され、先端的な知性が研磨されてきたことを意味します。

現在ではイエズス会に属する学匠司祭の教授陣がどんどん減少しているとも聞きますが、わたしが学んだ一九七〇年代から八〇年代にかけての四谷キャンパスには、ＳＪハウスを中心に日本国内でありながら一切の国境を超越したかのような雰囲気が広がっており、それが広く上智独自の国際性として喧伝され、高度成長期における海外雄飛を促進しました。

そしてじっさい、高度成長期は英文学科の急成長期とも重なっています。

英文学科の土台はドイツ系の英文学者ニコラス・ロゲン先生、比較文学者ヨゼフ・ロゲンドルフ先生によって築かれましたが、戦後は英米のイエズス会から派遣された英文学者ピーター・ミルワード先生や米文学者フランシス・マシー先生、比較文学者ウィリアム・カリー先生を得て、ますます国際色豊かになりました。さらに、日本人教授陣のほうも、すでに六〇年代から日本におけるアメリカ文学研究の大御所であった刈田元司先生や佐多真徳先生、イギリス文学では高柳俊一先生、別宮貞徳先生、生地竹郎先生、安西徹雄先生、中野記偉先生、英語学では渡部昇一先生、金口儀明先生と、学界でも重鎮たる第一線の学者研究者が綺羅星のごとく教鞭を執り、そして第一級の学術論文を日々執筆して著書を刊行しておられたのです。たしかに大学そのものの偏差値も上昇していた時代かもしれませんが、それと同時に、教授陣の学究活動が充実し、しかもその成果を惜しげもなく学生たちに分け与えてくださったからこそ、文字どおりの黄金時代を迎えていたのでしょう。

*

そんな英文学科を愛してやまない卒業生たちが集って同窓会を作ると聞いたのは上智大学百周年の年のことです。この節目に、ソフィア会が各学部、各学科の同窓会を充実させるべし、という方針を打ち出したのを承け、すでに現在の平野由紀子副会長を中心に計画が進み、わたしが知った時には、とうに一切のお膳立てが整っていました。会長に指名されたのは、おそらく父の巽豊彦が英文学科に長く勤務して上智短期大学設立にも関わったこと、わたし自身も学部から大学院博士課程までお世話になったことが影響しているかもしれませんが、詳細はよくわかりません。ともあれ、同窓会役員会の面々が上智愛にあふれていたことに、深く感銘を受けたのです。

かくして英文学科同窓会は二〇一四年に発足し、渡部先生やミルワード先生、中野先生の講演会を毎年のように催しながら、集まった先生方をはじめ先輩たちや後輩たち、それにもちろん同級生たちと、親睦を深めて参りました。

＊

もちろん、英文学科の卒業生はみんながみんな教育者や学者研究者になるわけではありません。同窓会ではよく「学生時代にもっと勉強しておけばよかった」と仰る方がおられますが、わたしはまったく逆に、学生時代にどんなに勉強したとしても「限り」がある、と思っています。それは、読書の分量の問題ではない。とくに英文学の世界では、二〇歳やそこらの時代に読んだ本が、二〇年後、三〇年後に読み直してみたとき、これが同じ本なのかと思うぐらいに印象がちがっていること、理解が自然と深まっていることがあります。文学作品というのは人生経験を積んで読み直せば読み直すたびに発見があるものです。

同窓会というのも、それと同じではないでしょうか。かつての友人たちと旧交をあたためるとき、学生時代には知らなかった先生たち、友人たち、先輩たち、後輩たちそれぞれの、あるいは上智大学英文学科そのものの新しい面を発見するかもしれないのです。

ここに同窓会が総力を結集して九〇年の歴史を走査し、加藤めぐみ編集長のもと可能な限り多角的に編纂した本書が、そんな母校再発見のきっかけになれば、これ以上うれしいことはありません。

目次

## 第Ⅴ部　追悼

# 第Ⅰ部　英文90年に寄せて

# 上智英文学科90周年を祝します

上智学院理事長　佐久間 勤

九〇年の輝かしい歴史を積み重ねてこられたことをお祝いすると共に、諸先哲をはじめ研究・教育・社会貢献に尽力されてこられた全ての皆様に敬意を表します。

発足当時ドイツ語・文学を特徴として掲げていた上智大学に英文学・英語学のコースを設置して欲しいとの要望が学内外に強くあり（『上智大学資料集　第二集』一五一～一五二頁参照）、一九二八年に大学令に基づく大学へと上智大学が昇格したときにその願いは実現しています。しかし、直前の関東大震災による被害、大学昇格の条件の一つとされた供託金拠出のためにされたホフマン師の大変な苦労を思えば、船出は決して平穏ではなかったと推測されます。

英語圏と日本を結ぶ橋渡しとして発足し、歴史を重ねてこられた上智英文学科が、さらなる発展の歩みを続けられ、英米の枠を越え出て世界共通語の一つとなった英語が生み出す文化、そこに生きる人々を結ぶ貢献ができますように、期待の内に祈念いたします。

# 英文学科の開設90周年を祝して

上智学院前理事長　髙祖 敏明

上智大学の発展の柱の一つを担ってきた英文学科が、今年開設九〇周年を迎えた。誠に喜ばしく、心から祝意を表したい。開設当初の太平洋戦争前後の混乱や大学紛争の荒波などを乗り越え、ここまで育ててこられた歴代の学科長や教員各位、学科の運営を広く支えてきた職員の皆様、そして六千人を超える学科卒業生の皆様に感謝と敬意とをお捧げしたい。

英文学の講座が誕生した一九二八（昭和三）年は、七〇～八〇万円（当時）の供託金の調達に苦しんでいた本学が、外国のカトリック団体からの支援やレンガ募金などによる厚志を得て、ようやく大学令に基づく大学に昇格した年である。文学部（哲学科と文学科）、商学部（商学科）を擁して新たに発足し、文学科の中に独文学と英文学の講座がおかれたのであった。その後、一九四一（昭和一六）年には英文科と独文科とがそれぞれ独立した学科となり、大戦後の新制大学への移行を経て、今日に至っている。

「卒業生の顔は大学の顔」といわれる。もう一〇年以上も前になるが、本学のマスコミ・ソフィア会がその年の「コム・ソフィア賞」を、英文学科卒業生A氏に授与した。同氏が、映画『たそがれ清兵衛』の脚本で第二六回日本アカデミー賞最優秀脚本賞に輝いたことを評価したものであった。A氏は『釣りバカ日誌』の脚本も手がけており、『男はつらいよ』シリーズでも、山田洋次監督と脚本を共同執筆している。本学での受賞記念講演の中で、「自分が脚本を書くとき頭に置いているのはシェイクスピアの演劇だ」と語ったのを聞いて、私は驚くとともに、「この人は本当にいい勉強をしたんだな」といたく感動した。

現代日本で文学というと、詩歌、小説、戯曲、評論、随筆などの純文学に限られる傾向が強い。しかし、ヨゼフ・ロゲンドルフ師やピーター・ミルワード師などの先達との食卓での会話から学んだ経験から言えば、英文学には、それらに留まらず、哲学、思想、歴史、文明批評なども含まれていると思う。それだからこそ、単に専門的知識の蘊奥を究めるのみでなく、普遍的な教養を身につけ、人間性を鍛え育てる教育研究を重視し、人間教育・人格陶冶に力を注いできた本学の柱の一つを担って来られたのではなかったか。

英文学科がこうしたよき伝統を受け継いでさらに発展を遂げ、時代をつなぎ、分野をつなぎ、世界をつないで本学のミッション「叡智が世界をつなぐ（Sophia: Bringing the World Together）」をよりよく実現して行くことを期待したい。そうして多彩な顔を持つ卒業生をこれからも世に送り出し、一〇年後には一〇〇周年を盛大に祝われんことを願うものである。

# 英文学科90周年にあたって

上智大学長　曄道 佳明

上智大学文学部英文学科同窓会の皆様、英文学科九〇周年にあたり、心からお祝いを申し上げます。また、貴会がその活動を通して会員同士の絆を深めておられることは、上智大学の発展そのものへの大きなご貢献であることは疑いもなく、このことに深く感謝の意をお伝えしたいと思います。

同窓会とは、同じ学び舎で勉学に励み、夢を語らい、社会の現実にも向き合った仲間と、卒業後も長く広く交流が続けられるという、社会において独特なコミュニティであると思います。これは、その空間と時間を共有した者のみが知る〝特別な想い〟によって支えられるものであり、同窓会の絆の深さ、人のつながりが、無機質になりがちな社会の中で格別な意味を持つことは間違いありません。特に、変化の激しい昨今の社会において、世代を超えたコミュニティが維持されることは、メンバーの帰属意識の高さをも窺わせるものであると思います。

文学は、人類社会が生み出した叡智の一端であると心得ます。社会の発展は、科学技術や経済をその尺度として語られることが多々ありますが、これとは別に、文学は、時に個人を励まし、社会に活気を与え、時に社会の暗部を浮き上がらせ、社会の本質を問い直す契機を与えてくれるという意味において、まさに社会の発展を根底から支える精神基盤のような役割を担ってきたのではないでしょうか。さらに、英文学を通して、社会の様相や人間の精神活動の解釈に挑むことは、社会構造や文化背景といった多様性を解釈することに他ならないと考えます。多くの卒業生が、教員として、企業人として、また文学活動の担い手として活躍されている現状は、本学の誇りでもあります。

本学は一〇五年に亘り発展を続け、総合大学としての社会的評価を得てきました。学部、学科の配置は、大学の教育への理念、信念を表すメッセージでもあります。文学部を据え、英文学科を配置して教育・研究活動を維持、発展させてきたことは、国際性、隣人性を人間教育の基本とする本学の建学の理念の具現化でもあります。教室では、今も皆様の後輩たちが、時を超えて学び続けています。人は変われど、九〇年間この学びの場が継続されてきました。皆様のもう一つの故郷である学科の発展に、増々のご理解とご支援をお願いしたいと存じます。

同窓会は、大学の文化であり、その活動は大学を表すもう一つの側面であると言えます。貴会が、今後も深い絆、結束の下で、より多くの交流が実現し、豊かな文化を醸成されますことを心より祈念申し上げ、お祝いの言葉とさせていただきます。

# 『上智英文90年』刊行に寄せて

上智大学文学部英文学科長　池田 真

上智大学の校歌は「うるわしのアルマ・マーテル、ソフイア」で締めくくられます。ご存知のとおり、アルマ・マーテル（Alma Mater）はラテン語で「母校」のことですが、Alma は「学校」を表わす名詞ではなく、「滋養になる、育ての」という意味の形容詞です。つまり、Alma Mater は「栄養を与え、育ててくれた母」が原義であり、そこから転じて「知的・人格的成長を促してくれた最高学府」を指すようになりました（「同窓生たち」を意味する alumni も同語源）。

この記念出版には、上智大学英文学科における九〇年の知的育成が凝縮されています。どのページにも、上智大学と英文学科および恩師の先生方に対する思いがあふれています。郷愁の念を差し引くとしても、そこには古き良き時代の大学におけるヒューマニズムの学びとヒューマニスティックな師弟愛が窺い知れます。そのようなアカデミアの遺産を個人の記憶に留めることなく、このような立派な体裁の書物で共有できるようにしてくださった同窓会の皆様に対し、敬意を表します。

現在の英文学科は、学術的ディシプリンの進展、大学を取り巻く環境の激変、時代や社会の要請に応じて、少しずつ変化をしております。カリキュラム的には、英文学、米文学、英語学といった伝統的枠組みを堅持しつつも、現代的・学際的な視点も取り込み、科目名は英語表記になっています。学生は British Studies, American Studies, Language

Studiesのいずれかのコースに属し、体系的に基礎科目、講義科目、演習科目、卒業論文を履修し、専門性を高めています。また英語教員養成にも力を入れ、ここ数年は学内で最大数の中高英語教師を教育現場に送り出しています。学科の教員構成としては、専任教員十四名中、女性教員が五名を占めています。新規教員の採用は、卒業生と他大学出身者の区別はせず、完全公募を行っています。以上の取り組みにより、かつてのようなスター教授による学問的・人格的感化ではなく、平均以上の力量を持った各教員が丁寧に指導することで、学生の知識・技能・能力の向上にあたっています。

英文学科からは毎年百名の卒業生が巣立っていきます。彼らが上智大学とのつながりを保ちたいと願う際、同窓会は貴重な情報と交流の場となります。そのような思いに卒業生を駆り立てられるかは、在学中に人生の礎となる知的滋養を与えられたかがひとつの要因となります。同窓会と学科がそれぞれの役割を果たすことで、英文学科の全卒業生が上智大学のことを「うるわしのアルマ・マーテル、ソフィア」と思い起こすことを願っております。

# 上智大学英文学科90周年を祝して

上智大学ソフィア会会長　戸川 宏一

英文学科九〇周年おめでとうございます。心よりお祝いを申し上げます。

英文学科が九〇周年というと、上智大学が一九一三年三月に創設されて二〇一八年で一〇五年目を迎えましたので、その上智の長い歴史と伝統を支えてきた学科であると云えます。

私は父親が上智の独文学科に奉職しておりましたので、昔から英文学科の先生たちとは様々な交流があり思い出があります。

一九六三年に著された上智大学五〇年史によると、英文学科が九〇年前に発足した時の功労者はニコラス・ロゲン神父だったと言われています。ロゲン神父はドイツ生まれでしたが、英国ケンブリッジでサー・アーサー・クイラクーチ教授に師事して本格的な英文学を研究されただけあって、その深い学識は名著『イギリス文学史』に著わされ、日常の態度までもイギリス風の紳士然としたしぶい落ちつきを示されたとあります。とにかく穏やかで、やさしい神父様だったことが思い出されます。

上智には創立以来、素晴らしい沢山のイエズス会神父の教授がおられ、現在の上智の基礎を創ってこられました。また、刈田元司先生、巽豊彦先生、渡部昇一先生等をはじめ、多くの英文学科の卒業生の力強いご努力が、上智の英文学科だけでなく、上智大学全体の名声を高め、上智を大きく育てて下さったと思います。

最近では、シェイクスピアの研究で有名なピーター・ミルワード先生と、二〇一七年にお亡くなりになるまで親しくさせて頂きました。先生はシェイクスピアと聖書への深い造詣、そして更に英国の歴史的な事実を重ね合わせて「シェイクスピアは隠れカトリックであった」というユニークな説を唱えて、世界的にも有名な方でした。授業中には自作の日本語の川柳をゆっくりと話し眠っている学生の目が覚めるのを楽しんでおられたと聞いています。

これからも英文学科の先生方と卒業生が上智の伝統を保ち、益々発展して上智大学とソフィア会を支えて下さることを心より祈念しております。

# 第Ⅱ部　90年の歩み

# 第一章　高柳俊一×巽 孝之　対談

## 上智英文90年——その黎明から黄金時代へ

二〇一七年一二月二二日　ＳＪハウスにて

### ◉上智英文の黎明

**巽 孝之**：二〇一八年で上智大学の英文学科が創設九〇年となるのを記念して、この度、同窓会で『上智英文90年』の出版企画を立ち上げたわけですが、九〇年ということは一九二八年に英文学科はスタートしたと考えてよろしいでしょうか。

**高柳俊一**：一九一三年の上智大学の設立のときは哲学科、ドイツ文学科、商科ではじまったけど、一九二八年、大学令で上智が大学に昇格して、そのとき文学部に英文科、哲学科、ドイツ文学科ができたから、まあ、九〇年といっていいでしょう。正式に「英文学科」という名称の学科が設立されたのは、新制大学になった一九四八年だけど。

**巽**：今年［二〇一七年］の頭に英語学科名誉教授の松尾弌之先生の上智大学アメリカ・カナダ研究所創立三〇周年記念講演「私とアメリカ・上智とアメリカ」を拝聴したところ、戦後、アメリカのイエズス会士をたくさん入れるようにと上智大学が方針を立てた。しかも戦後だからアメリカのいわゆるＧＩビル（復員兵援護法）で復員兵の教育目的でできたのが、国際部（インターナショナル・ディヴィジョン）、いわゆる「インディヴィ」だった。のちの比較文化学科、今の国際教養学部ですね。

**高柳**：始まりが、一号館の二階だった。あそこで夕方から夜にかけてやってた。教えたのは、アメリカから来たイエズス会士だったけど。

**巽**：そこでマシー先生やカリー先生が来日された。

**高柳**：マシーさんとカリーさんは最後の方だけど、彼らの前にインディヴィにはアロイシャス・ミラーさんとかがいて。

高柳俊一（左）と巽 孝之（右）

**巽**：上智のホームページには、終戦後の九月二日のミズーリ号上での調印の際にイエズス会士が三人上智までやって来たとあります。上智の窮状を見回り、彼らが食料を調達しようとしたら、食料より人を送るよう上智が要請した。それでローマ教皇庁からアメリカ人が派遣されるようになる。

**高柳**：一年のときに、そのうちの一人のチャールズ・ロビンソン先生に習ったよ。心理学者の。不思議なことに彼は戦前、神学生として教えに来て、戦後、上智に戻って来た。戻るきっかけはね、ミズーリ号のチャプレン（従軍司祭）として。

**巽**：松尾先生はそのロビンソン先生の考え方に非常に感銘を受けていらっしゃいました。終戦直後、一九四五年九月に横須賀から入港するやいなや、ロビンソン神父は食糧や衣料を抱えてまっさきに上智大学へ足を運び、その第一声は「帰って参りました」であったというのですから。アメリカ人であったとしても、イエズス会のあるところ、それが神父にとって唯一無二の帰宅すべき家であったということの事実を承けて、松尾先生はそこに「日本でありながら日本ではない特殊な時空間」が存在していたことを指摘されましたが、わたしも同感です。仮に大使館や在日米軍基地であれば、治外法権《エクストラテリトリアル》の場ということになるでしょう。それに比べればイエズス会はいささか曖昧な場所かもしれません。けれども、まさにそのように国籍を超越した修道会があったからこそ戦時中にも一定の知的な自由が守られた。そうした脱領域的な性格が上智の国際的魅力の起源にあったと思うと、感慨深いものがあります。

**高柳**：想像するのに、ミズーリっていうのはドイツ系が多いんだよ。海軍の従軍司祭で、帰ってから神父になって、戦後、ミズーリ号のチャプレンになった。だから重光葵さんが外相だったとき、ミズーリ号での調印があったでしょう、マッカーサーが出て来てさ。そのとき、ロビンソン先生もそこにいたんだよ。

**巽**：そうか。じゃあ、歴史の生き証人ですね。

**高柳**：もうとうに死んじゃってるから生き証人ではないけれど（笑）。我々が学生のときも、インディヴィがあって、ミラーさんが取り仕切っていた。そこに、のちに岡山のノートルダム清心の学長を務めた渡辺和子さん、シスター渡辺がセクレタリーとしていらして、ものすごくみんなに慕われてたんだ。

## ◉アメリカ留学

**巽**：わたしが入学したのは一九七四年なんですが、上智英文の教授陣が強烈だったのは、高柳先生や渡部先生はじめ——外国人の神父様の先生方はもちろんのこと——Ph.D.（文学博士号）を取っていらっしゃる方が多かったことです。日本国内だけでなく世界的に通用する資格を取得している教授陣に習うというのは、それもまた上智の国際的雰囲気を濃厚にしていました。だから、英米文学を専攻する限り、いつか本場でPh.D.を取得するというのは、ごくごく自然な道筋のように感じたものです。一九八四年にコーネル大学大学院へ留学したゆえんです。九〇年頃から文科省の命令もあって日本における各大学の人文系でも博士号が必須となりましたが、高柳先生の時代はかなり異例だったのではないでしょうか。

**高柳**：いないよ。渋谷雄三郎さんだって、アメリカに行って、MAだけで帰ってきたし。私の場合は、非常に頑張ったと思うよ。

**巽**：まず上智の西洋文化研究科で修士号を取得された。これが一九五二年。

**高柳**：まだその頃は大学院に英文学科がなくて、だから西洋文化研究科で、その下に独文なども全部入っていた。でもそうなると、教員の免許が修士を取っても、学部卒と同じのまま。だから英米文学専攻とか、歴史専攻にしたんだよ。

**巽**：修士課程に入られて半年でアメリカに行かれた。

**高柳**：学部を終えた時点では、まだ留学できるかはっきりしていなかったから、まず大学院に進学して。そうしたら、夏休み前に突然、行けって言われてさ。

**巽**：最初に行かれたのはワシントン州のゴンザガ大学ですよね。

**高柳**：最初一年間。それもさ、何も分からない。今の学生みたいに情報がなくて。

**巽**：今は推薦状もネットで送れますからね。

**高柳**：何も向こうの生活ぶりがどうだとか分からない。しかも飛行機じゃない。船で横浜を出て、二週間くらいかけてロサンゼルスまで行って。それでもう、ちょっと失敗したって帰ってこられない。だから悲壮だったよ。でも一年経ったら、MAが取れちゃった。行ったときにすぐ、あちらの学科長に日本で何科目くらい取ったかとか、学部のときの論文を持っていって見せたら、あ、これはもう学部以上だっていうんで。だからあと一年取ればMAになる、って。それでその論文もMAの論文として認めるって言われたんだ。まあ、多分ね、あまりに厄介者だったからね。だって全然お金払ってないんだもの（笑）。

**巽**：ゴンザガ大学はカトリック系でしょう。

**高柳**：イエズス会の古い大学だよ。はじまりはインディアンの教育だったんだ。

**巽**：博士課程はフォーダム大学に行かれるんですね。

**高柳**：ゴンザガを終えて、それから書類を出して、まあ蹴られる可能性もあったんだけれど、スカラーシップで。まあ、スカラーっていってもニューヨークまで行くバスのお金も、自分で稼がなくちゃならない。だから、八月の一ヶ月、鉄道の現場で働いて。

**巽**：えっ？　先生が肉体労働されたんですか。それはすごい。

高柳：本格的な労働者じゃない。アメリカ人は学生だって私の二倍くらい大きいんだから。まあ、子供のアルバイトだよ。それでも日本円にしたら相当なものなんだ。それ貯めて、すぐゴンザガ大学のあるスポケーンからニューヨークまで行った。三日三晩。途中で降りてどこかに泊まる金もないから、ずっとグレイハウンド（長距離バス）を乗り継いで。それでニューヨークでマシーさんが知ってる夫婦が迎えにきたんだ。それで自動車でフォーダムまで送ってもらって。フォーダム大学周辺は、今は治安が悪くて、歩けないけど、当時は地下鉄で夜中に帰ってきても大丈夫だった。

巽：フォーダムには、エドガー・アラン・ポーが一時住んでいたコテージがあって、そこを訪問して初めてわかったことがありました。あれだけいろんな本から縦横無尽に引用してる博引旁証の作家なので、さぞかし蔵書があったのかといえば、自宅にはそんなにあるわけではなく、どうやらフォーダム大学のライブラリーを活用して、教授陣ともしょっちゅうディスカッションしていたらしい。いまフォーダム大学出版局というと、批評理論でもいい本を随分出してますね。ノーベル文学賞常連候補の現代作家ドン・デリーロの母校でもあるし。

## ◉イエズス会入会

巽：留学時代、先生はまだイエズス会に入ってはいらっしゃらなかったわけですよね。入会を決意されたのはいつ頃だったのですか?

高柳：わたしを引き込んだジョンソン先生というアメリカ人の先生がいて。大学二年生のときに上智で習ったんだ。はじめはボストンから来たニッカーソンっていう先生が担当していたのだけれど、帰ってしまい、その代わりにやって来たのがジョンソン先生だった。授業中に文法の話になって、そのときわたしは手をあげて、先生のその説明は間違っている、って言ったんだ。as it is known というのが、as is known という it がないという、そういう表現ができるんだよね。そこでその as の品詞は何だ、というのが問題になって、それを先生が接続詞って言うから、わたしは文法の本に書いてあるように関係代名詞だって主張した。そうしたら先生はキョトンとしてさ、じゃあ帰ってから調べてみるって。そのことを先生は結構、気にしてたんだ。いつまでも覚えてたよ（笑）。

**巽**：なるほどね。それでそのジョンソン先生から影響を受けられた、と。

**高柳**：先生は神学の先生になるために、ボストンからローマに送られて、それで神学博士になって、コネチカットにあるフェアフィールド大学ってイエズス会の大学に一〇年くらいいたけど、まあそれで途中に第二バチカン公会議があったりとかして。

**巽**：一九六二から六五年ですね。

**高柳**：でも、わたしがイエズス会に入って三年目の春に助祭になって、六月三〇日に叙階というときに、ボストン辺りからアメリカ人のお客がやってきたので「ファーザー・ジョンソンご存知ですか」と尋ねたら「あ、知ってるよ。彼は一週間前にイエズス会を出たよ」って言われたんで、ものすごいショックだった。

**巽**：イエズス会を辞めた、とは！　そのジョンソン先生は、どういったご研究をされていたんですか。

**高柳**：博論のテーマは、チャールズ・ドッド（Charles Harold Dodd, 1884-1973）という神学者についてで、この世の終わりは既にもう来ているっていう、ヨハネ福音書のアポカリプス関連の研究だった。上智ではもう誰も覚えていないと思うけど、ジョンソン先生の後にジョンストン先生が来て。ジョンストン先生は禅の研究なんかをやった。

**巽**：遠藤周作の『沈黙』を英訳なさったウィリアム・ジョンストン先生ですね。それで、学部でジョンソン先生に出会われて、でも洗礼はアメリカ、フォーダムで受けられた。

**高柳**：フォーダムの雰囲気で洗礼を受けようという気持ちになった。ルームメイトのレバノン人の影響もあって。彼は最終的にはモントリオールのマギル大学に行ってポリティックスの先生になった。もう六、七年カードも来ていないけれど。

## ●上智英文の「黄金時代」

**巽**：わたしが上智に入った最大の理由は、キリスト教文化に裏打ちされた国際性です。カトリックの家に育ったからごく自然な選択だったんですが、加えて、七〇年代の高度成長期の日本において、海外雄飛して国際社会に出て行く人材を作る動きが盛り上がっている時代に、上智はとても魅力的でした。当時のファカルティも素晴らしいメンバーで、いま思うとあの時代は、まさに高柳先生がよく言われる「上智英文の黄金時代」だった。

**高柳**：それはわたしの発明じゃなく、ロゲンドルフ先生の発明だった。我々の英文学科っていうのは、戦後、ちょっとおかしな英文学科でね。メインの二人の先生、ロゲンとロゲンドルフがドイツ人で英文学を講じていた。あとはヒーリー先生ってホーリークロス大学という有名なアメリカのカトリック系大学の学者が来てて、我々はアメリカ文学史を習った。ロゲンドルフ先生からは、ドイツ流の文献研究、フィロロジーも学び、そして近代文学なんか、各国別じゃなくて、全体的な見方というのを教わった。先生が大学紛争後のカリキュラム改訂のときに「文学思想史」という科目を作って。それを先生がずっとやったのだけれど、ある日突然、三月頃になって、わたしはもうエネルギーがないから四月からはあなたがやれ、と。

**巽**：ヨーロッパ文学思想史は我々のときは必修でした。あれは上智独自のカリキュラムですね、イギリス文学思想史、アメリカ文学思想史、そして英米を超えてヨーロッパ文学思想史の三科目というのは。他大学だと普通、アメリカ文学史、イギリス文学史があるだけでしょう。そのロゲンドルフ先生が発明されたという「黄金時代」というのは七〇年代のことでしょうか。

**高柳**：ロゲンドルフ先生がよく言われていたけども、先生自身はドイツに行ってしまって。それで、とにかく、わたしが一人で頑張ってた。ロゲンさんは、練馬区関町の東京神学院の院長に取られちゃった。ケルンからお金をもらって大きな建物を作る委員として。そこで神経を全部すり減らしちゃって。建つ前に死んじゃったんだよ。

**巽**：ああ、丹下健三が設計した文京区関口の東京カテドラル聖マリア大聖堂のことですね。

**高柳：**ロゲンドルフ先生はドイツ、ロゲン先生は関町。だからわたし一人で頑張るしかない。ミルワードさんもまだ来ない。マシーさんも六甲学院の校長に取られちゃったし。

**巽：**マシー先生に六甲高校時代に習った人のブログには、逆に先生を上智に取られたとありました。今、上智学院は統合されていますね。栄光、六甲、広島と。

**高柳：**その三つの学校の理事長、院長というのは、アメリカ人だった。だからそういう意味ではアメリカ人にとっての黄金時代。だからマシーさんもアメリカで学位取って、帰国したら上智ですぐに教えると、ロゲンドルフ先生は思っていた。それが六甲に引き抜かれて、上智には大学院のために一週間にいっぺんだけ。

**巽：**今の学生は、アメリカ人の学匠司祭の教授陣が当たり前のように教えてる光景は経験出来ないでしょう。もうほとんどいらっしゃいませんから。

**高柳：**哲学も、独文も外国人司祭の先生はいなくなった。哲学科に日本人司祭は二人いるけれど。

**巽：**七〇年代のわたしの入った頃の英文学科には、高柳先生はもちろんですが、ロゲンドルフ先生にミルワード先生、マシー先生、カリー先生、と聖職者の教授陣がずらりと並んでいた。

**高柳：**おまけにアルヴェス。

**巽：**ブラザー・アルヴェス。ラ・サール修道会ですね。国籍はどこだったんでしょう。ポルトガル系なのか香港系なのか、シンガポール系なのか。

**高柳：**俺はイギリス人だ、イギリス人だって言ってたけど（笑）。

**巽：**七〇年代は、刈田先生のご貢献も大きかったですよね。ジョージタウン大学に留学されたのが一九三九年。

**高柳：**戦争が始まるちょっと前くらいでしょう、アメリカに行ったの。

**巽：**刈田先生は元々中世英文学をやっていらしたのにジョージタウン大学に行って、アメリカ文学に転向された。当時は旧東京都立大学の杉浦銀策先生などもそうですが、中世英文学や英語史をみっちりやったうえでアメリカ研究へ転向するという道筋があったようですね。一九六三年に日本アメリカ文学会が出来るんですけど、刈田先生はその創設にも尽力されて、一九六九年にその第三代会長になられます。それから半世紀ほど経って、教え子のわたしが第一六代目ですから、まさに隔世の感というほかない。

**高柳**：まあ、刈田先生も残っててよかったよ、上智に。

**巽**：京都大学に移ろうとされていたんですよね。アメリカ研究所創設の計画があって。うちの父親が、それを懸命に止めたとか。

**高柳**：で、どうしようかって、当時学長だった大泉神父様にも相談に行ったんだって。そしたらあなた、やめなさい、って言われて。行ったら、周りは全然知らない人ばっかりで、京都は複雑だし、決して幸福になれないって言われて。

**巽**：京都はもともと同志社大学のアメリカ研究所が強く、日本アメリカ文学会創設のときの母胎にもなっていましたが、けっきょく京都大学のほうのアメリカ研究所は計画倒れに終わったみたいですね。つい最近も京都大学へ集中講義に行ったのですが、教授陣に尋ねてみても、アメリカ研究所が創設されたことはないんじゃないかとのことでした。もちろん、刈田先生が京都へ行かなかったから創設されなかったのかもしれませんが、やはり上智に残られたまま日本アメリカ文学会の中枢を担われたのが、学会全体のためにも良かったはずです。

**高柳**：刈田さんが上智にいなかったら、まあ、日本に本格的なアメリカ文学研究の場ができなかった。

**巽**：刈田先生はもちろんホイットマンやディキンスン、トウェインやヘンリー・アダムズなど主流の文学者に対しても造詣が深かったんですが、さらにご定年後の一九八五年には、なんとインディアンのパウアタン族族長の娘ポカホンタスを主題に一冊出している。今でこそ、新歴史主義やポスト植民地主義以降の文化研究の余波を受け、マルチカルチュラリズムの文脈における人種研究が盛んですが、それよりはるかに早い段階で、先覚的な研究姿勢を示しておられた。

**高柳**：刈田さんが京都に行っちゃったら、そういうことできない。

**巽**：集中講義に行く分には気楽なんですが、やはり京都は一見さんお断りの風潮がありますから。学風も基本的に精読《クロースリーディング》だからまったく違うでしょう。刈田先生は文学的正典を研究されるばかりか「就寝前にナイトキャップ代わりにミステリを一冊読む」のを習慣にされているほどに許容範囲の広い方でしたから、いまでいえば文学研究と文化研究をすでにして架橋していたのかもしれません。

もちろん、現代思想に影響を受けた批評理論の勃興については、上智内部でも、いわゆる「理論への抵抗」があったのは、よくわかっています。わたしの修論はポーの美学とカントの哲学を比較検討した上での脱構築的考察だったわけですが、その口頭試問のとき、マシー先生が、私の修論を机の上に投げ出して「もうこれは文学の論文じゃないでしょう」と断言された。そうしたら高柳先生が、「いや、今のアメリカの批評理論はこうなってるんだ」とかばってくださったのを、よく覚えています。そこで励ましていただいたことが一九八四年、日本英文学会の第八回新人賞受賞論文につながるんですけれども。

**高柳**：その翌年には英語学科から英文の院に来た島弘之君も受賞しただろう。上智から二年連続で新人賞受賞者が出たというのは快挙だった。同じ大学出身者の連続受賞というのは前にも後にも例がないんじゃないかな。(註)

**巽**：私学では上智だけではないでしょうか。高柳先生は「現代批評の海図」という論文も書かれるほどに理論的動向を熟知しておられましたが、マシー先生のほうは、テクストだけ読んでいれば、二次資料など一切使わなくていいという教育方針でした。対照的でしたね。新しい理論を吸収してらっしゃるのは高柳先生。だから先進的な研究をしようという意欲のある学生が先生のもとに集まっていたように思います。佐藤正司先生も先端的な研究動向に詳しかった。いろいろな刺激を受けました。

**高柳**：何年くらい前だろう、亡くなったの？

**巽**：佐藤先生が亡くなられたのは二〇一三年秋です。高柳先生の授業で印象的だったのは、大学院に入った一九七八年、カリフォルニア大学リバーサイド校教授ジョン・ヴィッカリーの研究書『*The Golden*

*Bough* の文学的影響』（プリンストン大学出版局、一九七三年）を読んだことでした。当時、わたしは比較文学をやろうと思っていたけれども、理論に弱かった。人類学も民俗学も、全く不案内でした。そんなときにフレイザー卿の『金枝篇』（*The Golden Bough*）を使えば、モダニズムのイェイツもエリオットもロレンスも全部読みこなせるんだ、と知って夢中になりました。わたしの同級生で今、同窓会役員をされている竹之内祥子さんは大学院でも机を並べていて、ヴィッカリー読んで「結局この人、どの章も切り口は同じなのね」と、クールに受け止めてたんですが、わたしは彼女ほど早熟じゃなかったから、難しくも面白かったですね。とくに感銘を受けたのは、その授業に博士課程の舟川一彦先輩が出ていて、ビシバシ後輩を鍛えるコーチというか、シゴキ役を務めてくださったことです。お前どの章発表するんだ、この章発表するにはこれとこれとこれを読まないといけないと言って、紙袋いっぱいの資料を渡されて、これだけ読んで授業に臨め、と。それは単に厳しい先輩がいた、っていうことではなくて、上智英文にはゼミがないですから、その代わりとして先輩が後輩を「鍛える」というか「育てる」という、そういう風潮があったということですね。だから英文学研究会では、自分も上になったら後輩の面倒見なきゃな、みたいな感じになったんです。上智の場合は、同窓会組織が、サウンディングズまで入れると、非常にがっちり運営されているのが、他大学にはない特徴でしょう。私が毎年続けているサウンディングズ・ワークショップにも、基本的には先輩が後輩の面倒をみる、という構えで臨んでいます。

**高柳**：上智大学英文学会より、サウンディングズの会の方が先だろう。

**巽**：先です、第一期の創刊号は一九六九年に出ている。本当に上智の卒業生はネットワークが密ですよね。

**高柳**：ああ、でも不思議だね。わたしが卒業したときは四年生一人だったから。

**巽**：先輩を想定しようがない。松本たまさんは先輩ですか。

**高柳**：いや、彼女は津田塾だ。津田を卒業後、上智の大学院に入ったのかな、始めの頃の。それでロゲンドルフ先生の秘書をずっとやって。まあ、彼女がいなかったらロゲンドルフ先生は大変だったと思うよ。翻訳はみんな、彼女がやっていたから。

**巽**：そうだったんですか。

**高柳**：要するにこの文章はロゲンドルフ先生本人が日本語で書いたもの、となってるけど、実はたまさんが訳したんだよ。いやあ、そこまでできる外国人はあの時代にはいなかったと思うよ。日本語を話せる外国人研究者は少なかった。その上に文章を日本語で書くっていうのは。

**巽**：今は若いジャパノロジストが、端正な日本語を書きますけどね。漢字仮名混じりで、擬古文調も駆使するようなハーバード大学の院生がいる。

**高柳**：ロゲンドルフ先生は日本に来たとき、広島で、看板全部見て漢字覚えたって言ってたけど。

## ◉英文学科と英語学科

**巽**：ところで英語学科が一九八〇年代には英文学科と並ぶ上智大学の看板学科になりましたが、英文学科から分かれて出来たのは一九五〇年代後半ですよね。

**高柳**：始めの頃は、英語学科の日本人の先生は、英文から行ったんだよ。小稲義男さんとかさ。羽鳥富美雄さん、あとは野口啓祐さん。

**巽**：小稲義男先生は研究社の辞典の編纂者。五八年ですね。うちの父親もよく野口先生、野口先生って親しくしていました。まだ英文学科と英語学科が分かれてない時期に、よく一緒の仕事をしていた。野口先生がグレアム・グリーンの研究をされていたせいかもしれません。

**高柳**：まあ人間関係の問題だよ。一方は刈田、一方は野口がリードするという形で。野口さんは、早稲田英文出身で、学内にあったカマボコ兵舎の寮に住んでた。哲学の高橋憲一さんとかも。

**巽**：父の場合は、東大出身ですが、学部しか出ていないんです。だけど、戦後、上智がカトリックの英語教師を募集していたのでロゲンドルフ先生に会ったら、二つ返事で就職が決まったらしい。そういう牧歌的な時代があった。

高柳：そうそう、だから、旧制大学。

巽：ほかにもアメリカ文学の八木敏雄先生なども、外語大の学部卒で成城大学の教授になっておられる。

高柳：まあ、大学院がシステムとして存在していなかったから。新制になってからだよ、こうなったのは。

巽：今はもう、大学院、大学院、って、しきりに言っていますが、逆に言えば、昔の学部教育っていうのは非常に厳しいものだった。七〇年代、高度成長期と共に、国際化の呼び声があり、そして、レベルも上がっていった。で、ここで肝心だと思うのは、別に贔屓目じゃないですけれども、上智英文はカリキュラムのバランスがとにかく良かったですよね。フィロロジーをはじめ、アメリカ文学、イギリス文学、ヨーロッパ文学という形で、欧米文学を様々な視角から学ぶことができる。

## ◉上智英文 急成長の背景

巽：結局、上智英文の急成長の理由っていうのは、なんだったんでしょうか。

高柳：簡単な理由は、最初、男ばかりの男子校だったのに、女子を入れるようになったこと。

巽：ある時期、上智は「女東大」とか「私学の東大」とも言われていました。上智英文はカリキュラム構成のバランスが絶妙な上に、いろんな先生方が、学会でもメディアでも活躍していらっしゃった。私が入って二年後に渡部昇一先生の『知的生活の方法』（一九七六年）が出て大ベストセラーになっている。高柳先生も初期の代表作である都市三部作（『人間と都市』［一九七五年］、『ユートピアと都市』［一九七四年］、『都市の思想史』［一九七五年］）に加えて『精神史のなかの英文学——批評と非神話化』（一九七七年）を上梓された。別宮先生も同じころに『翻訳を学ぶ』（一九七五年）を出されて独自の翻訳技法と翻訳批評を確立されていた。刈田先生が東北大から引っ張ってこられた生地竹郎先生も専門分野の浩瀚な学術書『十四世紀の英文学』（一九七六年）を出されて中世英文学研究に貢献されたし、中野記偉先生は比較文学の方法論で『逆説と影響——文学のいとなみ』（一九七九年）を刊行された。とりわけわたし自身にとって大きかったのは、安西徹雄先生の名訳でカリー先生のミシガン大学大学院における博士号請求論文『疎外の構図――安部公房・ベケット・カフカの小説』（一九七五年）が出版されたことです。これで卒論のテーマが決まりました。

いずれにせよ、一九七〇年代後半には上智英文の教授陣がぞくぞくと代表作を世に問うているので、のちに自分自身がデビューするときにも、学者研究者というのは単著をものしていくのが当然だと思っていました。とはいえ、学界を見回してみると実情は必ずしもそうではないので、わたしがそう思い込んだのは、まさに七〇年代の上智英文における黄金時代を体験していた影響だったのでしょう。

あと付言しておかなければならないのは、六〇年代の大学紛争の際、ピタウ先生のリーダーシップで、上智がその困難な時期をうまく切り抜けたのが、大学そのものの急成長にとってプラスだったことです。

**高柳**：六ヶ月間の臨時休講措置をとって、全共闘を追い出してロックアウトし、その間に大学改革も行った。逆封鎖だね。大学側がロックアウトなんて。普通の大学だったら、そんなものやろうとしたって、できなかった。

**巽**：だからわたしが入学したときには、紛争の余波とかは、あまり感じませんでした。父からは六〇年代の大学紛争のときは本当に大変で、身の危険が迫ったときには、シェイクスピア研究会の面々に守ってもらったというエピソードも聞いていたんですけど、七〇年代半ばの上智は至ってクリーンなイメージがあり、そこに「語学の上智」「国際派の上智」みたいな好印象も加わった。じっさい帰国子女も多かった。

**高柳**：今は何て言うんだ、それ。外国高校出身者だよ。帰国子女は差別語だよ。

**巽**：あ、それはまずい（笑）。いずれにせよ、そうした上智の国際的性格とマッチしたのが、ロゲンドルフ先生やマシー、カリー両先生の専門であった比較文学です。ただし、大学院入学後には、まだ日本で比較文学は学問的な方法論として確立してないからやらない方が良い、ちゃんと、英米の個別の作家、しかも死んだ作家をやりなさい、という指導を受けましたけれど。

加えて、上智英文の最大の特色は外国人の先生方がとにかく英語で読む、書く、ということを鍛えてくださったことですね。高柳先生の学部時代も翻訳もないところで課題を全て原作で読むしかなく、たくさん英語で書く課題を課されたとか。

**高柳**：だから、それはやっぱり、一番、上智に来なければそういうことにならなかったと思うのは、英語でものを書く力。我々のときには、一週間四時間、ジョンソン先生が持ってたからね。それで“For next lesson, next class, tomorrow……”って大概、宿題を課されて、書いて、提出して。それでちゃんと、直して、返してくれたんだよ。とにかく鍛えられたね。

**巽**：そういう伝統が、やはり、英語で論文を書く習慣に繋がりました。日本の英語英米文学界を見てみると、一方では、いわゆる伝統的な精読《クロースリーディング》の結果、一生懸命翻訳をするという活動がある。日本語で論文や著書を書く方々は、基本的にこのタイプです。そしてもう一方では、一九八〇年代以降、海外における博士号（Ph.D.）取得者が増大したせいか、英米で具体的な調査に赴き、英語で学会発表して論文を書き学術誌に発表し、著書をものしていく活動がある。わたし自身はどちらかといえばこちらのタイプで、北米学術誌 *JTAS*（*Journal of Transnational American Studies*）の編集委員も長く務めています。

その根本には、マシー先生の授業などで、小さいエッセイを毎週出しなさい、と言われて添削指導を受けシゴかれてきた蓄積があります。その結果、英語を書くというよりも、英語で書くんだという意識が芽生えました。究極目的は英語を書くこと自体ではなく、英語を手段とすれば最も効果的に表現できるような学問的主題を模索することです。これはまぎれもなく上智時代に学んだものです。高柳先生がともに歩んでこられた上智英文がこれまで育んできた良き伝統が、今後も発展し、英文学科の歴史がさらに一〇〇年、二〇〇年と積み重ねられていくことを、切に願っています。

(註) 上智英文出身者の日本英文学会新人賞受賞者と論文表題は以下の通り。

第7回（1984年）受賞：巽 孝之「作品主権をめぐる暴力—— *The Narrative of Arthur Gordon Pym* 小論」／佳作：松井みどり「The Tactics of Difference: Notes Toward the Definition of T. S. Eliot's Intentional Metaphor」
第8回（1985年）受賞：島 弘之「Yeats's Janus-Faced Sincerity in *Last Poems*」
第19回（1996年）受賞：石塚久郎「Thel's "Complaint": A Medical Reading of Blake's *The Book of Thel*」
第28回（2005年）佳作：中島 渉「Jonathan Swift's Ideal Nation in His Unpublished Political Tracts, 1713-15」
第30回（2007年）受賞：唐澤一友「The Structure of the Menologium and Its Computistical Background」

# 第二章　上智大学文学部英文学科の歩み

平野 由紀子

## ◉大学と英文学科

一九一一（明治四四）年　財団法人上智学院設立
一九一三（大正二）年　専門学校令による上智大学設立（哲学科、文学科、商科）
一九二八（昭和三）年　大学令による上智大学発足
文学部（哲学科、独逸文学科、英文学科）、商学部開設
一九四八（昭和二三）年　学校教育法による新制大学として上智大学発足
文学部（哲学科、独逸文学科、英文学科、史学科、新聞学科）、経済学部（経済学科、商学科）開設
一九五一（昭和二六）年　財団法人から学校法人上智学院に組織変更
上智大学大学院開設
神学研究科、哲学研究科、西洋文化研究科（西洋文化専攻）、経済学研究科の修士課程を開設
一九五五（昭和三〇）年　神学研究科、哲学研究科、西洋文化研究科（英米文学専攻、ドイツ文学専攻）、経済学研究科の博士課程を開設

## ◉英文学科の誕生

上智大学は一九一三年三月一四日に設立申請書を提出し、同月二八日に文部大臣から認可が下りたのを受け、四月

一日に開校。当時の法制度上は他の私立大学と同様に専門学校令による学校だった。最初の授業は一五名の学生で始まった。

一九二三年の関東大震災を乗り越えて、大学令による正式な大学への昇格が認可されたのは一九二八年五月八日であった。英文学科はこの日が誕生日だといえよう。

第二次世界大戦の後、一九四八年に学校教育法に基づく新制大学として新たなスタートを切ることになる。

## ◉モニュメント

**一九一四（大正三）年**、赤煉瓦校舎完成、のちに一九二三年の関東大震災で損傷した（一九四五年の東京大空襲で焼失）。

**一九三二（昭和七）年**に現在の一号館が竣工した。キャンパスに今ある最も古い校舎。

**一九三七（昭和一二）年六月**にホフマン初代学長が帰天。前月に寿像が完成したばかりで、その建立を機に集まった卒業生がソフィア会（同窓会）を発足させた。

**一九四六（昭和二一）年一一月**、ホフマン初代学長来日三五周年を記念して大学祭が行われる。のちの「ソフィア祭」の始まり。

**一九五七（昭和三二）年**、初めて女子学生を受け入れる。最初は編入生の四名のみだったが、一九六〇年の入学式では女子学生が新入学生の四分の一を占めた。

**一九六九（昭和四四）年**、英文学科では英文学科機関誌『エコー』発刊。学科の教員と学生の連絡と協力を行うため。第一号では大学封鎖期間中の事態に関して学科全教員が学生あてにメッセージを寄せている。第二号以下は学習のための特集記事を掲載。

# ◉学長、文学部長、英文学科長、英米文学専攻主任一覧

| | | 学長 | 文学部長 | 英文学科長 | 英米文学専攻主任 |
|---|---|---|---|---|---|
| 一九一三 | 大正 二年 | 初代学長 ヘルマン・ホフマン | | | |
| 一九三〇 | 昭和 五年 | | 鳥居龍蔵 | | |
| 一九三七 | 一二年 | 第二代学長 ヘルマン・ホイヴェルス | | | |
| 一九四〇 | 一五年 | 第三代学長 土田八千太 | | | |
| 一九四一 | 一六年 | | 村上直次郎 | | |
| 一九四六 | 二一年 | 第四代学長 村上直次郎 | ヨハンネス・ミュラー | | |
| 一九四八 | 二三年 | | ニコラス・ロゲン | ニコラス・ロゲン | |
| 一九五三 | 二八年 | 第五代学長 大泉 孝 | | | |
| 一九五四 | 二九年 | | 千葉 勉 | 千葉 勉 | |
| 一九五七 | 三二年 | | 稲富英次郎 | | |
| 一九五八 | 三三年 | | | 刈田元司 | |
| 一九六七 | 四二年 | | 戸川敬一 | | |
| 一九六八 | 四三年 | 第六代学長 守谷美賀雄 | | | |
| 一九六九 | 四四年 | | 刈田元司 | 巽 豊彦 | |
| 一九七一 | 四六年 | | | 佐多真徳 | |

| | | | | | |
|---|---|---|---|---|---|
| 一九七三 | 四八年 | | 高橋憲一 | 刈田元司 | |
| 一九七五 | 五〇年 | 第七代学長 ヨゼフ・ピタウ | 霜山徳爾 | 佐多真徳 | |
| 一九七七 | 五二年 | | | 高柳俊一 | |
| 一九七九 | 五四年 | | 土田將雄 | | |
| 一九八一 | 五六年 | 第八代学長 柳瀬陸男 | | | |
| 一九八三 | 五八年 | | | 渡部昇一 | |
| 一九八四 | 五九年 | 第九代学長 橋口倫介 | | | |
| 一九八六 | 六一年 | | 大谷啓治 | | |
| 一九八七 | 六二年 | 第一〇代学長 土田將雄 | | 高柳俊一 | |
| 一九八九 | 平成 元年 | | | 安西徹雄 | 高柳俊一 |
| 一九九二 | 四年 | | 高祖敏明 | | |
| 一九九三 | 五年 | 第一一代学長 大谷啓治 | | 永盛一 | |
| 一九九六 | 八年 | | 大島晃 | | |
| 一九九七 | 九年 | | | 土家典生 | 渋谷雄三郎 |
| 一九九八 | 一〇年 | | | | 安西徹雄 |
| 一九九九 | 一一年 | 第一二代学長 ウィリアム・カリー | | | 舟川一彦 |
| 二〇〇一 | 一三年 | | | 山本浩 | |
| 二〇〇二 | 一四年 | | | 飯野友幸 | |
| 二〇〇三 | 一五年 | | | | 小林章夫 |

| | | | | | |
|---|---|---|---|---|---|
| 二〇〇五 | 一七年 | 第一三代学長 石澤良昭 | | 増井志津代 | |
| 二〇〇九 | 二一年 | | 大橋容一郎 | 大塚寿郎 | 飯野友幸 |
| 二〇一一 | 二三年 | 第一四代学長 滝澤 正 | 小林章夫 | | |
| 二〇一四 | 二六年 | 第一五代学長 早下隆士 | | 永富友海 | 増井志津代 |
| 二〇一六 | 二八年 | | 大塚寿郎 | | |
| 二〇一七 | 二九年 | 第一六代学長 曄道佳明 | 服部 隆 | 池田 真 | 新井潤美 |

（敬称　略）

＊上智学院要覧による

# 第三章　学問的伝統の総括

## （1）イギリス文学

石塚 久郎

上智大学英文学科イギリス文学専攻の学問的基盤を作ったのは、二人のロゲン先生である。一人はニコラス・ロゲン教授（Nicholas Roggen, 1900-61）、もう一人はヨゼフ・ロゲンドルフ教授（Joseph Roggendorf, 1908-82）。両者ともドイツから来られたカトリック司祭である。初めにドイツのカトリシズムがあったとは、現在の上智英文学科しか知らない若い世代にとっては意外かもしれない。かくいう私（一九八三年学部入学）も、お二人に面識もなければ、ロゲン先生に至っては名前すら存じ上げなかった。このような若輩者がイギリス文学専攻の伝統を云々できるか甚だ疑わしいのだが、史料を紐解いてみると、お二人が蒔かれた種がその後立派に育ち八〇年代の黄金時代へと開花するのが分かる。特にロゲンドルフ先生は、宗教（カトリシズム）、思想（ヨーロッパ思想史に批評も含む）、翻訳の三つとそれらを横断的に走る比較文学・文化という上智英文学科の学問の中軸となる視座を築いた点で重要である。

ロゲン先生はケンブリッジ大学で英文学を修めたのち一九三三年に来日、上智大学英文学科創立（一九二八）間もない頃から教鞭をとられ二〇年あまり学科長を務められた。『英文学研究』に発表されたホプキンズ論（一九三五）は、当時まだメジャーとはいえないカトリック詩人を正当に評価した貴重な論考だが、ロゲン先生の功績は何といっても、二〇年にわたる講義をもとにした『イギリス文学史』（一九五五、巽豊彦訳）ではなかろうか。日本のイギリス文学研究に強い影響力があった斎藤勇の古典的英文学史、『思潮を中心とせる英文學史』（一九二七）には、プロテスタント的国民性とイギリス文学の特質を結びつける、斎藤勇（自身プロテスタント）ならではのバイアスがかかっていた。ロゲン先生の文学史は伝統的なキリスト教・カトリシズムの視点も蔑ろにしないバランスのとれた記述であり、斎藤のプロテスタンティズム的文学史観に修正をせまるものである。ロゲン先生の文学史からカトリシズムと英文学という上智独特の得意分野が生まれ、後の教授陣のほとんどが多かれ少なかれこの分野で論陣をはることになる。

ロゲン先生がイギリス文学史の土台を築いたとしたら、ロゲンドルフ先生は国際的で学際的な、立体的で複眼的な学問への視座を提供した。先生は一九三七年にロンドン大学で比較文学の学位を取得したのち、一九四〇年から一九七九年まで上智大学で教鞭をとられた。ヨーロッパ思想史への深い造詣に加え、複数言語の素養と異文化理解に裏打ちされたその学識は『キリスト教と近代文化』（一九四八）、『カトリシズム』（一九四九）、『ヨーロッパの危機』（一九五一）といった初期の著作や『日本と私』（一九七二）、『異文化のはざまで』（一九八三）などの後期の随筆風の著作、そして『現代思潮とカトリシズム』（一九五九）に代表される多数の編著書に遺憾なく発揮されている。イギリス文学を孤立したものとしてではなく、キリスト教文化に根ざすヨーロッパ思想・文学の流れと関連づけ、巨視的な観点から見る姿勢は、上智英文学科独自の「ヨーロッパ文学思想史」という講座に具体化される。戦後、北米とイギリスで確立した新批評と実践批評が、作品を自己完結した小宇宙と見立てるプロテスタント的な態度を内包しているとするならば、ロゲンドルフ先生の思想史的アプローチには普遍的《カトリシズム》な姿勢が反映されているといえよう。比較文学・文化という先生のご専門は学問分野というよりもそうした普遍的・複眼的な視座の云いであり、アウエルバッハを高く評価された批評的態度の表れともいえる。ともあれロゲンドルフ先生とともに宗教と文学という軸に加えて、思想史という基軸が生まれ、比較文学・文化というディシプリンも大いなる伝統として受け継がれていく。もう一つ忘れてならないのは、先生の日本語へのこだわりである。ドイツ人でありながら日本文学に造詣が深かっただけでなく、日本人以上に日本語にうるさかった（昨今グローバルといいながら結局は英語一辺倒の外国人教師が日本語・日本文学を学ばないのとは雲泥の差である）。ここから上智英文のもう一つの伝統である「翻訳」が生まれる。別宮先生を筆頭に優れた翻訳家を輩出したのはロゲンドルフ先生の日本語に対する愛に他ならない。

カトリシズムと文学という軸は、一九四六年に赴任した巽豊彦教授（一九一六―二〇一三）によるジョン・ヘンリー・ニューマンの『アポロギア』の翻訳と注釈の偉業（一九四八―五八）によって一つの頂点を迎える。一九世紀イギリス文学を中心にニューマン、イーヴリン・ウォー、グレアム・グリーンなどカトリック作家の研究に献身され、更にはロゲン先生の『イギリス文学史』をはじめ、ウォーやギャスケル夫人の翻訳も手掛けられた巽先生は上智英文学の伝統の初期の体現者である。

六〇年代に入ると二人のロゲン先生の門弟子が次々と教鞭をとるようになる。一九六〇年の中野記偉教授（一九二八―）を皮切りに一九六一年には別宮貞徳教授（一九二七―）と佐藤正司教授（一九三一―二〇一三）が、一九六五年には安西徹雄教授（一九三三―二〇〇八）が教鞭をとられ、これに高柳俊一教授（一九三二―）が加わる。一九六三年にロゲンドルフ先生の愛弟子の一人、山口精二先生（一九三一―七二）も専任教員になるが一九七二年に惜しくも白血病で夭逝する。一九五四年に日本の土を踏んだピーター・ミルワード教授（一九二五―二〇一七）がロゲンドルフ先生の導きのもと上智の専任となるのもこの時期である（一九六二）。こうした面々が二人のロゲン先生の伝統を担いながら七〇年代から八〇年代にかけて上智英文の黄金時代を築いていく。

中野先生は比較文学を得意分野としつつも（『英文学の世界』（一九八五）所収「日英比較文学」、『逆説と影響』（一九七九））、G・K・チェスタトンやグレアム・グリーンといったカトリック作家からロマン派の詩人P・B・シェリーまで幅広く研究された。ロマン派詩人の中で最も急進的で無神論的なシェリーを好んで論じられたのはいかにも逆説的である。ロマン派を得意としたのは佐藤先生もしかりだが、活字になった業績は数少ない。どちらかといえば、先生の該博深遠な講義から影響を受けた学生が多かったのではないだろうか。『都市と英米文学』（一九七三）に寄稿された「ロマン派の都市像」にその一端を垣間見ることができる。

別宮先生は言うまでもなく名訳者としてチェスタトンやウォルター・ペイター、ウォーの翻訳を手掛ける一方、その鋭い誤訳・翻訳批評は日本の翻訳の世界を一変させたといってもいい。翻訳技術の分野では安西先生も一翼を担い、『翻訳英文法（改題：英文翻訳術）』は今でも翻訳家になるための必須文献となっている。翻訳とは横のものをうまく縦にするだけでなく、異文化の理解とその創造的受容の場でもあるということをこの二人は教えてくれる。

安西先生とミルワード先生はイギリス文学の代名詞ともいえるウィリアム・シェイクスピアを上智英文の伝統の中に引き入れた功労者である。劇団「円」を主宰されシェイクスピア劇の翻訳・演出を手掛けた安西先生はその著書のサブタイトルにあるように書斎と劇場の間を往復することで（『シェイクスピア——書斎と劇場のあいだ』（一九七八））、そして四〇〇冊以上の著作をものしたミルワード先生はシェイクスピアをカトリシズムの伝統に引き戻すことで（『シェイクスピアは隠れカトリックだった？』（一九九六））、それぞれシェイクスピア研究に新しい息吹を吹き込み、日本の一般読者にシェイクスピアの面白さと奥深さを伝えた。シェイクスピアを中心とするルネッサンス研究は一九七二年に創設された「ルネッサンス研究所」に結実する。二年後、演劇を専門とする山本浩教授（現上智大学短期大学部学長）が教授陣に加わることでこの体制は盤石なものとなった。

カトリシズムと文学という伝統の大きな柱は、この分野の泰斗である生地竹郎教授（一九二六—八〇）が七三年に東北大学から上智に移籍することによって強化された。生地先生は中世文学を中心にカトリシズムという視点から広くイギリス文学を論じられた。一九七七年に上梓された『薔薇と十字架——英文学とキリスト教』は『ベオウルフ』からT・S・エリオットまでイギリス文学をカトリシズムの視座から通覧するかたわら、わが国のカトリックに対する誤解や誤認を痛烈に批判するものだ。在任期間わずか七年ながらもその功績は大きい。

七〇年代から八〇年代の黄金時代の中心にいたのは間違いなく高柳俊一先生である。一九五四年にアメリカに留学し翌年にはフォーダム大学大学院博士課程で学び、一九五九年に博士号を取得されたのち、イエズス会に入会、上智英文学科の専任教員となる一方でドイツに留学、神学を修め、一九六九年にはカトリック司祭に叙階された。高柳先生のこのような経歴と、英文学、思想史、批評、神学と広範囲にわたる研究業績は先生が二人のロゲン先生の衣鉢を継いでいることの証左である。七〇年代に矢継ぎ早に上梓された都市論三部作は先生のヨーロッパ思想史に対する造詣の深さを示すものであり、八〇年代後半に上梓された文学分野での専門であるT・S・エリオット研究三部作は国内外から高い評価を得た。「ヨーロッパ文学思想史」は高柳先生にまさにうってつけの講座であり、『精神史のなかの英文学――批評と脱神話化』（一九七七）はそのカウンターパートといえる著作である。個人的には一九八二年に出版された『英文学入門』に先生のエッセンスが凝縮されているのではと思う。二五〇頁ほどの入門書でありながら英文学を学ぶための必須事項（文学観の変遷、イギリス文学の特質、研究テーマ、作品鑑賞）がコンパクトにまとめられ、なかでも四章の「英文学のヨーロッパ精神史的背景」は高柳先生ならではの記述となっている。高柳先生は批評の分野にも明るく、ノースロップ・フライをいち早く日本に紹介し、その後翻訳まで手掛けられた。先の『英文学入門』に当時としては最先端の批評、デリダのグラマトロジーまで紹介されているのには今更ながら驚かされる。

このように、七〇年代から八〇年代にかけては二人のロゲン先生が蒔かれた学問の種がツリー状に派生しながら見事に開花した黄金時代である。便宜的に分けられるわけでないが、「カトリシズムと文学」の面は中野、生地、ミルワード、高柳らの諸先生、「ヨーロッパ思想史」は高柳、佐藤、安西らの諸先生、「翻訳」は別宮、安西の両先生、「比較文学・文化」は中野、佐藤、安西らの諸先生が、これに（ここでは触れられなかったが）文化・知識人としての面を渡部昇一教授（一九三〇―二〇一七）が、一般読者に向けての書き手という面は（九〇年代に教授陣に加わる）小林章夫教授（一九四九―）がそれぞれ担いながら上智英文の伝統を継承していったのである。

八〇年代後半以降、日本にも新自由主義の気配が漂うと人文学の危機が叫ばれるようになる。戦後復興のなかヨーロッパ文化・文学を積極的に受容した日本において、教養の代名詞だった文学（研究）にも意義があったが、八〇年代以降文学に対する無条件の信頼に疑念の目が向けられるようになった。この頃、文学研究の潮の目が変わったといっていい。この変化をいち早く察知し自らの研究に反映させたのが一九八三年に専任となった舟川一彦教授

（一九五三―）である。舟川先生は主著『一九世紀オクスフォード――人文学の宿命』（二〇〇〇）において「なぜ文学を研究するのか」という問題を一九世紀オクスフォード大における古典人文学の理念の構築と分解の過程のなかに差し込み、先達のもがきを現代に呼び起こした。二人のロゲン先生の門下生が次々と退職され新しい教授陣に替わっていく二〇世紀から二一世紀への世紀の変わり目にこの本が上梓されたのは偶然ではない。新しい教員が置かれた研究環境はそれ以前の、こういってよければアルカディア的な研究環境とはまるで違う。そうした厳しい環境の中で、二人のロゲン先生の学問的基盤の伝統は否応なく大きな変容を被ることになる。それはどのような変容を遂げるのか、また、二一世紀の上智英文はいかなる学問的伝統を創造していくのか。その記述は将来の新たな書き手に委ねることにしよう。

## （2）アメリカ文学

巽 孝之

史上初めて「アメリカ文学史」という概念が作られたのは、いまから一世紀ほど前、一九二〇年代のことである。第一次世界大戦を終えて愛国心が芽生えていたアメリカでは、一九一九年、ちょうど一九世紀中葉のアメリカ・ロマン派作家ハーマン・メルヴィルの生誕百周年の年を境に、二〇年代には未曾有のメルヴィル再評価の風潮がわきおこり、それは彼の代表作『白鯨』を楯に、長い歴史を誇るイギリス文学史へ拮抗するだけの強力なるアメリカ文学史の準拠枠を作り上げようと、北米アカデミズム内部の気運を一気に盛り上げた。一九二八年にはアメリカ最大の文学研究組織ＭＬＡ（近現代語学文学協会）の中にようやくアメリカ文学の分科会が創設され、同年には学術雑誌として『ニューイングランド・クォータリー』が、翌一九二九年には『アメリカン・リタラチュア』がそれぞれ創刊された。

その動きと共振するかのように、一九二八年には日本英文学会が発足し、同年に上智大学英文学科が創設された。

ここで留意しなければならないのは、我が国における最初期のアメリカ文学者の大半は、当初はイギリス文学者として出発していることだ。そこには英国モダニズム作家D・H・ロレンスが一九二三年に出版した『アメリカ古典文学研究』の影響があるかもしれない。折しも一九二一年、シカゴ大学留学から帰国し立教大学教授となった高垣松雄が日本初のアメリカ文学講義を開始し、一九二七年には著書『アメリカ文学』を刊行し、早稲田大学でも日高只一教授が一九二三年に英米留学から帰国してアメリカ文学を講じつつ、一九三二年には著書『アメリカ文学概論』を上梓している。イギリス・ロマン派研究から出発した東大教授・斎藤勇は一九二七年に我が国初のイギリス文学史を刊行したことで知られるが、同時に国立大学初のアメリカ文学講義を担当し、一九四一年に日本初のアメリカ文学史を出版した。このころイギリス文学者がアメリカ文学者をも兼ねることも往々にして見受けられたが、やがては、まずイギリス文学を学んだ者がアメリカ文学の専門家として独立して行く。

この構図を身をもって体現したのが、上智大学におけるアメリカ文学研究の礎を築いた刈田元司教授（一九一二—九七）である。一九三五年から三七年まで、ワシントンDCのジョージタウン大学大学院に留学された先生は、当初こそチョーサーを中心とした中世英文学とシェイクスピアなどエリザベス朝演劇を専攻されたが、たまたまジョン・ウォルドロン教授のアメリカ文学講義を受講されたのがきっかけで、この新分野に目を開かれたという。以後の先生はエドガー・アラン・ポーやエミリィ・ディキンスン、マーク・トウェイン、ヘンリー・アダムズ、ガートルード・スタイン、ロバート・ペン・ウォレン、キャサリン・アン・ポーター、シルヴィア・プラスにいたるまで幅広く興味を拡大され、研究の成果は翻訳や論文に結晶した。かくして先生は帰国後まもなく上智大学文学部および予科の講師に迎えられ、それ以後は、我が国のアメリカ文学研究のディシプリンの確立のため、多角的な活動を開始される。

終戦の翌年一九四六年には、日本におけるアメリカ文学研究の中核を成す日本アメリカ文学会の種子が撒かれる。同年に発足した「アメリカ学会」（一九六六年設立の全国組織「アメリカ学会」の前身）に所属するアメリカ文学者たち、大橋吉之輔や大橋健三郎等が世話役を務め、一九五三年五月に「アメリカ学会 文学部会」へと発展する。さらに一九五〇年から一九五六年にわたり毎夏行われた〈東京大学・スタンフォード大学アメリカ研究セミナー〉と、その延長で京都大学と同志社大学との協力により一九五一年に始まった〈京都アメリカ研究夏期セミナー〉（一九八七年まで継続）が推進力となり、とりわけ一九五二年の日米行政協定締結の翌年に、アメリカ研究を眼目とする「長野セミナー」が開始され、一九五五年の第三回目には、一九四九年のノーベル文学賞受賞作家ウィリアム・フォークナーが招聘され初来日を遂げたことは、日本のアメリカ文学研究の勢いに一段と弾みを与えた。かくして全国組織結成の機運が高まり、一九六二年一〇月二六日（金）午後五時から京都にて全国協議会が開催されて、現在まで続く連邦制から成る全国組織「日本アメリカ文学会」の大綱が決定する。

この結成時に、刈田先生は評議員として参加され、山屋三郎初代会長の時代には副会長を務め、一九六九年には杉本喬第二代会長を継ぐ第三代会長に選出されて、一九七三年までの二期を務めておられる。この当時、五〇代後半の刈田先生は学会的には最も多忙をきわめておられた。一九六九年からは日本ホイットマン協会の会長を二期務められ、一九七三年には日本英文学会会長代行も兼任されたからである。しかもハーバード大学やウィスコンシン大学における在外研究を経て国際的交流にも通じておられた。本場のアメリカ文学研究の息吹を伝えるランダル・スチュアートの『アメリカ文学とキリスト教』やハワード・ブラッシャーズの『アメリカ文学史』の名訳は上智大学でアメリカ文学を学ぶ精神の根幹を形成した。

かくも幅広い学問的キャパシティを備えておられた先生の盲点を補ったのが、やはり日本アメリカ文学会結成当時に英文学科に加わった佐多真徳教授（一九二四―九五）である。刈田先生が詩や散文を得意とした一方、演劇を専攻した佐多先生は日本アメリカ文学会の役員のみならず日本放送芸術学会第二代会長を務められるとともに、『悲劇の宿命』（一九七二）や『アーサー・ミラー――劇作家への道』（一九九二）といった重厚な研究書を世に問うた。それらは作家とのインタビューや未発表原稿の調査を通じ、アメリカの家族劇の内部に母性を中心とするジェンダー・ポリティクスを喝破した洞察の書であった。一方で筆者などには、学部においてアメリカ文学史を担当され、独立革命の力となった建国の父祖ベンジャミン・フランクリンの自伝の面白さを力説されていた姿も忘れられない。

加えて、戦後の上智大学がアメリカにおけるイエズス会から多くの学者を迎える決断を下したのちに、刈田先生率いる英文学科がミシガン大学で文学博士号を取得したフランシス・マシー教授（一九二五―二〇一五）、ウィリアム・カリー教授（一九三五―）の両先生を迎えることができた僥倖も、学科の基盤を盤石にした。ともに日本文学を中心とした比較文学を専攻する先生方であったが、マシー先生はヘミングウェイやソール・ベローといった現代作家ばかりか遠藤周作の『おバカさん』を英訳され、ラルフ・ウォルドー・エマソンと北村透谷を比較する論文や単著『志賀直哉』（一九七五）まで発表されており、カリー先生はアメリカ短篇小説の講義を担当されつつも、とりわけフォークナーを好まれ、ご専門の方では安部公房とフランツ・カフカ、サミュエル・ベケットを縦横無尽に比較検討した博士論文にもとづく単著『疎外の構図』（一九七五）を刊行しておられる。このおふたりからアメリカ文学が比較文学、転じては世界文学へ通ずる窓なのだと実感した教え子は少なくあるまい。

刈田先生以後を支えたのは、秋山健教授（一九三一―二〇〇七）、渋谷雄三郎教授（一九三一―二〇〇八）の両先生であった。

一九七七年に秋山先生が同志社大学から移籍されて以後のしばらくのあいだ、四谷でアメリカ文学を専攻する者はみな「予型論」（typology）の熱に浮かされていたのを記憶する教え子は少なくあるまい。ピューリタニズムは「内部に聖霊の導きと挫折の諸原因をもつ一種の熱狂的信仰」と定義されるが、あのころ上智大学大学院では、まさにピューリタニズムの根本を成す予型論という熱狂的信仰が吹き荒れていたのである。聖書はペリー・ミラー以後のピューリタン研究を一気に塗り替えたサクヴァン・バーコヴィッチ、伝道師はミシガン大学留学以来、北米の先端的学者たちとの交流も浅からぬ秋山先生。それによりホーソーン、メルヴィル、ディキンスンといった一九世紀作家のみならず、スタインベックやウェスト、ピンチョンといった二〇世紀作家に至るまで読み解けるのを知ったときの衝撃といったら！　秋山先生の論文は決して多くはないが、先生が第一章「アメリカ植民地時代の文学」を担当された福田陸太郎他編『アメリカ文学思潮史』（一九八六）は、いまに至るもピューリタン文学を専攻する学究には最良の手引きだろう。

渋谷先生は文字どおり一九八二年にご退職された刈田先生と交代するかたちで東京学芸大学から移籍されたが、その時点ではすでにユダヤ系現代文学を代表するノーベル文学賞作家ソール・ベローの研究で知られ、『ベロー——回心の軌跡』（一九七八）も高い学術的評価を得ていた。興味深いのは、刈田先生がトウェインとも比較されるベローの名作として本邦初訳された『オーギー・マーチの冒険』（一九五三年刊、一九五九年荒地出版社版刊）を、渋谷先生が一九八一年に早川書房より新訳しておられることである。刈田先生の先見の明は疑いないが、八〇年前後にはポストモダニズムの文学と批評が勃興し、のちに渋谷先生がバースによるメタ大学小説の体裁を採った世界史のパロディ『やぎ少年ジャイルズ』の邦訳を手がけられることを考えると、中継地点としてのベローの役割は決して小さくない。教壇ではたとえ邦訳であってもアメリカ文学を多読することを奨励した先生だったが、じっさいには一字一句おろそかにしない読みの達人であり、その手腕は、日本英文学会編集委員長としても発揮された。

そして九〇周年を迎えた二一世紀現在。刈田先生から秋山先生、渋谷先生へ至る伝統は、ピューリタン文学をナサニエル・ホーソーンの視点から捉え直し、そのエッセンスを単著『植民地時代アメリカの宗教思想』（二〇〇六）に凝縮された増井志津代先生、アメリカ現代詩を専攻し代表作『ジョン・アッシュベリー「可能性の賛歌」の詩』（二〇〇五）などの現代詩人研究からアメリカ大衆音楽研究まで幅広い範囲で活躍する飯野友幸先生、そしてアメリカ・ロマン派の中でもハーマン・メルヴィルを専攻しF・O・マシーセンの大著『アメリカン・ルネッサンス』（原著一九四一：邦訳二〇一一）の共訳を成し遂げる大塚寿郎先生（文学部長を経て現副学長）へ、脈々と受け継がれている。

## （3）英語学

今里 智晃

英文学科のルーツが一九二八年（昭和三年）開設の文学部文学科にあるとすれば今年で九〇年になる。入手できた資料を基に英文学科の英語学専攻の歴史を振り返るが、古い要覧等は学事センターでも保管していないということで初期にどのような英語学関連の科目があったのか詳細はわからない。

一九五三年に英文学科を卒業し、のちに母校の教員となり英語学研究の道を切り開いた渡部昇一教授（一九三〇―二〇一七）は学生時代を回想して、「当時は英語学の専任の先生がまだおられなかった」と『渡部昇一　青春の読書』（二〇一五）で述懐しているが、実は一九五一年度の教職員名簿に千葉勉教授（音声学）と金口儀明助教授（英文法）の名前がある。これはどういうことか。管見によれば、両先生とも当時は「一般教育担当」であったため、渡部先生の眼を開かせるような高度な内容の授業はできなかったのかもしれないし、また先生が助手時代に史的英語学の第一人者中島文雄東大教授の大学院の演習を聴講し、初期の論文「英語学とは何か」（京城帝大紀要『言語・文学論纂』一九三二）を読み、英語学とはこういうものかと理解した青年の客気がそう書かせたのかもしれない。

渡部先生は大学院修了後ドイツ・ミュンスター大学に留学。古代ゲルマン民族の言語、文化、宗教の碩学カール・シュナイダー教授に師事し、英文法の発生とその後の発展をテーマにした学位論文をドイツ語で書き、一九五八年に哲学博士号（Dr. Phil, magna cum laude）を授与された。ドイツで出版された学位論文がのちに『英文法史』（一九六五）となる。

渡部先生は上智で米文学の専門家でありながら英文学にも造詣が深い刈田元司教授から劇作家ベン・ジョンソンの『英文法』（一六四〇）の存在を教えられ、それをテーマに修士論文を書くことになったこと、比較文学・ヨーロッパ思想史のJ・ロゲンドルフ教授から当時英語学の先進国だったドイツ留学を薦められたこと、またミュンスター大学でシュナイダー教授に師事したことなどで、まるで光線の束が一点に収束したかのように英語学研究の道が定まった。「英語は西ゲルマン諸語の一方言に過ぎなかったのですな」という先生の口癖も、ゲルマン民族の原郷ともいうべきドイツで英語の史的研究を始めたからこそ得られた視点である。

学位取得後、渡部先生はオックスフォード大学に行きE・J・ドブソン教授のもとで研究を続けた。ドブソンはその前年の一九五七年に、正音学者の膨大な文献を解題した『近代初期英語音韻史』を出版した。しかしこの少し前に音声実験を通して得られた知見を音韻現象に適用して考察したW・ホルンの『音と生命』（一九五四）を十分に検討しなかったようで、渡部先生はこの点を含め ME [ɛː] が eModE [iː] になった過程についての疑問を直接ドブソンに質し、回答を書評で紹介した（『ソフィア』八巻三号、一九五九）。これはドブソンとホルンを最初に比較した先生の業績である。

近代の言語研究は一七八六年にイギリスの東洋学者サー・ウィリアム・ジョーンズがサンスクリットとギリシア語とラテン語が親戚関係にあると発表したことがきっかけで、音韻や語源の研究を基にした印欧比較言語学が誕生した。一九世紀にはJ・グリムが『ドイツ語文法』（第二版、一八二二）の中で印欧基語とゲルマン基語の間に子音変化が起きたことを示す対応関係を定式化したこと（グリムの法則）や、印欧諸語の関係が明らかにされたこともあり、ドイツが比較言語学の本場となる。さらにF・C・コッホの『英語史』（一八六三―六九）やH・パウルの『言語史の原理』（一八八〇）などが次々と刊行された。ドイツ以外でも英語研究は行われたが、オックスフォード大学初代近代語教授のF・マックス・ミュラーはドイツ人であり、イギリス人で『英語方言辞典』（一八九八―一九〇五）を著したJ・ライト、イギリス人による最初の科学的英文法とされる *A New English Grammar* (2vols. 1892-98) を書いたH・スウィートらがいずれもドイツで英語学を学んだように、一九世紀から二〇世紀の前半まではドイツが英語学の中心であった。他方二〇世紀になると、F・ド・ソシュールのジュネーブ大学の講義内容を基に編纂された『一般言語学講義』（一九一六）が共時的な言語研究を優先すべきとしたことから、特にアメリカでは語源や文献を重視する史的研究が遠ざけられることになる。

渡部先生が帰国して教壇に立った一九六〇年には構造言語学が主流になっていて、日本の英語学や英語教育はL・ブルームフィールドの『言語』（一九三三）やC・C・フリーズの『英語の構造』（一九五二）の影響を受けていた。この状況は一九七〇年代でも続いていて、ブルームフィールドやフリーズの本を抱えた学生が上智でも多く見られた。その後、構造言語学に代わりN・チョムスキーの変形生成文法が出て言語学・英語学界を席捲するが、渡部先生の姿勢は揺るがず、日本の出版社が近代の英文典を翻刻出版したとき、C・バトラーの『英文典』（一六三四）やJ・ウォリスの『英文典』（一六五三）に文献学的解説をつけた（一九六七、一九六八）。この仕事はスコラ・プレスの英文法書リプリントシリーズが刊行される前だった点で大きな意義がある。このころから上智では英語学科で言語学の主流となった変形生成文法が、英文学科で文献を重視する英語学が教育研究の中心になる。

一九七〇年代には英文学科が広く世間に認知された。学会では刈田先生が日本アメリカ文学会の会長であり、渡部先生は『英語学史』（一九七五）を刊行し、論壇にもデビューして『腐敗の時代』（一九七五）で第二四回日本エッセイスト・クラブ賞を受賞、翌年の『知的生活の方法』（一九七六）はベストセラーになる。金口先生の英文法は受験生に人気があり、入試難易度も上がり英文学科は早慶に並ぶ私学のトップレベルとなった。

一九七〇年度の講義概要を見ると、金口先生が「英語学講義」（英語表現法）や「英文法概論」を担当。後者では英文法の視点で文学作品のいろいろな表現を取り上げ、学校文法では説明できない点があることを指摘した。この年に、先生の長年の冠詞研究が『英語冠詞活用辞典』（一九七〇）となって実を結んだ。他方、渡部先生は「英語史」、「英語学講義」（古代・中世英語）などを担当。英語史は単なる英語の歴史ではなく英語を通した英国文化史といった内容で、教科書もハンドアウトも使わず教室で聞こえるのは先生の声と黙々とノートを取る学生の鉛筆の音だけという講義風景だった。先生はよく脱線をしたが、これもまた学問的な内容のため学生はあとでノート整理に苦労した。「英語学講義」では『ベオウルフ』を取り上げ、この叙事詩の背景に隠れたキリスト教以前のゲルマン民族の文化的な事象や世界観、日本神話との比較考証、単語の語源や語根から音象徴まで言及するという中身の濃い授業だった。履修生は古英語の文法を学んでいることとJ・ホープスの『ベオウルフ注解』（一九三二）を読めることが前提というハードルの高い授業だった。また「文献演習」ではホルンの英語音韻史がテキストになったため、履修生は中級以上のドイツ語が必要で予習が大変だった。このころから学生の間で英語学を専攻するにはドイツ語が必修だという意識が高まり、演習で扱う範囲外の個所を学生だけで読もうという輪読会も始まった。

一九八〇年度には、金口先生が「英語学講義」で冠詞と名詞を扱い、「演習」で米語と英語、口語と文語などさまざまな使用域を示す授業を行った。渡部先生は「英語学講義」でG・M・マックナイトを使用して近代英語の成立以降の英語史を講義したほか、政治・経済・文化・歴史・教育などの多方面での論考により一九八五年に第一回正論大賞を受賞した。一九八四年には卒業生である土家典生教授（一九四七―）が立正大学から着任し、英語史や古英語・中英語などの演習を担当することになる。一九八一年にシュナイダー先生が来日して大学院の演習に招かれて『ベオウルフ』を取り上げたときには東大や他大学の現職教員も参加した。この演習や渡部先生宅で行われたコロキウム、さらに学習院大と同志社大で行われた講演などは土家先生がテープ起こしと原稿整理を担当し、渡部昇一・土家典生共編『ベオウルフに関するソフィア・レクチャーズ』（一九八六）として刊行した。

一九九〇年代は退職した金口先生のあとを渡部・土家両先生が英語学専攻部門を支え、このころから両先生とも必修科目「英文法概論」で細江逸記の『英文法汎論』（一九一七）を使用するようになる。渡部先生はイギリス人がどのようにして自国の歴史と国語を再発見するに至ったかを「イギリス国学」というユニークな概念で考察した結果を『イギリス国学史』（一九九〇）として刊行し、一九九三年にはイギリス国学協会を設立して初代会長に就任した。土家先生は語源の研究を続け、共著の『英語の辞書と語源』（一九八四）で語源の部を執筆したほか、『小学館ランダムハウス英和大辞典第二版』（一九九三）の語源欄の執筆校正を名古屋大グループと上智グループが分担した際、上智側のリーダー役を務めた。そのときに参加した渡部門下生の若手八名は全員がのちに大学教授になった。土家先生は渡部先生の薫陶を受け、従来の語源研究を一歩進めて古代人の内的世界から外的世界まで解明しようとするミュンスター大学J・トリアー教授の新しい語源学を継承し、退職後の現在も後輩の大学教員たちと文献購読を続けている。

土家先生の退職後は池田真教授（一九六五―、現英文学科長）が孤軍奮闘で英語学部門を担当。二〇〇〇年以降は「英語学概論」で細江文法を講義するほか、新たにロンドン大学大学院で学んだ英語教育を基に「英語科教育法」や「英語教材論」も担当し、その成果を文法関連では『ノア・ウェブスターとリンドレー・マレーの文法戦争』（一九九九）や『快読英文法』（二〇〇二）として、英語教育関連では共著で『CLIL（内容言語統合型学習）』（二〇一一、二〇一二、二〇一六）や『CLIL英語で学ぶ国際問題』（二〇一四）として刊行した。さらに特筆すべきは、渡部先生が在職中にさまざまな学術誌や専門誌に発表した書評や論考で単行本に未収録のものをすべて――約一二〇タイトル――池田先生が集めて編集し、二巻本の『渡部昇一小論集成』（二〇〇一）を完成させたことである。渡部先生の小論を教え子が時間と労力を費やして一か所にまとめた本書は文献を重視する渡部英語学の全容を理解する重要な補完的役割を果たすもので、英語学専攻の核心ともいえるドイツの一九世紀の文献学者A・ベックの「文献学とは認識されたものの認識」というモットーが英文学科で確実に受け継がれている証しである。

# 第四章　英文学科の発展を導いた教授陣――プロファイル

## （1）ニコラス・ロゲン（Nicholas Roggen, S.J. 1900-61）

**【略歴】**

一九〇〇（明治三三）年九月三日　ドイツ（帝国）Kaldenkirchen（オランダに接する Nordrhein Westfalemn 州の小さな町）に生まれる。

一九二〇（大正九）年　イエズス会入会。

一九二八（昭和三）年　司祭に叙階、のち、ケンブリッジ大学で英文学を研究して学位（ＭＡ）を取得。

一九三三（昭和八）年　来日、上智大学英文学科に着任。

一九三九（昭和一四）年　『ザー・スタディ・オブ・イングリッシユ・リタリチヤ *The Study of English Literature*』（稲門堂）

一九五五（昭和三〇）年　『イギリス文学史（上）（下）』（巽豊彦訳、創文社）

一九六一（昭和三六）年まで　英文学科長を二〇余年間務めるほか、東京カトリック神学院院長を務める。

一九六一年二月一六日　帰天。享年六〇歳。府中カトリック墓地に眠る。

**【研究、講義、お人柄について】**

私は一九五一（昭和二六）年の入学である。当時、私はロゲン先生に拝顔したことはなかった。二年生になって、はじめて専門科目があった。刈田先生による二、三年生合併の英文学史だった。分厚いA3版の謄写版刷りの、表紙に*A History of English Literature*, Nicholas Roggenと書かれたテキストが配られた。各章が"Political and Cultural Background"で始まっていることを今でも忘れていない。講義の進行が早く、私たちは英語を見ながらの聴講がたいへんだった。居眠りをした三年生が、指名されて、「ラテン・ソースからデライヴした」とやったのには、一同爆笑した。刈田先生は二、三章終わる毎にテストをするので、勉強がたいへんだった。私は斉藤勇著『英文学史』（研究社）と平行して、重要事項を暗記した。講義は、確かヴィクトリア朝までだったと思う。ロゲン先生の原文テキストが手元にないので確かめられない。巽豊彦先生訳（一九五五）を探してみたが、見つからなかった。ソフィア叢書版を古本で入手して、確かめた。それは上下巻一冊本で、二〇世紀初頭まで網羅している。詩壇としては、T・S・エリオット、シットウェル姉妹、オーデン、スティーブン・スペンダー、セシル・デイ＝ルイス、ディラン・トマスなどが詳述されている。新しい散文小説として、ハクスリー、イシャーウッド、ロザモンド・レイマン、ジョージ・オーウェル、特にイーヴリン・ウォーとグレアム・グリーンに紙面が多く割かれている。実験的現代劇として、J・B・プリーストリーやT・S・エリオットの*Murder in the Cathedral*などが重視されている。やめられなくなり、一四章「結びの考察」に進んだ。「英文学とキリスト教文学が西欧文化の部分を成す。西欧文化はキリスト教の伝統に鼓吹されている。宗教改革は北と南に分離させ、その論争が西欧的伝統の一致を阻害した。ヘンリー・ニューマンのオックスフォード・ムーブメントが伝統への復帰に貢献した」。こうした記述を読み、私は六〇年ぶりに、カトリック司祭のロゲン先生の講義を拝聴した気がした。他の著書、論文などは拝読できなかったが、ジョン・ダン、G・M・ホプキンス、グリーンなどカトリック文学を研究の中心におかれていたことがわかる。

私がロゲン先生にお目にかかったのは、学部三年生の時であった。先生はドイツ人としては背が高くなく、中肉中背で、色白で立派な顔立ちをされ、五〇歳前にしては白髪の好々爺という印象を受けた。講義は中世劇（奇跡劇、神秘劇と道徳劇）及び大学才人（クリストファー・マーロウなど）だったと思う。先生はにこりともせずに教卓につき、タイプした英語の原稿を淡々と読み上げる。今でも先生のhuman heartと言う時のドイツ語訛りの（ch）の音が忘れられない。板書は固有名詞のみで、私たちはひたすらノートをとる。英語のみによる講義についていけたのは、闇雲なつめこみ英語教育のおかげであろう。

四年生の時には形而上詩を習った。先生はジョン・ダンを叙情詩の創始者とし、知性・信仰・情熱の詩人であると説明された。さらに、ジョージ・ハーバート、ヘンリー・ヴォーン、リチャード・クラショーをとりあげられた。詩の講義にプリントを配られたか、板書されたか覚えていないが、相変わらず英語による講義であった。私たちはきっと理解できたことになっていたのであろう。

私は卒論をジョイスで書いた。メンターがロゲン先生であった。私は二、三度先生を訪ね、短時間英語で応答したのを覚えている。畏れおおかったのである。それでも、九五点を頂きうれしかった。

私は一九五五（昭和三〇）年に大学院西洋文化研究科英文学専攻に進んだ。一年目にロゲン先生のG・M・ホプキンスの講義をとった。このヴィクトリア朝の詩人が、ニューマンに感化されて改宗し、イエズス会士となったこと、死後二九年たって初めて作品が印刷されたが、詩風が近代的（先生は「スプラング・リズム（sprung rhythm）」という言葉を連発された）なので、かえって好都合だったことを、先生は説明された。テキストは*Poems* ed. by Gardner (1948)だったと思う。詩が難解なので、親友の佐藤正司君と私は、英文研究室の棚で格好の解説書（書名を忘れた）を見つけ、それを頼りに予習した。

大学院に入って間もなく、佐藤君と私は、『ソフィア』編集部の手伝いをしていた。編集長のロゲンドルフ先生がドイツに出張で留守の間、しばらく、ロゲン先生が交代されたことがある。先生は午後、奥の部屋の編集長の椅子に掛け、パイプをくゆらせる。時々ゴホンという咳の音、やがて、小さな寝息が聞こえて来る。ある日、三〇分もすると先生が秘書の松本たまさんと話をするのが聞こえた。その時初めて、先生が日本語も良くおできになることを知った。それから二年後に先生はご帰天されたことになる。

**（徳永 守儀）**

## （2）ヨゼフ・ロゲンドルフ（Joseph Roggendorf, S.J. 1908-82）

**【略歴】**

一九〇八（明治四一）年五月一〇日　西ドイツ、ケルン市郊外のメヒャニヒに生まれる。
（ご自身はよく明治四一年と表現されていた。）

一九二六（大正一五年）ギムナジウム（中・高校）を経て、イエズス会に入り、ドイツとフランスの哲・神学院において哲学・神学を修める。（Ph. D., Lic. Theol.）

一九三四（昭和九）年　司祭に叙階。

一九三五（昭和一〇）年秋　来日。日本語習得に励むかたわら、旧制広島高等学校でドイツ語を教える。

一九三七（昭和一二）年　イギリスに留学。ロンドン大学東洋学部において比較文学を専攻。「歌物語」研究で学位を取得。

一九四〇（昭和一五）年　日本に帰国。上智大学教授（〜一九七九年まで。同年、上智大学名誉教授）。
戦後、カトリック司教団により発足したカトリック中央協議会の教学部長に任命される。

一九四七（昭和二二）年　全国の聖職者を対象とした英文の *Missionary Bulletin* を発刊。

一九四九（昭和二四）年　東京教区・上智大学共催の神学講座を開講。全国カトリック系学校の連携を図るため、教育協議会を設立し、機関紙『カトリック教育』を発行。文学部英文学科の正規の授業に加え、国際部で設立当初より数年間「日本文化史」の講義を担当する。同年、『カトリシズム』（野口啓祐訳、弘文堂、アテネ文庫）。

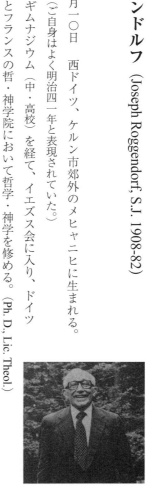

一九五一（昭和二六）年　『ヨーロッパの危機』（弘文堂）。

一九五二（昭和二七）年　学術季刊誌『ソフィア』を創刊し、上智大学退職まで編集主任を務める。

一九五六（昭和三一）年　上智大学大学院主事（～六五年まで）。

一九六二（昭和三七）年　西ドイツ政府より十字功労賞一級を授与される。

一九六八（昭和四三）年　日本政府より勲四等瑞宝章を授与される。

一九七三（昭和四八）年　三月より五月まで、オーストラリア、キャンベラ大学客員教授。

一九七九（昭和五四）年　六月から八月まで、ニュージーランド、オークランド大学客員教授。

『和魂・洋魂――ドイツ人神父の日本考察』（加藤恭子共著、講談社）。

一九八二（昭和五七）年一二月二七日　帰天。


【研究業績】

ロゲンドルフ先生の業績は、略歴に挙げた以外にも数多くある。たとえば、日本について、多くの外国の刊行物に寄稿している。先生は日本文学の中でも特に島崎藤村に造詣が深く、『大英百科事典』（ブリタニカ）の「島崎藤村」の項目を執筆している。

さらに『ソフィア――西洋文化並びに東西文化の交流』の創刊以来、長年にわたり編集に携わってきたことは特記すべき点である。学部の授業で、この雑誌に掲載された渡部昇一教授のエッセイを取りあげ、それを英訳する指導を受けたことを思い出す。

没後、先生の業績を記念して上智大学を中心にヨゼフ・ロゲンドルフ賞が設立されたことも挙げておかなければならない。この賞は一九八五年に設立され、東西交渉史を主とした学術書に授与されるものである。

また、先生の記念論集として、高柳俊一編『受容の軌跡――西欧思潮と近代日本』（南窓社、一九七九年）、追悼文集として、ヨゼフ・ロゲンドルフ師追悼文集編集委員会編『一粒の麦――ヨゼフ・ロゲンドルフ師追悼文集』（南窓社、一九八三年）がある。

【厳しさと優しさ】

学生時代、吉祥寺に住んでいた僕は、あるとき中央線の車内で先生にばったり出くわしたことがある。たまたま英字新聞を手にしていた僕に、「感心だね。ちょっと貸してごらんなさい」と言われて、先生は記事の内容についていろいろと僕に質問を始められた。「この単語の意味は？」「このセンテンスはどういうことかわかるかね？」まさに、電車内での個人レッスンが始まったのだ。少し、いや、かなりドキドキしながら、僕は一生懸命に質問に答えていった。もちろんすべてにうまく答えられたわけではないが、正解の時には「そう、よく知っているね」と褒めて下さり、分からなかったときには、丁寧に説明をして下さった。このレッスンは四ッ谷駅まで続き、改札口で別れ際には、「この調子でしっかり勉強しなさい」と励ましてもらったことを今でも鮮明に覚えている。今でも四ッ谷駅の赤坂口の改札を出ると、あの時の光景がありありと思い浮かぶ。

学部時代に受けた日本文学の英訳や比較文化の授業はいずれも決して楽なものではなかったが、実に多くのことを学ばせてもらった。また、小説の講読の授業では、うまく答えられないときなど、皮肉交じりに遠回しに説教をされたことを思い出す。さらには、英語のみならず、時には日本語についてもいろいろと教わったものだ。先生の日本語力にはみな感銘を受けたし、また高尚なジョークに反応できないときなど、ただただ恥ずかしい思いを隠せなかったものだ。「ここで笑うんだ」という先生のがっかりした声が今も聞こえてくる。

大学院の時は、高度な内容の講義になかなかうまくついて行けなかったが、それでも先生は常に励まして下さったものだ。テキストはエーリッヒ・アウエルバッハの『ミメーシス』だったが、提出したレポートの内容について、「それこそ、ソフィアンならではは素晴らしい見解だ！」と褒められ、お世辞でもうれしくて心の中で小躍りしたものだ。

あの頃、どこまで読めていたかというと、気恥ずかしくなる思いだが、それでも実に多くのことを学ばせてもらったのだと今になってしみじみ思う。

## 【グローバルにものを見ることの教え】

今振り返ると、なかなか勉強に身の入らない僕ではあったが、数少ないいいところを見つけて、それを思い切り賞賛してもらったおかげで、自信を与えてもらったと同時に、「この先生を裏切らないようがんばろう」と密かに誓ったものだ。学部の後半からアメリカ文学に少しずつ傾倒していった僕だったが、ロゲンドルフ先生にはヨーロッパの思想をたたき込まれた。アメリカだけを見るのではなく、ヨーロッパとアメリカ、そして日本というつながりを常に視野に入れて考える姿勢というものを教わった。

上智では数多くの素晴らしい師に恵まれたが、ロゲンドルフ先生には特にこうしたグローバルな視点を持つことの重要性を学生時代に植え付けられていたのだと思う。欧米の思想を学び、そしてそれを日本人としてどう活かしていくのかを常に考える姿勢を身につけてくれたのはロゲンドルフ先生だった。

修士課程を終えて、最初に教職についてすぐに二年間アメリカの大学に行く機会を得た。出発前に一度お目にかかることができたが、また帰国したらいろいろと話を聞いてもらおうと楽しみにしていた。しかし、僕が帰国してわずか二、三日後に先生は昇天されてしまった。

帰国の報告ができなかったことは今でも残念に思っているが、そのかわり先生の教えと思い出は今でもまだ僕の中に生き続けている。大股でまっすぐに前を見据えてキャンパス内を歩く先生の姿が今も目に浮かぶ。

今にして思えば、できの悪い僕を褒めることで伸ばしてやろうとして下さったのだろう。僕の「打たれ弱い」性質を見抜き、叱ることをせず、何か一つでもいい点があればそれを思い切り賞賛して下さった。時には気恥ずかしくなるくらいに。

東京のあちこちを時間をかけて散歩されていた先生だが、今でもふとどこかでばったり遭遇できるかもしれない、そんな幻想を抱くことがある。先生は僕の中で今もそんなふうに生き続けている。

## 【麦村先生】

先生は自分の日本名は麦村《ばくそん》だとよく言われていた。それは、ロゲンドルフは「麦の村」という意味だからということだったが、麦と言えば、追悼文集のタイトルにもなっている「一粒の麦」が思い出される。この本は先生がいかに多くの後継者を育てられたかを物語っているが、僕は「一粒の麦」と言えば、いつも吉田松陰の『留魂録』に記された「四季の循環と吾が人生」の一節を思い出す。松蔭が残した籾がもしも「同志の士」によって継承されれば、その種は後世までずっと生き続け、また見事な穂を実らせるというものだ。ロゲンドルフ先生のまかれた種は今も、そしてこれからもずっと多くの多くの立派な実をつけていくことだろう。

あれほど英知にあふれ、まさに上智（ソフィア）を体現する教育・研究者であった先生の最大の業績は、松蔭と同様、多くの一流の研究者を育てられたことだ。ここにその名を列挙することはできない。それほど多くの人材を育てられた。それこそが、ロゲンドルフ教授の最大の功績と言っても過言ではないだろう。

先生の遺志を継ぎ、ソフィアンとして、そして日本人として世界を見据えていくことが我々の使命だと確信する。

## 【ソフィアン、そして日本人への提言】

先生の著書の中でも、たとえば対談形式の『和魂・洋魂』などを読むと、特別な感慨がよみがえる。そこには、今の時代にもぴたりとあてはまるような提言が数多く残されている。それらは現代の日本人が失ってしまったもの、あるいは失いかけている大切なものを思い出させてくれるのだ。ドイツ人神父として来日し、その後四〇年にわたる研

究者、教育者としての日々の中で考察してきた日本、そして日本人の姿がわかりやすい言葉で描かれている。今こそ『異文化のはざまで』（一九八三）などと合わせて読み返したい一冊である。

（宮脇　俊文）

## （3）フランシス・マシー（Francis Mathy, S.J. 1925-2015）

**【略歴】**

一九二五（大正一四）年二月二四日　アメリカのウィスコンシン州レッド・リバーで生まれる。ベルギー人移民が多いことで知られるレッド・リバーの住人の多くはカトリック。将来カトリックの司祭になるという思いがこの環境の中で芽生える。

一九四三（昭和一八）年　日米開戦二年後、先生が軍隊に志願できる一八歳のタイミングで、米国陸軍が日本語教育の特別訓練プログラム、別名アーミー・メソッドを開始。

一九四五（昭和二〇）年　アメリカ進駐軍の一員として来日する。連合国軍最高司令官総司令部（GHQ）の本部が置かれた皇居周辺を散策中、日本で司祭になることを決意。

一九四七（昭和二二）年　アメリカ帰国後、イエズス会入会。二二歳。

一九五三（昭和二八）年　司祭になるべく来日。二八歳。

一九五八（昭和三三）年　東京の聖イグナチオ教会で司祭叙階。三三歳。

一九六三（昭和三八）年　ミシガン大学で比較文学の博士号を取得。博士論文は北村透谷論。上智大学文学部英文学科講師。

一九六四（昭和三九）年　六甲修道院院長、六甲学院理事長を六年間務める。

一九六五（昭和四〇）年　最終誓願。四〇歳。

一九七〇（昭和四五）年　上智大学文学部英文学科助教授。教授昇格直前に発表された研究論文が“The Humanism of Saul Bellow and John Updike”。

一九七一（昭和四六）年　上智大学文学部英文学科教授。

一九七四（昭和四九）年　遠藤周作『おバカさん』の英訳 *Wonderful Fool* を出版。

一九八四（昭和五九）年　研究論文“Hell Reconsidered: William Styron's *Sophie's Choice*”を発表。

一九九一（平成三）　年　最後の研究論文“Walker Percy and *The Thanatos Syndrome*”を発表。

一九九五（平成七）　年　上智大学名誉教授。

二〇一五（平成二七）年一月二八日　上石神井のロヨラハウスにて帰天。享年八九歳。

## 【研究業績――日本文学と英米文学研究】

先生の研究領域は、アメリカ文学を教える手前、アメリカ文学を中心にしているが、実は裾野が広い。先生はミシガン大学で比較文学の博士号を取得したが、学位論文は北村透谷だった。その後、志賀直哉研究の成果を一冊の本にまとめ発表したり、夏目漱石の『門』と遠藤周作の『おバカさん』等の英訳を手がけたりした。先生は国文学科の教授になってもおかしくなかった。実際、上智大学の比較文化学部（当時）では日本文学を講義していたという。

英文学科講師時代は、ジョイスとエリオットの作品 *Ulysses*（1922）と *The Waste Land*（1922）を天空ですれちがう小天体にたとえ論じている。ジョイスとエリオットは文明の荒廃を見据える点では同じだが、先生によれば、問題解決の方向性が違う。荒地にとどまり儀式を繰り返すかのごとく生きる（ジョイス）のか、あるいは荒地の彼方をめざして旅に出る（エリオット）のか。いずれにせよ、先生は二人のモダニストの文学を文明批評として見る。

アメリカ文学の領域では、一九世紀の作家ナサニエル・ホーソーン、二〇世紀の作家ソール・ベロー、ジョン・チーヴァー、ウィリアム・スタイロン、ウォーカー・パーシーの研究発表を行っている。先生が研究対象に選んだ作品のうち三作品（ベローの *Mr. Sammler's Planet*、スタイロンの *Sophie's Choice*、パーシーの *The Thanatos Syndrome*）は共通のテーマを扱っている。主要人物がナチスの残虐行為の証人であり、文明・文化に対する絶望がテーマである。

一九七〇年、教授昇格直前に発表された研究論文が "The Humanism of Saul Bellow and John Updike"。先生が論文を発表した当時、ベローの最新作は *Mr. Sammler's Planet*（1970）であった。アルトゥール・サムラーはポーランド系ユダヤ人。人間の知性を信じる理想主義者だった。しかし一九三九年、ナチスはポーランドを占領下に置き、ユダヤ民族の根絶を図り、領内各地でユダヤ人を集め、穴を掘らせ、裸にして虐殺した。妻は殺され、サムラーだけ生き残った。レジスタンスに加わり戦ったサムラーは、殺すか殺されるかの状況下、命乞いするドイツ兵を射殺したとき、自分は神に選ばれし者であるという快感を感じた。勝ち残るためにはあわれみを感じてはならない。人生はゲームである。サムラーはこうして人生を超然的に見るようになった。しかし、実際は、人生がゲームであると悟りきれていない。それから約二〇年後のアメリカで、義理の息子がマキャベリの論理（"When you hit him you must really hit him. Otherwise he'll kill you."）で人を殺しそうになるのを見て動揺する。人生はゲームであるべきではない。優しい心根を残す恩人エリアの亡骸を目にして、彼は実は自分が人間の性善を信じているのを認める。

一九八四年発表の研究論文が "Hell Reconsidered: William Styron's *Sophie's Choice*"。スタイロンの *Sophie's Choice*（1979）はアウシュビッツの生き残りポーランド人ソフィの物語。"At Auschwitz, tell me, where was God?" とソフィは問う。アウシュビッツに神はいなかったが、キリスト教文化はあった。レジスタンスの闘士ワンダがポーランド文化を説明する。"This is a cruel country.... It has grown so cruel over the years because it has so many times tasted defeat.... Adversity produces not understanding and compassion, but cruelty.”ポーランド人はゲームに負け続けたため冷酷になったというのだ。実際、ソフィの父と夫はナチスを支持し反ユダヤ主義を唱えた。これが裏目に出て、結局彼らはナチスに粛清された。ソフィは反ユダヤ主義者でなかったかもしれないが、ユダヤ人を助けることを拒否した。語り手のアメリカ人スティンゴには思い当たることがある。アメリカ南部の人種差別主義である。キリスト教徒でありながら、同じ人間を非人間のごとく扱う冷酷性・執拗性は文化の力であるのではないか。ソフィは最後、罪の意識からか、自分を助けてくれたユダヤ人ネイサンと一緒に死ぬことを選ぶ。

一九九一年、最後の研究論文が“Walker Percy and *The Thanatos Syndrome*”。このパーシー最後の小説 *The Thanatos Syndrome*（1987）の主人公は精神分析学の祖フロイトを尊敬する精神科医モア博士。物語の前提は、フロイトは世界大戦の暴力を目の当たりにして人間性を疑い、人間には生の衝動（エロス）だけではなく死の衝動（タナトス）があり、人間は文化を獲得することで、暴力性、破壊性を抑制することができると主張した（『人はなぜ戦争をするのか』）。物語は、科学者のグループがフロイトの理論を背景に、犯罪の抑制を目標に掲げ、秘密裏に人間の衝動を化学的に操作する実験を行なった。この極秘プロジェクトの黒幕がゲームの天才ヴァン・ドーンであるが、モア博士と仲間の活躍により、この天才がゲームの刺激を追い求める男でしかないことが明らかになる。

物語の展開で大きな働きをするのがモア博士の友人スミス神父。彼は人間の暴力の原因は衝動ではなく文化であると考える。なぜなら、ドイツの精神科医はナチス政権下で「生きるに値しない命」政策を実行したが、彼らはナチというより洗練された文化人だった。彼らは文化的価値（美、道徳、知識）を追求したからこそ「生きるに値しない命」という問題解決を信じた。文明が文化を極めるとき、人間性は既に失われているのではないか。モア博士がスミス神父と共有するのが安楽死、特に“infanticide”に対する嫌悪感である。この嫌悪感があるから彼らは人間性（フロイトの「幼児」）を疑うのではなく文化を疑うのである。

人間は通常文化を疑ったりしない。文化が善であると信じ込んでいる。文化が悪でありえることを見抜いたのはハンナ・アーレントである。しかし、紀元前五世紀、古代アテネの劇作家はギリシャ人のゲーム文化を批判した。一七世紀、マキャベリの時代、シェイクスピアとセルバンテスは失われた騎士道の観点からマキャベリズムを批判した（*Hamlet; Don Quixote*）。彼らは文化の偽善性（勝者・強者には優しいが、敗者・弱者には徹底的に冷酷である）を見抜いていた。

文学と文化の考え方には二通りある。⑴文学は文化的であり、文化の産物・副産物である。⑵文学は文化を批判するため生まれた。ホーソーンの *The Scarlet Letter*（1850）を例に挙げれば、ホーソーンは一七世紀のピューリタン社会を⑴肯定的に描くのか⑵否定的・批判的に描くのか、そしてピューリタン社会を描くのは一九世紀のアメリカ社会を⑴肯定的に見るためか⑵否定的・批判的に見るためか。ホーソーン研究者でいえば、⑴サクヴァン・バーコヴィッチか⑵アルフレッド・カジンか。先生は⑵であり、文学が既に批評であるという前提に立つので、文学にできるだけ語らせる、これが先生の文学批評である。

## 【カトリック司祭として】

先生が召し出しを受けたのは、終戦直後の、大空襲で焼け野原になった東京だった。皇居は空襲の対象から外されていたので、周囲の堀の水面に映る自然は変わらなかったと思う。殺戮と破壊のあと、先生は東京の自然の静寂の中で神のことばを聞いた。そして、先生は戦争に負けた日本人とともにあることを選んだ。

先生は時間に厳しかった。軍隊教育で育てられたのだから当然かもしれない。しかし、先生をマシー神父として知る人は、先生の違う顔を見ている。場所がどこであれ、人々とともにあろうとする先生だ。場所は東京かもしれない、神戸かもしれない、フィリピンかもしれない、シンガポールかもしれない。私たちの記憶の中に先生は場所の思い出とともにいつまでも残っている。

【宗教か文学か】

一九七二年、先生は上智大学共同セミナーの第六回セミナーの講演で北村透谷と遠藤周作を取り上げ、時代と宗派の相違はあるが、キリスト教に関する両者の結論は酷似すると指摘した。北村と遠藤の結論とは、日本人は西洋のキリスト教世界観を共有することができない。キリスト教は時間の概念で善悪を峻厳にわけるが、日本人にはこの時間感覚・歴史感覚の絶対性を受け入れることができない。

先生は最後、北村と遠藤の問題提起を受け、「日本にふさわしい神学」の必要性を説いた。いま私が思うのは、新しい神学を探求していたのは先生自身ではなかったのか、ということである。

二〇一三年、私が先生を訪ね、母の死を報告したとき、先生は私にある小説を紹介してくださった。ポール・ヤングの *The Shack*（2007）である。連続殺人犯に娘を殺された父親が、神から招待状を受け取り、殺害現場と思われる廃屋で、新しい神学を学ぶ。これが父親の臨死体験であったことが後で明かされる。主人公マックは子供を守るためなら死を恐れない。しかし彼は娘ミッシーを守ることができなかった。自分を許せないマックは神を許せない。彼は神を正義のために戦う戦士のごとく想像していた。ところが、彼の前に姿をあらわした神は、白人男性ではなく、黒人女性であったり東洋人女性であったり。さらに、神は宗教の宗教性さえ否定する。神はマックの宗教観を覆す。

遠藤周作が『深い河』（一九九三）を発表したのが先生の七〇歳退官直前だった。タイトルの河はガンジス。ヒンズー教徒の聖なる河である。主人公のひとりがキリスト教徒の大津。彼は毎日、死ぬためガンジスを目指したが、途中で行き倒れた極貧のヒンズー教徒を支援する活動を行なっていた。大津の座右の銘は宗教多元主義者マハートマ・ガンジーの「すべての宗教は同じ神から発している。しかしどの宗教も不完全である。なぜならそれらは不完全な人間によって我々に伝えられてきたからだ。……さまざまな宗教があるが、それらは皆同一の地点に集い通ずるさまざまな道である。同じ目的地に到達する限り、我々がそれぞれ違った道をたどろうとかまわないではないか」だった。

遠藤は彼なりに「日本にふさわしい神学」を見出した。ドストエフスキーは『カラマーゾフの兄弟』でアリョーシャの旅を描く計画だった。彼が書くことができたのは前半だけ。前半のテーマは神の沈黙。イワンとアリョーシャのこの神学論争によって二人の世界が描き分けられた。イワンの世界が合理的・絶対的であれば、アリョーシャのは経験的・相対的である。遠藤はドストエフスキーを師と仰ぎ、神の沈黙をテーマに『沈黙』（一九六六）を書き、二〇年以上の構想を経て師が果たせなかった旅をテーマに『深い河』を書き上げた。二〇一三年、先生が私に *The Shack* を勧めた背景には、遠藤の存在があったと思う。『沈黙』では異端的に見られた立場が、『深い河』では普遍的に見える。キリスト教は時間の宗教であるが、実際は違う。キリスト教は基本的に旅であり、神学の中ではなく文学の中に現われる。

（飯田 純也）

## （4）ピーター・ミルワード（Peter Milward, S.J. 1925-2017）

**【略歴】**

一九二五（大正一四）年一〇月一二日　イギリス、ロンドンで生まれる。
一九四三（昭和一八）年九月七日　イエズス会入会（北ウェイルズ）。
一九五〇（昭和二五）年七月　Heythrop College 卒業。
一九五四（昭和二九）年七月　Oxford University 卒業。
　　　同　年九月三日　来日。
一九五七（昭和三二）年　Oxford University 修士課程修了。
一九六〇（昭和三五）年三月一八日　司祭叙階（東京）。

一九六一（昭和三六）年三月　上智大学大学院神学研究科修士課程修了。

一九六二（昭和三七）年二月二日　最終誓願。

　　　　　　　同　年四月　上智大学文学部英文学科専任講師（～一九六三年三月）。

一九六三（昭和三八）年四月　上智大学文学部英文学科助教授（～一九六九年三月）。

一九六九（昭和四四）年四月　上智大学文学部英文学科教授（～一九九一年三月）。

一九七三（昭和四八）年　*Shakespeare's Religious Background* (Indiana Univ. Press)

一九七五（昭和五〇）年　*Landscape and Inscape: Vision and Inspiration in Hopkins's Poetry* (Elec Books)

一九八三（昭和五八）年四月　上智大学ルネッサンス・センター所長（～一九九一年三月）。

一九八七（昭和六二）年六月　文学博士（上智大学）。

一九九一（平成三）　年四月　上智大学文学部英文学科特遇教授（～一九九五年三月）。

一九九五（平成七）　年四月　上智大学文学部英文学科非常勤講師（～一九九六年三月）。

一九九六（平成八）　年四月　上智大学名誉教授。東京純心女子大学教授（～二〇〇二年三月）。

二〇一七（平成二九）年八月一六日　帰天（東京）。


【研究業績】

ミルワード先生がシェイクスピア研究の分野で優れた業績を残されたことは万人が認めるところである。先生の研究は、シェイクスピアの作品の中にカトリシズムの存在を見いだしていく、といったものであった。イングランドの宗教改革期の作家シェイクスピアは、宗教改革によってローマ・カトリック教会から分離して誕生したイングランド国教会の教区教会である、ストラットフォード・アポン・エイヴォンのHoly Trinity Churchで洗礼を受けたこと、また同じHoly Trinity Churchに埋葬されたことなどから分かるように表面的にはイングランド国教会に従っていたが、内面の奥底では中世以来のカトリックに強いシンパシーを抱いていた、というのがミルワード先生の主張であった。晩年の先生は、シェイクスピアは宗教改革によってプロテスタントになったイングランドにおいて「かくれカトリック」だった、という言い方をよくされていた。

このような立場からミルワード先生は数多くの研究書を上梓された。代表的なものとしては *Shakespeare's Religious Background*（Indiana Univ. Press, 1973; 2nd ed., Loyola Univ. Press, 1986）をまず挙げるべきであろう。これはタイトルが示すように、宗教改革期のイングランドの宗教状況を詳説したもので、とりわけシェイクスピアの家系と彼の周辺に見られるカトリック・コネクションが丹念に掘り起こされている。*Religious Controversies of the Elizabethan Age: A Survey of Printed Sources*（Scholar Press, 1977）と *Religious Controversies of the Jacobean Age: A Survey of Printed Sources*（Scholar Press, 1978）はエリザベス一世時代とジェイムズ一世時代の宗教論争文献のビブリオグラフィで、各文献には詳細な注解が加えられている。この二点は、他に類書のない貴重な業績である。

シェイクスピアの作品研究としては、*Biblical Influences in Shakespeare's Great Tragedies*（Indiana Univ. Press, 1987）がある。これは、もとはルネッサンス・モノグラフ11（ルネッサンス研究所、一九八五年）として刊行されたものであるが、聖書がシェイクスピアの四大悲劇に及ぼした影響を丹念に探っており、ミルワード先生の代表的なシェイクスピアの作品研究である。この他にも、*Shakespeare's Other Dimension*（1989）, *The Catholicism of Shakespeare's Plays*（1997）, *Shakespeare's Apocalypse*（2000）, *Shakespeare's Meta-drama: Hamlet and Macbeth*（2003）といったシェイクスピアの研究書がルネッサンス・モノグラフとして発表されている。

ミルワード先生はシェイクスピアだけでなく、T・S・エリオットやG・M・ホプキンズといったキリスト教作家の研究にも力を入れておられたが、とくにご自分と同じイエズス会士であったホプキンズの作品研究で優れた業績を残された。*Landscape and Inscape: Vision and Inspiration in Hopkins's Poetry*（Elec Books, 1975）はホプキンズの詩のキーワードである inscape が何であるかを解き明かした研究であるが、ホプキンズの詩に描かれた風景を思わせる写真（撮影はアメリカ人イエズス会士のレイモンド・スコーダー神父）が数多く掲載されている点でユニークなものである。ホプキンズ詩の注解書である *A Commentary on the Sonnets of G. M. Hopkins*（Hokuseido Press, 1969; Loyola Univ. Press, 1985）は、英語を母語としない日本人に向けて一九六九年に日本国内で出版されたが、後にアメリカでも出版された。ホプキンズの詩の英語は、そして、ホプキンズ詩の中核にあるキリスト教の思想は、英米人にとっても難解であることには変わりがなく、この注解書は英米でも高く評価されている。

## 【教師としてのミルワード先生】

ミルワード先生は一九六二（昭三七）年から一九九六（平成八）年まで三四年間、上智の英文学科で教鞭をとられた。先生が担当された授業は「宗教学」「イギリス文学思想史」「イギリス文学講義」「イギリス文学演習」などであったが、いずれの授業もイギリスの文学や文化とキリスト教の関係を取り扱うもので、先生にしかできない、余人の追従を許さないものであった。ミルワード先生の授業で使用される教科書は、先生が旺盛な執筆活動を始められる以前は手作りのプリントであったが、後には、教科書はすべて先生ご自身が執筆し出版された本になり、英文学科の学生は卒業までの四年の間に先生の著書が数多く手元にあることになった。

ミルワード先生は、いつも本当に楽しそうに授業をされていた。一九七〇年代、八〇年代に英文学科の学生だった者にとってとくに忘れられないのは、必修科目だったので全員が受けた「イギリス文化史」の授業だろう。この頃、ミルワード先生は故国イングランド（先生にとってイギリスとは常にイングランドのことであった）の素晴らしさを実地に見せてやりたいとの気持ちから、毎夏、学生たちを引率してイギリス・ツアーに出かけておられ、「イギリス文化史」では、この毎夏のツアーで訪れたイギリス各地で撮影したスライド写真を次々に投影しながら授業をされた。イギリスの文化を学ぶという授業の本題とは関係のないスライド写真（ツアーの参加者の一人が川に落ちたときの写真など）も織り交ぜながらの「イギリス文化史」は、先生にとって、もっとも楽しい授業であった。

ミルワード先生が上智の英文学科に在籍された三四年の間、数え切れない多くの学生が先生の教えを受けて卒業していった。その中には、先生の世話を受けて中学・高校の教員になった人たちもいた。また、大学院で先生の指導を受けた者の多くは、後に大学の教員になっていった。

ミルワード先生は、三四年の間に教師として多くの学生を育てられたが、最初の弟子は安西徹雄先生であった。英文学科に着任されて間もない頃、ミルワード先生は母校のオックスフォード大学と同じチュートリアルのやり方で当時大学院生であった安西先生を指導されたのである。安西先生は、生前、いかに綿密で徹底的なチュートリアル教育をミルワード先生から受けたかをよく語っておられた。

ミルワード先生は、東京大学、千葉大学、清泉女子大学など上智以外の多くの大学でも非常勤講師として招かれ、教壇に立たれた。先生は、それらの大学の学生たちにも強い印象を与え、慕われていたようで、他大学での教え子たちとの交流も長く続いていた。

## 【Absent-minded Professor】

ミルワード先生は、かなり浮き世離れしたところがあり、実務的なことは苦手なようであった。そのためもあってか、上智に在職された三四年間、各種の委員会の委員、学科長、学部長といった大学運営の仕事をされることはなかった。実務や大学運営に向いていないことは先刻ご承知だったとみえ、先生はご自分のことをしばしば "absent-minded professor" と呼んでおられた。

そのようなミルワード先生が没頭されたのが執筆活動であった。先生が本を書いて出版されるようになったのは一九六〇年代の後半からであったが、一九七〇年代に入ると次々に本を出され、その後、著書の数が急増していった。現在、筆者の手元に先生の出版目録である『ピーター・ミルワード神父の著書』(二〇〇三年)という小冊子があるが、ここには日本語および英語で出版された、先生の著書、編書、監修書が総計三五三点挙げられている。この出版目録がまとめられた二〇〇三年から亡くなられる二〇一七年までの間にも執筆活動はさほど衰えなかったので、おそらく先生は生涯に四〇〇冊近くの本を出版されたと思われる。先生が出版された著書や編書は、シェイクスピアをはじめとするイギリス文学の研究書、イギリスの文学と文化に関する啓蒙書、キリスト教に関する啓蒙書、味わい深い随想、そして日本の学生の英語学習ために書かれた英語テキストと実に多岐にわたっている。一人の人間がその生涯に四〇〇冊近くの多種多様な本を執筆し出版するとはまさに空前絶後のことであり、今後、ミルワード先生のような人が現れることはないであろう。

（山本 浩）

## （5）刈田 元司（かりた・もとし、一九一二―一九九七）

【略歴】


一九一二（明治四五）年一月三日　新潟県生まれ。

一九三一（昭和六）　年　上智大学文学部英文学科入学。

一九三五（昭和一〇）年　上智大学文学部英文学科卒業。ジョージタウン大学大学院へ留学。

一九三七（昭和一二）年　ジョージタウン大学大学院修了。上智大学講師。

一九四〇（昭和一五）年　上智大学助教授。

一九四五（昭和二〇）年　上智大学教授。

一九五五（昭和三〇）年　ハーバード大学へ留学（～一九五六年、留学終了）。

上智大学在職中、学内では英文学科長、文学部長、文学研究科委員長などを歴任、学外では日本アメリカ文学会会長、日本ホイットマン協会会長、日本エミリィ・ディキンスン学会会長などを歴任。


一九六二（昭和三七）年『アメリカ文学の周辺』（研究社）。

一九六八（昭和四三）年『ポカホンタスとマシーセン――アメリカ文学試論集』（山口書店）。

一九八二（昭和五七）年『アメリカ文学の人間像』（研究社）。

一九八三（昭和五八）年　上智大学定年退職、中京大学教授。

一九八四（昭和五九）年『アメリカ文学と女性』（八潮出版社）。

一九八五（昭和六〇）年　勲三等旭日中綬章。

一九九七（平成九）年三月八日　逝去。享年八五歳。

## 【研究業績――イギリス文学とアメリカ文学】

刈田先生はアメリカ文学を中心に広く研究、翻訳をおこなわれたが、先生の研究分野はイギリス文学とアメリカ文学にまたがっており、真の意味での英米文学研究者であった。当初はチョーサーなどを中心としたイギリス文学を研究しておられたが、ジョージタウン大学大学院への留学を機にアメリカ文学にも研究領域を拡大された。日本におけるアメリカ文学研究草創の時期に当たり、先生は我が国におけるアメリカ文学研究の創始者のおひとりとして活躍された。第二次大戦後間もないころは、日本のアメリカ文学研究はまだ独立した分野ではなく、アメリカ学会の文学分野として存在していた。その文学分野を独立させて日本アメリカ文学会が設立される運びとなったが、この設立に当たって尽力されたのが先生である。現在、当学会は支部構成を敷いているが、これは地域ごとに活動していたアメリカ文学研究会をひとつにまとめた経緯の名残である。その経緯の中で先生は東京の研究会を代表するお立場で文字通り東奔西走され、関西支部他の研究会との統合に向ける労を惜しまれず、日本アメリカ文学会設立後は、第三代会長の任に当たられている。

先生の研究業績は、単著としては『アメリカ文学の周辺』（研究社、一九六二）、『アメリカ文学の人間像』（研究社、一九八二）、『アメリカ文学と女性』（八潮出版社、一九八四）『ポカホンタスとマシーセン——アメリカ文学試論集』（山口書店、一九六八）があり、決して多作ではなかったが、チョーサーからサリンジャーに至るまで幅広い分野における翻訳を世に問われた。

これらの著書に共通する先生の研究姿勢は「支流重視」の姿勢であったので、最近のキャノン軽視の研究動向に通じるところがなきにしもあらず、と言えるかもしれない。とはいっても「わたしのアメリカ文学研究の跡をふりかえってみると、ホイットマンとディキンスンに対する興味が出発点となっていたようである」と述べておられる通り、先生が関心を抱いて研究を続けておられたのがウォルト・ホイットマンとエミリィ・ディキンスンのふたりの詩人であり、日本ホイットマン協会、日本エミリィ・ディキンスン学会双方の会長を務められたことからもうかがい知ることができるように、先生の支流重視は主流軽視ではなかった。ご自身の言葉を借りれば、「どこの国においても外国文学を研究する場合の宿命とでもいうべき現象であろうが、研究者の目がとかく大きな陸標にのみ向けられがちであるということに対する一種の物足りなさと反発心のためであったかもしれない」ということである。先生は常々「ひとつのことしか知らないということは何も知らないということです」といわれて極端な専門化を戒めておられたが、先生の支流重視は、主流（キャノン）理解のための礎であったように思われる。もちろん外国文学研究の大きな意義が代表的な偉大な作家や作品の研究と紹介にあることを否定されていたわけではなく、いやしくも外国文学にとりくむ以上は、海にうかんだ氷山の陽に映える美しさやぶきみな暗さに心をうばわれているだけでは物足りない、海面の下に沈んでいる氷山のより大きな部分にもできれば研究の目を向けてみたいという野心がおこるのは当然であろう、というのが先生の本音であった。そのことを文学の下部構造と上部構造という言葉を用いて、「いわゆる文学の下部構造を知ることによって、上部構造のはなやかさとその意義をさらに正しく理解することができるであろうという予想がひそんでいる」と表現されているが、この姿勢は終生変わらなかったと言えよう。

先生は、ご自身のアメリカ文学研究は偶然的であったといえるかも知れない、と述懐されている。一九三五年の秋から二年間ジョージタウン大学の大学院で学ばれていたころ、チョーサーとシェイクスピアとエリザベス朝演劇に時間の大部分を傾注されていた折に、ウォルドロン教授のアメリカ文学の講義に出たのが、アメリカ文学研究のきっかけとなったようである。

先生の興味が次第にアメリカに向かい始めた時代に、日本では東京大学の斎藤勇先生が日本の国立大学としては最初のアメリカ文学史を講義され、立教大学では高垣松雄教授が、早稲田大学では日高只一教授によるアメリカ文学講義が行われ、日本においてもようやく本格的なアメリカ文学研究が始まろうとする機運にあった。

とはいえ、最初にも述べたように先生は単なるアメリカ文学研究者の枠には収まりきらない研究者であった。このことは先生の手になる数多くの翻訳を見ればよくわかる。先生は実に多くの翻訳を世に問われたが、皮切りはチョーサーの『トロイラスとクリセイデ』（一九四二）であった。その後もジェームズ・ヒルトン『チップス先生さようなら』、チョーサー『恋のとりこ』、ディケンズ『クリスマス・キャロル』、『炉辺のこおろぎ』、サッカレイ『バラとゆびわ』とイギリス文学の作品が続き、一九五五年にマーカス・カンリッフの『アメリカ文学史』を翻訳されてからは、アメリカ文学の作品を続々と翻訳された。翻訳は実に数多く手がけられているのでここにいちいち挙げるわけにいかないが、ディキンスンの『詩集』やホーソーンの『緋文字』やマーク・トウェインの『ハックルベリー・フィンの冒険』やヘミングウェイの『武器よさらば』といったいわゆる「主流」の作品も多い上に、荒地出版社から刊行された現代アメリカ文学全集の監修に当たられ、ご自身も数巻担当されていて、当時の現代アメリカ文学の紹介者としても重要な役割を担っておられた。たとえばソール・ベローの代表作『オーギー・マーチの冒険』を一九五九年に翻訳されているが、ユダヤ系作家が注目され数多くのベロー作品が翻訳出版され始めたのは六〇年代末だったことを考えると、まさに先駆者的存在であられたことがわかる。

カンリッフの『アメリカ文学史』の翻訳出版は日本アメリカ文学会設立に向けて奔走されていた時期でもあることを考えると、先生が日本のアメリカ文学研究の先導者のお一人であったと言って間違いあるまい。またこの時代は六〇年代のカウンター・カルチャーの胎動が始まった時代でもあったので、当時のロックン・ロールの誕生やその担い手だったプレスリーをはじめとするロックンローラーに関心がおありだったのかどうかをお聞きする機会を逸してしまった。リハーサルの時はみんなセーター姿でリラックスして演奏しているからいいんですよ、第一無料だしねとボストン・ポップス・オーケストラの話をされていた上に、榊原郁恵のファンでもあられただけに残念である。

## 【教師としての先生】

刈田先生の教師としての印象は一言で言えば面倒見の良さであろう。英文学科の学生は四学年合わせて五〇〇人近くいたはずだが、そのひとりひとりの顔と名前を覚えておられた。筆者が入学したのは一九六九年で学生運動真っ盛りの時代であり、入学はしたもののわれわれ新入生は新一年生で上に旧一年生がおり、入学して数ヶ月は旧カリキュラムの授業が行われていて、新一年生の授業はほとんど無かった。そうした中で刈田先生は新一年生用の「英文学概論」をご担当なさっていて、これは必修の基幹科目であったので四月から授業があった。最初の時間に席を決めて紙を配られ席順に名前を書かせて、その紙を見て質問をしながら顔と名前を覚えられていた。テキストはDavid Daichesの *A Study of Literature for Readers and Critics* だったと記憶している。最初の時間に「これは著作権に違反していますから外ではいわないでください」といわれて、全ページコピーしたものを配られ、（ただし当時はまだコピー機はなかった）、それを一年間使われた。新入生にいきなり専門書だったので苦労しながら、しかし、これが大学の授業なのか、と楽しく勉強できた。当時文学部長の任に当たられていて、学生運動もくすぶり続けていたので多忙を極めておられたはずにもかかわらず、まだ高校生の気分の抜けきらない筆者が、文学部長室まで毎週のように押しかけて、英作文の添削をしていただいたが、いつもいやな顔ひとつされないで丁寧に添削をしてくださったのが、今から思えば自分の厚かましさに赤面のいたりながら、昨日のことのように思い出される。

**【"in vino veritas" 愛酒家　刈田先生】**

学部学生時代に、刈田先生が新潟の酒蔵の御曹司であるらしいという噂があったが、筆者が学部学生だったころは学生と酒を飲むということはおありにならなかったように記憶しているので、噂の真相は不明である。筆者が大学院生の時に、「ぼくは若いころは酒が飲めなくてねえ、すぐ真っ赤になってたんですよ、胃潰瘍の手術してから飲めるようになったんです」とおっしゃったことがある。この話を佐多真徳先生にしたところ、「嘘ですよ、手術する前から大酒飲みでしたよ、青森のバーのホステスを銀座のバーに連れてきたくらいですからね」と笑っておられた。これも真相はわからない。先生は酒はお強かったので酒仙でなかったことはたしかで、金仙の「呑酒之十徳」といったところであろうか。大変な酒豪であり愛酒家であったことは間違いない。いくら呑まれても酔われた姿を見たことがない。筆者が専門学校の夜学で非常勤で教えていたところ、英文研究室で授業までの間、時間つぶしをしていたところへ先生が入ってこられて「飲みに行かない？」と誘われ、「このあと授業なんです」と答えたら、「大丈夫ですよ」といわれて四谷の小料理屋に連れて行かれ、真っ赤な顔で授業をする羽目になり、授業が終わると学生たちが寄ってきて「先生飲んでるでしょう、これからみんなで行きましょう」と誘われて夜遅くまで飲み、翌週からは毎週、ほとんどが筆者よりもだいぶ年上の学生たちと飲みに行くことになった。

毎年正月に（たしか三日だったと思う）ご自宅で新年会を催され、多くの弟子が集まっていた。残念ながら筆者は正月は帰省していたので参加できなかったのだが、一度だけ顔を出させていただいたことがある。徳永守儀先生、岡田晃忠先生、佐藤正司先生などサウンディングズの会（現在のサウンディングズ英語英米文学会、ちなみにサウンディングズの会の名付け親は刈田先生である）の設立メンバーが中心だったが、渡部昇一先生、安西徹雄先生もお見えになっていて全員で二〇人くらい集まっていたのではないかと思う。宴もたけなわのころ、刈田先生が「これは今日唯一のぼくの料理です」といって出されたのが大きな蕪の薄切りに雲丹くらげをのせた料理であった。とてもおいしかったのを覚えている。

刈田先生を一言で表す言葉を探すとすればヴェルギリウスの言葉とされる“in vino veritas”（酒中に真あり）であろうか。

（青山 義孝）

## （6）巽 豊彦（たつみ・とよひこ、一九一六―二〇一三）

【略歴】

先生は一九一六（大正五年）年九月一二日　東京は赤坂に、横浜正金銀行ロンドン支店長・巽孝之丞《こうのじょう》と繁子の九人兄弟の三男として生まれた。ご尊父は三〇年間ロンドンに在住し、日露戦争等の国難の中で、外債募集に奔走し、国宝とまで称された人物である。また、その邸宅には、南方熊楠や小泉信三とその慶應義塾の友人たちが頻繁に出入りし、邸宅はロンドンにおける居心地のよい一大サロンを形成していた。因みに、巽家は小泉家と単なる親戚関係というにとどまらず、孝之丞が横浜正金銀行に就職する際には小泉信吉（小泉信三の父）の、また、結婚の際にも信吉夫人の世話を受けた。

一九三六（昭和一一）年　東京大学文学部英文科に入学。

一九四〇（昭和一五）年　大学卒業。

同年、四月兵役に服するに先立ち長崎に住むことを願い、たまたま教区立として新設された長崎東陵中学校（現、長崎南山学園）に奉職する。同年一二月同校を依願退職して東京で入営する。五年余りの兵役の後、一九四六年三月召集解除。

同年五月二八日　栗田千鶴子と結婚・挙式。

同年九月　上智大学に奉職。上智大学への就職は、旧知の友人から「ロゲンドルフ師がカトリックの教員を探しているから行ってごらん」と言われ、一度の面接で決まり、予科講師となった。

一九四八（昭和二三）年　上智大学予科助教授。だが一九五一年（昭和二六年）病気のため三年間休職。手術と決まったとき「霊魂の決算書を案外はやく提出することになるかと一抹の不安なきにしもあらずであった」（『愛情は空気のごとく』・中央出版社・昭和三九年）とある。ニューマンの『アポロギア——我が宗教的見解の歴史（上）』（エンデルレ書店）を翻訳、注釈付きで出版。

一九五四（昭和二九）年三月　復職、翌年五月、長男（現慶應義塾大学教授・巽孝之）が誕生。

一九五五（昭和三〇）年　ニコラス・ロゲンの『イギリス文学史』（創文社）を翻訳出版。

一九五六（昭和三一）年　上智大学文学部教授。

一九六五（昭和四〇）年　この年以降、毎夏の避暑地を長野県諏訪郡富士見町松目村に定める。先生曰く、富士見は「もし郷里と呼ぶことを許されるのならそう呼ばせてもらいたいと思う土地柄だ」。

一九六九（昭和四四）年から二年間、上智大学文学部英文学科長。

一九七三（昭和四八）年四月　上智短期大学創設にあたり出向。同教授。英語科長。短大の創立と発展に尽力された。

一九八〇（昭和五五）年より、一九九五（平成七）年にミルワード師に会長職を譲られるまでの一五年間、ルネッサンス研究所所長。

一九八三（昭和五八）年　日本ニューマン協会設立、会長に就任。以後、ご帰天まで三〇年間会長を務める。また、長年に亘って上智大学大学院卒業生有志を母体とする「サウンディングズ英語英米文学会」の名誉会長を務められた。

一九八五（昭和六〇）年　『人生の意味』（南窓社）を刊行。

一九八六（昭和六一）年四月　上智大学名誉教授。上智短期大学名誉教授。東京工科大学工学部一般教養学系主任教授として着任。

同年　かつての教え子たち有志から「読書会」をと頼まれ、当初一〇人あまりの参加者で始まり、「巽ゼミ」と呼ばれて、以後二三年間指導する。

一九九〇（平成二）　年　東京工科大学名誉教授。

一九九六（平成八）　年　『人生の風景』（南窓社）を刊行。

二〇〇三（平成一五）年　瑞宝小綬章受章。ご尊父・孝之丞は、勲五等双光旭日章、金杯一組、勲三等瑞宝章を賜っているので、親子二代の受章である。

二〇〇九（平成二一）年　妻・千鶴子、逝去。享年八三。

二〇一三（平成二五）年一二月九日　老衰のため北里研究所病院にて逝去。享年九七。一一日、聖イグナチオ教会にて葬儀ミサ及び告別式。青山霊園に埋葬。墓石にはSCRIBO ERGO SUMと刻まれている。

## 【英文学研究家としての巽先生】

先生が英文学への道をえらばれたのは、先生の育った家庭環境にあるに違いないが、先生が英文学でも特異なカトリシズム系文学研究を志したのは、雙葉学園を経営するサンモール会（現幼きイエス会）の修道女で、会の日本管区長や雙葉学園校長を歴任した長姉・正子の影響と言われている。

従って、先生が生涯をかけて研究したのが、一九世紀のカトリック復興の立役者、オックスフォード運動を主唱した、かのジョン・ヘンリー・ニューマン枢機卿だったことは頷ける。

一九四八（昭和二三）年ニューマンの大著『アポロギア――我が宗教的見解の歴史（上）』（エンデルレ書店）を翻訳、注釈付きで出版され、一〇年後の一九五八（昭和三三）年に（下）を出版された。『アポロギア』はアウグスティヌスの宗教的告白、ルソーの心理的告白とならぶ三大告白と言われ高い評価を受けているが難解な書物としても知られている。先生はそれに長い解説と注釈とを施し、日本人にも理解できるようにした。この翻訳と解釈が前人未踏の業績と評される所以である。

先生のニューマンに関する論文には、「『アポロギア』――心の旅路」、「ニューマンの『キリスト教教義発展論』とダーウィンの『種の起源』」、「理想としての大学教育――ニューマンの大学論のなかから」他多数ある。また、ニューマンの翻訳は上記以外にもニューマンの説教集など多数ある。その他、雑誌『世紀』を中心に書かれた数多くの随想の至る所にニューマンへの言及が見られる。ニューマンは先生にとって単なる研究対象ではなく人生の師でもあった。

先生の関心は英文学に於けるキリスト教的主題にあったから、ニューマン以外に先生の書かれた論文に「グレアム・グリーン研究の方法」「グリーンの『権力と栄光』」「ウォーとカトリシズム」等の論文や、一連の紳士論があるのは当然である。一見紳士論はキリスト教的主題とは関係がないようだが、ニューマンが大学教育の目的は紳士を育成することと述べているように、また究極の紳士はイエス・キリストであるという説があるくらいだから、先生が「オースティンの紳士像」「トロロプの紳士像」「ディケンズの紳士像」の三部作（『人生の住処』彩流社・平成二八年所収）において一八世紀後半から一九世紀の紳士像とその条件の推移を各作品の登場人物に即して多面的かつ重層的に描き理想的人間像としての紳士像と条件を明らかにした功績は計り知れない。

先生は、ニューマンを中心に一九世紀からの英文学におけるカトリシズムの解明に尽くされたカトリック学者であった。

**【教育者としての巽先生】**

先生は、上智大学、上智短期大学、東京工科大学で七二歳の退職まで、英語、英文学、英国史の教鞭をとった。数多くの授業のなかでも特筆すべきは「英文学史」の授業だろう。教材は先生ご自身で昭和三〇年に翻訳した『イギリス文学史』（ニコラス・ロゲン著・創文社）。この授業を通して初めて英文学の作家や作品にふれ卒業論文を書いた学生や、研究者を目指して大学院に進んだ学生も、多数いただろう。

先生がかつて「最後まで卒業生の面倒を見るのも教師の務めだよ」と述べられたように、定年退職後も卒業生有志の要望に応えて、以後二三年間、英国ロマン派の詩を中心に巽ゼミと称する「読書会」を続けられた。また、ニューマン協会の読書会においても長年熱心に指導にあたられた。

そして、卒業生が人生相談に訪れれば、いやな顔をひとつもされず快く相談にのった。また、仲人をたのまれればいつも快諾された。先生は一体何組の仲人をなされたことか。先生の新年会には四〇数年間に亘って教え子が喜々として参集した。先生の師・ニューマンは教育者として一生を終わることを願っていた、と先生はどこかで書かれているが、先生の生涯こそ教育者としての一生であった。

**【翻訳家としての巽先生】**

先生には、前述の『アポロギア』『イギリス文学史』や『夜霧と閃光――エドモンド・キャンピオン伝』（イーヴリン・ウォー著・中央出版社・昭和五五年）の他多数の翻訳がある。

徳永守儀・東洋大学名誉教授は季刊誌『ソフィア』で巽先生が臨時編集長を務めていたとき、提出した翻訳原稿が美しい、見事な出来栄えのものに変わっていた、先生は無言で教える術を心得ていた、と述懐されている。後年の巽ゼミ読書会やニューマン協会での読書会の際には、一人ひとりのメンバーの翻訳に的確な指導があり、日本語の微妙な表現にも具体的な指導があったとのことである。

先生ご自身の翻訳修行については、次のように書かれている。「日本語表現に対する師（ロゲンドルフ師）の鑑識眼の鋭さは『ソフィア』創刊とともに知れ渡っていたから、誤訳は論外として日本語の美醜の審査をも覚悟しなければならなかった」（前掲書『人生の住処』）。別宮先生、安西先生と名翻訳家が『ソフィア』ロゲンドルフ道場から生まれるが巽先生はその先駆けであり、上智の英文学科が「日本語にうるさい」のはもはや伝統となっている。

## 【随想家としての巽先生】

先生には『愛情は空気のごとく』、『人生の意味』（南窓社・昭和六〇年）、『人生の風景』（南窓社・平成八年）と三冊の随想集がある。いずれも人生で出会う様々な局面を捉え、どう考え、対処していけばよりよい意味のある人生を過ごすことができるかを先生の常識、つまりカトリシズムの観点から説いた、聖書と英文学を熟知した先生ならではの珠玉の随想集である。

これら三冊と遺稿集『人生の住処』に先生のカトリックとしての人生観、世界観、宗教観が集約されている。特に先生が強調するのは、何となく見逃してしまいがちな人生の些事——些細なものや出来事、偶然によって人生は左右されるのではないか、という点である。それは文学史の要素として、民族、環境、時代、作家の個性に加えて偶然を加えた先生の文学観にも窺える（『人生の住処』）。

先生は日頃日常性のヴェール、壁に阻まれて見えない些事の向こうに、なにか人間をこえたもの、見えない世界、永遠、摂理、神を幻視する。人間一人ひとりも神の似姿であってみれば、人を見る目も同じである。日頃気が付かないが些事のなかでも「出会い」「めぐりあい」「いきちがい」「僥倖」「奇遇」「奇禍」「縁」と呼ばれているような機会には誰しもが神秘的な、永遠の気配を感じるのではないか、というのである。このヴィジョンは有名なウィリアム・ブレイクの詩「無垢のまえぶれ」のものでもある。先生のご自宅の掛け軸にはこの漢詩訳が飾られていたが、ここでは原詩を引いておく。

To see a World in a Grain of Sand,
And a Heaven in a Wild Flower,
Hold Infinity in the palm of your hand,
And Eternity in an hour.

つまり、先生はハムレットのせりふのごとく「一羽の雀が落ちるのも神の摂理」と考える。実際、この箇所を引用している（『人生の風景』）―

一羽の雀が落ちるのも神の摂理。（中略）肝心なのは覚悟だ。（福田恆存訳）

そして次のように述べる―

「肝心なのは覚悟だ」と訳されているハムレットの有名なせりふ“The readiness is all”が、出会いにも適応されると思うのだ。用意が肝心なのである。いつも満を持して、機の熟するのを待っていなければならない。その時はいつか。われわれには一歩前が見えるだけで、決定的瞬間は神の手中にゆだねられているのである。

従って、先生の座右の銘が、ニューマンの詩“Lead, Kindly Light”の第一節の、

I do not ask to see
The distant scene, — one step enough for me.

という祈りであったことは頷ける。先生はこれを「はるか遠くまで見せてくださいとはお願いしません。踏み出す一歩先を照らしていただくだけで結構です」と訳す。そして、「わたくしの個性は、（中略）流れに身を委ねるというほうが性に合っている。（中略）わたくしは折にふれ“I do not ask to see the distant scene”とひとりごつ。そして、“one step enough for me.”とつけ加える。わたくしはこの言葉のなかに、身を委ねた者の安心立命を感じとるのである」（『人生の意味』）と書くのである。

**（難波　田紀夫）**

# （7）佐多 真徳（さた・ますのり、一九二四―一九九五）

【略歴】


一九二四（大正一三）年八月一四日　鹿児島県生まれ。

一九五三（昭和二八）年　東京大学文学部英文学科卒業。

一九五五（昭和三〇）年　同大学院修了。弘前大学文理学部助手。

一九五七（昭和三二）年　弘前大学文理学部講師。

一九五八（昭和三三）年　高崎市立経済大学講師。翌年、同助教授。

一九六二（昭和三七）年　上智大学文学部助教授。

一九六八（昭和四三）年　同教授。

一九七〇（昭和四五）年　客員教授としてシートン・ホール大学に一年滞在。

一九七一（昭和四六）年　上智大学文学部英文学科長（四七年一月まで）。

一九七二（昭和四七）年　『悲劇の宿命――現代アメリカ演劇』（研究社）を刊行。

一九七四（昭和四九）年　上智大学文学部英文学科長（五一年一月まで）。

一九七五（昭和五〇）年　J・ルース＝エヴァンスの『世界の前衛演劇』（荒竹出版）を共訳で出版。

一九八四（昭和五九）年　『アーサー・ミラー――劇作家への道』（研究社）を刊行。

一九九五（平成七）年　逝去。

【研究業績――アメリカ演劇と生存の倫理探求】

『アーサー・ミラー――劇作家への道』（研究社、一九八四）の序論で、佐多真徳先生は次のように書いている。

確かに演劇には遊戯本能、模倣本能に基づく娯楽的要素も強い。また苛酷な現実からの一時のエスケイピズムの道具でもあるだろう。しかしまた、人間の創造的行為には、自己の生存への問いかけ、生存の証明への止み難い欲求があることも事実である。特に演劇にみられる対話、正・反・合の弁証法は「答え」を、生存のための態度決定を求める形式といえる。ミラーはそのような作家であった。（八）

劇作家アーサー・ミラーについて書かれたこの文章は、そのまま、佐多先生の演劇研究の根幹をなす視点でもあった。佐多先生はまず悲劇という様式に現代アメリカ演劇における生存への問いかけをたどり、そしてアーサー・ミラーという二〇世紀アメリカ演劇を代表する劇作家のなかに、特に先鋭な生存のための倫理探求の態度を見たのだった。もはやギリシャ的悲劇は存在し得なくなったという前提のもと、あえて悲劇ではなく「まじめな劇」（シリアス・ドラマ）と先生が呼んだアメリカ演劇の系譜には、二〇世紀アメリカの物質主義と共同体の紐帯や精神的支柱の崩壊、そして人間的コミュニケーションの欠如という状況のなかで、人間はいかにして生きるべきかという差し迫った問いかけがあった。

『悲劇の宿命――現代アメリカ演劇』（研究社、一九七二）は、「まじめな劇」の系譜において、アメリカ的生存の問いかけを精査する著作である。そもそもユージン・オニールを中心とするアメリカ近代劇はギリシャ的悲劇への憧憬とともに始まったという演劇的伝統がある。たとえばアーサー・ミラーは「悲劇と平凡人」（一九四九）で、現代を生きる平凡人が社会に対して自らの存在の尊厳を主張し敗れる姿に悲劇を見た。リチャード・スーワルの『悲劇のヴィジョン』（一九五九）、ジョージ・スタイナーの『悲劇の死』（一九六一）、レイモンド・ウィリアムズの『現代悲劇』（一九六六）などは、いずれも第二次大戦後の世界において、悲劇において混沌の背後に一瞬立ち現れるはずの「秩序だった宇宙のヴィジョン」（スーワル）がもはや捉えられなくなったという意識を共有していた。『悲劇の宿命』はこれらの研究と認識を共有しつつ、オニールから、マックスウェル・アンダーソンとアーチボルド・マクリーシュの韻文劇、ミラー、テネシー・ウィリアムズ、エドワード・オールビーの不条理演劇までを取り上げ、それらが「宇宙の秩序」の崩壊した世界を描いていることを見事に論じている。二〇年代のオニールが「人と神との関係」に関心があるといって、新しい神を求めて苦闘したのに対して、六〇年代のオールビーは神不在の不条理化した世界に直面する。「宇宙の統一的原理が失われてしまった今日、究極の現実は、作家個人の体験の中にしか存在しえない」と指摘する佐多先生は、ミラーの「悲劇」を支える自己の存在主張に潜む危うさとアイロニーをも捉えていた。

「自己主張の悲劇は現代社会における自己疎外、人間性喪失の状況の深刻化に驚き、主体性の奪回に目覚めた時代を反映して」いるという佐多先生の指摘が指し示すのは、近代から現代にかけての人間中心主義の世界の崩壊であり、「人間自身の解体の歴史」であった。ポストモダン演劇の予兆を捉えるこの認識を通し、主体性が形骸化し「存在追求」の対話の可能性が失われた社会において、「生存のための態度」として抽出されるのが愛や小さなやさしさ、そして人間同士の連帯であった。『悲劇の宿命』は、多様な劇作家による「まじめな劇」の系譜のなかに、そのような生存の倫理を見出した。

『アーサー・ミラー――劇作家への道』は、ミラーがミシガン大学在学中に書いた未出版原稿をもとに、劇作家が誕生するまでの道をたどる労作である。未出版原稿の精査を通して、佐多先生は初期の作品にすでに萌芽的に見られるミラーの主題が、他者との連帯の意識であること、そして人間に内在する悪の認識であることを明らかにした。ミラーの『転落の後に』（一九六四）で見られる人間の悪を象徴する塔のイメージは、最初期の作品から描かれていた。人間が悪を分かち持つという認識の塔、「共犯の塔」を打ち立てることによって、人は他者との「本当に有効な関係」

を持てるようになり、「人間の人間に対する責任」を果たしうるのだという劇作家の認識は、最初期のイデオロギー的なものから、社会的なものに、そしてより思索を深めた哲学的な認識へと展開したのである。また初期の五作品を通して、ミラーが二人の兄弟、父と子の葛藤というキャラクターと家族関係のパターンを発見していったこと、その過程で家族劇でもあり、社会劇でもありうる劇構造を創造し、自己のドラマトゥルギーを確立していったことも明らかにしている。

このように佐多先生は、アメリカの演劇伝統と個別作家の自己形成との両面から生存の倫理を探求していった。さらに『悲劇の宿命』増補新装版（研究社、一九九二）においては、六〇年代以降、オフやオフ・オフ・ブロードウェイの演劇を取り上げ、終結章としてサム・シェパードから再度アメリカ演劇を俯瞰した。自伝的家族劇を主流とする「まじめな劇」において、母性の神聖化が「秩序だった宇宙のヴィジョン」に代わる生存のためのヴィジョンとなっているとまとめた。

その他アメリカの演劇伝統を包括的に論じたものとして『都市と英米文学』（刈田元司編）に所収された論考がある。一八世紀からのアメリカ演劇の形成と都市の問題を文学史的に論じたものである。一九世紀以前のアメリカ演劇作品について網羅的に論じた、日本では数少ない著作の一つである。また、共訳書としてJ・ルース＝エヴァンス『世界の前衛演劇』（荒竹出版、一九七五）、比較文学的視点からの研究の事例として日本のテレビドラマについての共編著*A History of Japanese Television Drama: Modern Japan and the Japanese* (Kaibunsha, 1991) がある。

## 【教育者としての佐多先生】

佐多先生の授業には、つねに先生ご自身が編集なさったテクストがあった。「アメリカ文学史」の授業では、刈田元司先生訳のハワード・C・ブラシャーズ『アメリカ文学史』と併せて、重要作品の抜粋からなるA四判五〇ページにおよぶ原典テクストを使用なさった。また「能とギリシア悲劇」についての演習でも、アーサー・ウェイリーの *The*

*Noh Plays of Japan* をはじめ能とギリシャ悲劇についてのテクストを抜粋なさったものを作ってくださっていた。「アーサー・ミラーの習作時代」の講義では、ミラーの未出版原稿の抜粋をまとめてくださっていた。ご自身がアメリカ各地の図書館で書き写してこられた貴重な資料を、惜しげもなく学生たちに読ませてくださり、初期のミラー作品にある萌芽的主題やパターンについて生き生きと語られた。学部生に対して、原典に触れることと、第一次資料を通して発見することの喜びを教えてくださった。

【佐多先生の教え――世界に目を開くこと】

佐多先生のご指導は常に穏やかで、あたたかい励ましの言葉に満ちていた。学生にいつも留学を勧められ、世界に目を開くことを教えてくださった。学会への出席や将来への展望など、佐多先生の日常的な教えと励ましから一歩を踏み出す勇気を得た学生も多いのではないかと思う。学生の考えていることや希望を決して否定なさらない先生だった。今になってそれがどれほど貴重なご指導だったかがよくわかる。

（外岡 尚美）

## （8）生地 竹郎（おいじ・たけろう、一九二六―一九八〇）

【略歴】

一九二六（大正一五）年三月二一日　広島市の敬虔なクリスチャンの家庭に生まれる。

一九三八（昭和一三）年　岡山県立第二中学校に入学後、一九四二年、現・東京都立立川高校の前身である府立第二中学校に編入するも、肺結核のため三年間、療養生活を強いられた。

一九四四（昭和一九）年　陸軍経理学校予科に入学。第二次大戦終了後、同校を退校。

一九四八（昭和二三）年　仙台の旧制第二高等学校理科乙類を卒業。

一九五一（昭和二六）年　東北帝国大学法文学部を卒業して、同年四月より東北大学文学部助手となる。宮城学院女子大学助手、山形大学文理学部講師を経て一九五七年東北大学教養部講師となる。

一九六二（昭和三七）年　同大学教養部助教授。

一九六六（昭和四一）年　同大学教授。

一九六八（昭和四三）年　『ラングランド　農夫ピアズの夢Ⅰ』（篠崎書林、改訂版一九七三）Bテクスト前半の編纂。

一九六九（昭和四四）年　『ラングランド　農夫ピアズの夢Ⅱ』（篠崎書林、改訂版一九七八）注解とグロッサリの編纂。

一九七三（昭和四八）年　山形大学の論文集に発表されたT・S・エリオット論が注目されて三年に亘る懇請を受け、上智大学文学部教授になる。東北大学を去る時は、国立の教授職を捨て「なぜ東京の私立大学に行くのか」という立看板が出たという（刈田元司「生地竹郎教授を悼む」『英文学と英語学』上智大学英文学科 1980: 1）。東北大学でも人望が高かった証左である。上智大学着任の一年後に洗礼を受ける。洗礼名は Joseph Ignatius である。

一九七六（昭和五一）年　『十四世紀の英文学』（文理書院）を刊行。

一九七七（昭和五二）年　『薔薇と十字架――英文学とキリスト教』（篠崎書林）を刊行。
一九八〇（昭和五六）年七月一四日　逝去。享年五四歳。

## 【教育と学問】

先生は、「英文学とキリスト教」をテーマとする幅広い講義を上智大学や各大学で行ってきた。出講された大学は、北から弘前大学、秋田大学、秋田聖霊女子短期大学、東北学院大学、茨城大学、明治大学、青山学院大学、実践女子大学、聖心女子大学、清泉女子大学、静岡大学、岐阜大学、愛媛大学、熊本大学などである。学会関係の役員としては、日本英文学会大会準備委員・委員長、旧中世英文学談話会幹事、東北英文学会大会準備委員を、またルネッサンス研究所長、日本ミルトンセンター委員などを歴任された。大学基準協会判定委員、日本ペンクラブ正会員でもあった。

東北大学では小林淳男先生から指導を受け、中世の英語英文学を学んだことが、中世研究の道を歩むきっかけになった。但し、卒業論文はミルトンの *Samson Agonistes* とのことである。また土居光知先生からも、いろいろな学問的指導を受けている。先生の研究対象はとても幅が広い。中心はウィリアム・ラングランド、ジェフリー・チョーサー、ジョン・ガワー、またガウェイン詩人による一群の詩である *Pearl* や *Sir Gawain and the Green Knight* といった中世英文学である。この他にT・S・エリオット、ジョン・ミルトン、G・K・チェスタトン、ウィリアム・モリス、G・M・ホプキンズ、グレアム・グリーン、内村鑑三、内村達三郎と多岐に亘る。東北大学と上智大学では哲学科の学生を対象に、ギリシャ語・ギリシャ文学の授業も受け持たれた。上智大学では七年間という短い在職期間にも拘わらず、私たちの心の中に絶大な存在感を残された。大らかな気持ちで学生を見守り、厳しさも込め溢れるばかりの誠心誠意な指導をされた。

先生の学問、研究上の視点はいつも英文学をキリスト教（カトリシズム）と深く結びつけたパースペクティブから作品を切り込み、登場人物の実像分析を展開することである。その結晶は、『チョーサーとその周辺』（文理書院、一九六八）、『十四世紀の英文学』（文理書院、一九七六）、『薔薇と十字架――英文学とキリスト教』（篠崎書林、一九七七）の著書の中に色濃く表出されている。特に、一四世紀の英文学を解釈する上で、カトリックにおける「告解の秘跡」とそれに関わる「免償」の問題の重要性を強調されている。これらの問題は、日本の英文学者が足を踏み入れることを躊躇してきた分野である。先生が述べられているように、先生を中世に駆り立てているものはカトリシズムを生み出した文化への関心そのものである。簡単ながら、チョーサーとラングランド作品について、先生のそのような観点からの捉え方を御著書に沿って紹介しておこう。『十四世紀の英文学』の第一章「『カンタベリ物語』への一視座」において、中世は「聖なるものと俗なるものが有機的に関連して、俗なるものを聖なるものの高みへと引き上げようと試みる世界でもあった。（中略）そのような中世文化の生んだ典型的な作品として、実は筆者はジェフリー・チョーサーの『カンタベリ物語』を理解しているのである。」（四-五）と述べられている。そして、「カトリックにおける巡礼は、信心を深うするためとか、罪の償い（特にカンタベリへの巡礼は重罪の償いのために行われた）とか、償いの免除、つまり免償の条件としてとか、さまざまな目的のために行われる信心業である。」（同書、一八）とし、巡礼の最後に、「チョーサーがこの物語をしめくくる物語として（中略）理想の主任司祭の告解のすすめの大説教を用意している」（同書、一八）ことが重要であると解釈する。そして「主任司祭が始める物語は、信者の救霊にとって不可欠な、告解の秘跡についての中世風の大説教である。」（同書、一九）とし、「チョーサーの宗教が排他的なピューリタニズムではなく、包容力をもったカトリシズムであった」（同書、二一）との主張がなされている。

一方ラングランド研究においては、四つの大きな柱を設定されている。先ず、(1)〈どのような作品か〉である。これは「一四世紀という社会的変動の時代にあって詩人が夢見た、キリスト教的な社会改革のヴィジョン」（『ウィリアムの見た農夫ピアズの夢』（篠崎書林、一九七四年、四））とする。次に、(2)〈農夫ピアズは如何なる人物か〉という問題では、「（『夢』における）ピアズは、単に文字通りのピアズだけにとどまらず、アレゴリカルな人物として解釈する必要がある。（中略）民衆を《真理》に導く者、きびしき権威をもった命令者であるのみならず、《空腹》を呼びよせるあたりはすでにして超自然の力を身に帯びた存在であるかに見うけられる。」（『十四世紀の英文学』（一〇三―四））と捉えている。続いて、(3)〈免償破棄の場面の解釈〉についてである。これは従来ラングランド研究家の間でいろいろ論議されて来た問題であるが、先生は「『夢』の後半、つまり第二の夢全体が告解の秘跡の形式を踏んで展開しているアレゴリーであるという点をもっと強調して考えるべきではないか」（同書、一二五）と力説し、「告解の秘跡を下敷きにしてひとつのアレゴリーを書きながら、この詩人は実は世に行われていた赦免、巡礼、免償等にからまる悪用に対して、激しい抗議と挑戦とをこころみた」（同書、一二七）のであって、「《真理》からの免償証に失望したり、それを否定したのではあるまい。」（同書、一二八）と述べられている。免償破棄の場の明確な分析は、中世英文学の泰斗ジョージ・ケインに送られた論文、'Why Did Piers Rend his Pardon Asunder?—A Personal Approach to the Pardon Scene—'（1960）においても論考が施されている。最後は、(4)〈農夫ピアズ像が英文学上、他作品にどのように投影されていったか、その系譜を跡づけること〉である。経済的論争詩で、教皇庁・托鉢修道会に対する風刺的批判精神に富む *Wynnere and Wastoure*（c.1352）や、一三八一年の農民戦争においてエセックスの反乱農民に宛てたジョン・ボールの獄中書簡（'Pers Plougman', 'de wel and bettre' なる人名と文言が見られる）、四大托鉢修道会の宗教的道徳的堕落を風刺攻撃した作品 *Pierce the Ploughmans Crede*（c.1394）、さらにはチョーサーが『カンタベリ物語』の中で描く農夫の姿の中に、その要素が見られることを辿られた。これと並んで注目すべき点は、先生が触れられる以前は日本の英文学会ではほとんど言及されなかった、ラングランド研究の先駆者、飯島郁三（一八八七―一九五七）の業績と伝記を、実際に御遺族から直接情報を得て明らかにされたことである。

最後に個人的な先生との思い出をいくつか記しておきたい。大学院試験の合格発表の日、先生に呼ばれ研究室を訪れた。温かく応対してくださり、「ちょうど今年の授業で『ベオウルフ』を講読するので、僕が君の指導をします。試験ではドイツ語が全然できていなかった。古英語はドイツ語文献が読めなくては駄目なので、何かいい論文を読みましょう。」とおっしゃってくださった。これにより、先生と正規の授業前の九〇分間、一対一のドイツ語論文読みが始まった。論文は、Fr. Klaeber の 'Die Christlichen Elemente in *Beowulf*' であった。私にとって、先生とのかけがえのない大事な時間であった。青山学院大学院でのチョーサーの演習にも出て来なさいということで出席した。その他に、授業では読了できなかった『ベオウルフ』の続きを読書会で読み続け、さらには金沢大学から内地留学をされていた最上雄文先生を交えてのラングランドの『農夫ピアーズの夢』をケイン版で読む読書会にも参加させていただいた。これは一九七八年の九月二一日から始まり翌年の一一月三日まで二二回行い読了した。そうした読書会は学士会館や、式井久美子シスターがお勤めになっている白百合女子大学で行ったりもした。いろいろな公務をこなされ、御研究を精力的になされ、授業以外にも読書会や個人指導をなさってくれた生地先生は忙し過ぎたのではないかと思っている。実際、「僕は忙し過ぎますね」と微笑みながらおっしゃっていた一言が忘れられない。一九七九年からのサバティカルの年に、先生はラングランドについて大きなものをまとめられるおつもりであったようで、それが叶わなかったことは無念であったに違いない。あるとき夏休みに一度先生のお宅にお邪魔させてくださいと勝手なお窺いをしたら、僕には息子が四人いて夏には皆が帰って来るので、君を通せる部屋がない。それで僕が君の家に行こうと言って、横浜から西多摩の遠い地まで足を運ばれて来られたこともあった。

最初の就職先は、先生が集中講義にいらっしゃっていた秋田の聖霊女子短期大学に決まった。先生の御推薦である。三月に秋田に向かう一ヶ月前位から、先生から頻繁にお電話とお手紙をいただき、短大ではよくシスターにお仕えするように、そして論文をしっかり書き続けるようになどなど、多々心配されるお言葉をいただいだ。体調を崩されていることは知っていたが、恐らく御病状はかなり進んでいた中のことではなかったかと思う。心配な気持ちで東北に向かったが、英文学会が五月に開催される折に、先生を病院にお見舞することができた。一時的に快方に向かわれた折で、三〇分ほどお話をした。先生は頭を丸められ、すっかり体重が落ちているお姿であった。右腕を上にかざしながら、こんなに細くなってしまったとおっしゃった。「病者の塗油」の秘跡を受けたことも述べられ、その後で、生きたいという気持ちが強くなったことも吐露された。そして、何が起ころうとも、神様の思し召しなので心配しないようにというお言葉を受けてお別れした。一九八〇年七月一四日に先生がお亡くなりになった後、しばらくして先生の所蔵本を入手する機会を得た。中でも大事なものが二冊ある。その一冊は、古書店に処分する前に必要なものを持って行ってくださいとのお電話を奥様からいただいた際のもので、読書会で先生が指定された、あのケイン版の『農夫ピアーズの夢』である。これには先生の書き込みがびっしりなされ、読書会の日程と出席者名が記されている。もう一冊は、大学院の授業で初年度に使用された、Wrenn-Bolton版の『ベオウルフ』で、たまたま神保町の北沢書店で手に入れた。これにも書き込みと、授業日とその日の発表担当者名が記載されている。「1977年5/18（網代—発表）」とあり、先生に再びお会いできた強い巡り合わせを感じた。

御著書の『薔薇と十字架』に「チョーサーには（中略）現実の人生をおおらかに包みつつ、どのような人間をも見捨てないで究極において神に向けて方向づけようとする大きな愛の姿勢がある」（二三―四）という記述がある。生地先生こそは、この「愛の姿勢」をどんな人にも示した方であった。

（網代　敦）

## （9）渡部昇一（わたなべ・しょういち、一九三〇―二〇一七）

【略歴】
一九三〇（昭和五）年一〇月一五日　山形県鶴岡市生まれ。
一九四九（昭和二四）年　上智大学文学部英文学科入学。

一九五三（昭和二八）年　上智大学大学院西洋文化研究科修士課程進学。白百合学園中学校非常勤講師。

一九五五（昭和三〇）年　ミュンスター大学（西ドイツ）留学。

一九五八（昭和三三）年　哲学博士号（Dr.Phil.）取得。オクスフォード大学ジーザス・コレッジ寄託研究生。

一九六〇（昭和三五）年　上智大学講師。

一九六四（昭和三九）年　上智大学助教授。

一九六五（昭和四〇）年　『英文法史』（研究社）を刊行。

一九六八〜六九（昭和四三〜四四）年　米国フルブライト・ヘイズ法に基づく教育交流計画の一環で渡米。四州六大学で半期ずつ講義。

一九七一（昭和四六）年　上智大学教授。以後、英文学科長、文学研究科主任などを歴任。その他、学外では日本英文学会理事・評議員（八期）、文部省臨時教育審議会の専門委員（大学・専門学校）、国語審査委員、大蔵省税制調査会特別委員、通産省産業構造審議委員会臨時委員等を歴任。

一九七五（昭和五〇）年　『英語学史』（大修館書店）を刊行。

一九七六（昭和五一）年　『知的生活の方法』（講談社）を刊行。

一九九〇（平成二）年　『イギリス国学史』（研究社）を刊行。

一九九二（平成四）年　「英語語源学会」設立、会長に就任（九三年八月「イギリス国学協会」と改称）。

一九九四（平成六）年　ミュンスター大学より名誉哲学博士号（Dr. Phil.h.c.）。

二〇〇一（平成一三）年　上智大学名誉教授。

二〇一五（平成二七）年　瑞宝中綬章。

二〇一七（平成二九）年四月一七日　東京都杉並区の自宅にて逝去。享年八六歳。

## 【研究業績――英文法史・イギリス国学史と語源学】

渡部先生の研究分野は、英語研究の歴史に関するものと、語源学とに大別することができる。前者については博士論文を土台とした『英文法史』（研究社、一九六五）、その発展的著作ともいえる『英語学史』（大修館書店、一九七五）、そして近代のイギリスが自らの歴史と国語とを再発見する過程を描き出した『イギリス国学史』（研究社、一九九〇）の三点が、代表的な業績である。

なかでも『イギリス国学史』は、刊行当時の帯カバーに「空前の業績」と銘打たれるほど出色の業績といえるだろう。英語史を学んだ者なら、「近代英語初期」と聞けば活版印刷術の普及や、イギリス宗教改革（国教会の創設）、欽定訳聖書、シェイクスピアといったキーワードが思い浮かぶものだが、同書はその時代をイギリス「国学」の黎明期と位置づける。それは、古英語研究がまさにこの時代に始まったからであり、国教会に象徴される新時代のイギリスが、過去の法律文書や歴史書、宗教書を駆使して歴史的正統性を証明するために傾注した努力が、後代の中世文学研究の礎となったという意味でもある。

国教会創設以降、イングランド各地の修道院が解散させられその土地が国に没収された際、所蔵されていた古文書は多くが毀損され散逸する。しかしその古文書の危機をもたらしたのと同じ国教会が、自らの正統性の主張のため古文書を保護する必要性に気づいた。話はそこから始まって、John Leland と Matthew Parker の二人を軸として古文書がどのように扱われたか、またどのような論客たちが現れどのような歴史観が戦わされたかを入念にたどっていく。アーサー王伝説や、テューダー王室の正統性をめぐる論争なども、こうした流れの中に組み込まれ、一六世紀半ばから一八世紀半ばに至る二〇〇年が一大絵巻のように描き出された、まさに文献学（philology）の魅力にあふれた一冊となっている。

同書は、それまで「近代イギリスの成立」という便利な用語で抽象的に表現されるだけであった重要な歴史のプロセスが、「イギリス国学」という概念の導入によって明確に具体化されることを証明したまさに「空前の業績」である。

執筆にあたっての貴重な資料がすべて先生ご自身の所蔵であったという点も見逃せない。

渡部先生の研究上のもうひとつの関心事、すなわち英語の語源的側面についての研究は、ドイツ留学時代に師事したK・シュナイダー博士の語源学の継承である。英単語の語源といえば、一般には語幹と接頭辞・接尾辞とに分解する形態論（morphology）のレベルで語られることが多い。そのためラテン語・ギリシャ語由来の英単語について扱われることがほとんどである。しかし渡部先生の紹介する語源学は、ルーン文字の解読から古代ゲルマン人の宗教観を解き明かしたシュナイダー学の流れを汲み、従来あまり関心がもたれることのなかったゲルマン系の英単語の語源についても大きく扱うのが特徴である。他言語との音韻対応や歴史上の語形の変遷はもとより、音象徴（sound symbolism）の理論も取り入れ、ＯＥＤやその他の語源辞典が「語源不詳」と結論付けた英単語の語源も解明していくことが、大きな目標であった。

一般向けの著作としては、語源学を「イメージの考古学」と位置づけた『英語の語源』（講談社、一九七七）、やや専門的なレベルでの著書として『英語語源の素描』（大修館書店、一九八九）がある。また語源不詳の語の語源についての論考として、「dog の語源」（月刊『言語』一九八九年九月号）、「dog のイメージについて」（*Asterisk*, IV［1995］, 352-361）などがある（いずれも『渡部昇一小論集成』［大修館書店、二〇〇一］に再録）。

英語学・言語学関連の名著の訳書としては、オウエン・バーフィールド『英語のなかの歴史』、リチャード・ウィルソン『言語という名の奇跡』（いずれも土家典生先生との共訳）が刊行されている。

## 【教師としての渡部先生】

著書・訳書は数知れない。数多くの啓蒙書や評論を執筆した渡部先生の著作に触発され、実りある豊かな人生を歩もうと奮い立った人々は日本中に多数いる。その意味で、渡部先生の薫陶を受けた〝教え子〟は数知れない、ということになる。

啓蒙書『知的生活の方法』（講談社、一九七六年）が大ベストセラーとなり、さらに『文科の時代』（文藝春秋、一九七四年）・『腐敗の時代』（文藝春秋、一九七五年）などでの鋭い評論から「保守派の論客」として全国にその名を知られた渡部先生。その教室での姿は、学生をつねに知的に鼓舞し続ける教師であると同時に、母校上智で学んだ先輩として、後輩を見つめる優しさに満ちたものであった。

英文法の講義は、細江逸記『英文法汎論』（改訂版：泰文堂、一九五六年、新改訂版：篠崎書林、一九七一年）を教科書として、文法的に精確に読むために欠かせない伝統文法の体系的理解と、「相当語句」（equivalents）の概念を徹底して教授された。

英語史の講義は、G・H・マクナイト、R・F・ジョーンズ、A・C・ボーの英語史を土台とし、そこに大局的な文明史観を織り込んだものであった。その講義をまとめたものが『スタンダード英語講座　英語の歴史』（大修館書店、一九八三）である。

文献学（philology）の魅力を探求し続ける姿勢は、いわゆる新言語学、とりわけチョムスキー系の生成文法研究が隆盛をきわめた時代にも、いささかもぶれることはなかった。ただし、それは伝統に固執し新たな学問的知見を避けようとする姿勢などではない。むしろその正反対で、著書としては『秘術としての文法』（大修館書店、一九七七）において、新言語学と文献学との関心領域の相違を分かりやすく提示しつつ、伝統文法によってのみ味わうことのできる知的快感を披瀝しているし、また学部の講義においても、認知心理学の観点から人間の言語能力を論じたSteven Pinker の *The Language Instinct*（1994）をその出版翌年にテキストに指定し、学生と議論するなど、言語についての知的関心に垣根を設けることはしなかった。

緻密な読解と幅広い知見はもとより、文明史・精神史に基づく深い洞察に裏打ちされ、他のどこで聞くこともできない貴重な講義であった。

上智大学退職後も、体調を崩される二〇一六年春まで、門下生を月例の読書会に招き、常に「知的生活」の模範を示された。

二〇〇一年五月には、上智大学同窓会より、オール・ソフィアンズ・デー企画「往年の名講義」に講師として招かれ、「45分でわかる英語の歴史」と題し、印欧祖語から現代英語までの歴史を一気に語って卒業生たちを驚かせた（のちに増補のうえ『講談・英語の歴史』〔ＰＨＰ、二〇〇一〕として書籍化）。

## 【愛書家・渡部先生】

英語学科講師時代、大学図書館に〝住み込み宿直員〟として住まうことを許され、いつでも好きな本に触れられるという理想的環境に至福を体感した渡部先生。「いつか自分だけのライブラリをもちたい」という熱意に火がつき、関心ある分野の書籍は〝借りる〟ではなく〝買う〟というポリシーを貫いた。

約四〇年後の二〇〇一年、上智大学退職時に発行された蔵書リストは、世界の愛書家に驚きをもって迎えられた。ラテン語で Bibliotheca Philologica Watanabeiensis と題した約七〇〇頁におよぶリストには、一五万冊以上の蔵書の情報が並び、その冊数はもとより、その価値においても、個人の所蔵としては世界一とされた。愛書家の国際団体 L'Association Internationale de Bibliophilie の数少ない日本人会員であり、長年、日本ビブリオフィル協会会長を務めた。

二〇〇七年には、杉並区善福寺に巨大な書庫・書斎を備えた自宅を新築した。その際、渡部先生は膨大な蔵書を管理する知恵を、大英図書館のコットン・ライブラリから取り入れることにした。つまり同ライブラリの元の所有者であるサー・ロバート・コットンは、歴代ローマ皇帝の胸像によって棚の位置を示していたということにヒントを得て、渡部先生のライブラリの書棚は神武以来の歴代天皇の名で示されることになったのである。

（下永 裕基）

## (10) 秋山 健（あきやま・けん、一九三一—二〇〇八）

【略歴】

一九三一（昭和六）年一月七日　滋賀県生まれ。

一九四九（昭和二四）年三月　滋賀県立膳所高等学校卒業。

一九五〇（昭和二五）年四月　同志社大学文学部英文学科入学。

一九五四（昭和二九）年三月　同学科卒業。

一九五四（昭和二九）年四月　同志社大学大学院文学研究科英文学専攻修士課程入学。

一九五七（昭和三二）年三月　同課程修了。

一九五九（昭和三四）年八月　ミシガン大学大学院英文学専攻修士課程入学。

一九六一（昭和三六）年六月　同課程修了。

一九六一（昭和三六）年八月　ミシガン大学大学院比較文学科博士課程入学。

一九六二（昭和三七）年六月　同課程中退。

一九六七（昭和四二）年四月　ミシガン大学大学院比較文学科博士課程復学。

一九六八（昭和四三）年二月　同課程中退。

一九五七（昭和三二）年四月　同志社大学文学部助手。

一九六一（昭和三六）年四月　同志社大学文学部専任講師。

一九六三（昭和三八）年四月　同志社大学文学部助教授。

一九六六（昭和四一）年九月　カールトン大学客員教授、一九六七（昭和四二）年三月まで。

一九六七（昭和四二）年八月　ニコス・カザンザキス『その男ゾルバ』現代東欧文学全集第二巻（翻訳、恒文社）。

一九六九（昭和四四）年六月　「ピューリタンの文学」、『ピューリタニズムとアメリカ』講座アメリカの文化第一巻（共著、南雲堂）。

一九七〇（昭和四五）年四月　同志社大学文学部教授。

一九七五（昭和五〇）年四月　「アメリカ植民地時代の文学」、『アメリカ文学思潮史――文学と社会』（共著、中教出版）。

一九七六（昭和五一）年四月　上智大学文学部教授。

一九八三（昭和五八）年八月　タフツ大学上級研究員、一九八四年三月まで。

一九九六（平成八）　年四月　プール学院大学国際文化学部教授。

一九九八（平成一〇）年四月　プール学院大学国際文化学部教授（特任）。

二〇〇二（平成一四）年三月　任期満了に付退職。

二〇〇二（平成一四）年七月　プール学院大学名誉教授。

二〇〇八（平成二〇）年二月　逝去、享年七七歳。

## 【ピューリタニズム研究の第一人者】

秋山先生の当初の研究分野は、一七世紀イギリス詩ならびに一八世紀イギリス小説であった。その先生がピューリタニズム研究に向かわれたのは、「『緋文字』の主題に就いて」（『主流』二三、一九六一）がきっかけだったと思われる。本論考では、“penance”と“penitence”をキーワードに、ピューリタニズムの枢要をなす契約神学の視点から『緋文字』が解釈されている。その巧緻な議論は実に見事である。

ピューリタニズム研究での先生の偉業は数多いが、まず触れるべきは、「Edward Taylorの詩・序論」（『人文學』六四、一九六三）である。それは、イギリス文学からピューリタニズムへと研究対象が移ってわずか一年半後に実った大きな果実である。「Edward Taylorの詩・序論」は、Taylorの*Preparatory Meditations*のSecond Series 91を聖餐式のために書かれた説教との関連から読み解いた、重厚な論文である。そこでは、聖餐式でのキリストの臨在の体験こそ終末における再臨への準備なのだという Taylor の確信が、創世記、ヨシュア記、イザヤ書、エレミヤ書、ネヘミヤ記、詩篇、共観福音書等の釈義を援用しつつ、緻密に論証されている。後に、ピューリタニズム研究の第一人者 Sacvan Bercovitch は、「Edward Taylor の詩・序論」を高く評価し、*The American Puritan Imagination: Essays in Evaluation* (1974) の参考文献目録に収めた。

続いて採り上げるべきは、「ピューリタンの文学」および「アメリカ植民地時代の文学」である。「ピューリタンの文学」(木下尚一編『ピューリタニズムとアメリカ』所収、一九六九)では、Bercovitch が伝統として確立した、アメリカ文学におけるピューリタン神話を敷衍するかのように、アメリカの文芸復興がピューリタン文学を遺伝子にもつと定立され、ピューリタンの様々な文学形式に表現された特有の思考や精神が具体的に考察されている。それゆえに、「ピューリタンの文学」は、徹底した実証性に裏づけられた、日本初の包括的なピューリタニズム研究として、極めて重要な意味をもってきた。その証拠に、「ピューリタンの文学」は、内容は組み替えられても骨子は変わらず、「アメリカ植民地時代の文学」(一九七五)という装いで再登場してくる。収録先である『アメリカ文学思潮史』(福田陸太郎ほか編)は、「アメリカ植民地時代の文学」に独立した章を充てていて、他のアメリカ文学史とは明らかに一線を画していた。その詳しい解説のため、「アメリカ植民地時代の文学」は、「ピューリタンの文学」とともに、ピューリタニズムに関心のある者にとっては、殊の外貴重な情報源となってきた。

最後に、「NEW ENGLAND PURITANISM 書誌」(木下尚一、今関恒夫との共編、一九七七)について述べておこう。この書誌は、ニューイングランド・ピューリタニズムの原典や選集、関連書等、三六〇の文献を収録してそれぞれに注釈を付した、当時の最新かつ細密なリストである。加えて、書誌の最後に付された「ニューイングランド・ピューリタニズムの研究動向——解題にかえて」では、一九二〇年代から七〇年代までの研究の有り様と意義が解説されている。「NEW ENGLAND PURITANISM 書誌」は、ピューリタニズム研究の歴史と概要を把握し、研究の方針を見定める上での確かな拠り所となってきた。

## 【長電話という名の洗礼】

大学院で秋山先生に教えていただいたことがあれば、一度や二度は先生からの長電話に付き合ったことがあるはずだ。長電話といえば、取り留めのない無駄話を延々と聞かされるものだが、先生の場合はまったく違っていた。

夕方、大学院の授業が終わると、先生の研究室では授業の延長戦がよくあった。とにかく先生には、話し足りないことがたくさんおありだったのだ。話は授業テーマから周縁の事柄へと広範囲に及んでいく。話題が連鎖して、チェーンのように延びていくのだ。話は研究室では終わらず、先生行きつけのトンカツ屋まで続くこともあった。そういう日は要注意だった。トンカツ屋でお暇し、電車に揺られて帰宅すると、計ったように電話のベルが鳴る。そう、いよいよ、先生からの長電話が始まるのだった。受話器の向こうから「あのね、さっきのことなんだけど」という声が聞こえてくる。トンカツ屋まで続いた話の再開だ。それから電話での講義は優に二時間は続いていく。

この長電話こそ、今時の「事後学習」だと言ってもいい。それは、授業に始まり、研究室を経てトンカツ屋まで続いた長大な話の復習なのだ。時折、「君、わかるかな」と確認が入ると、漫然と聞いているのを見透かされたようで、ドキッとさせられる。呪文をかけられたように話に引き込まれていく。ピューリタンの牧師は、説教の達人でなければならなかった。それも、薫り高い衒学的な語り口ではなく、誰にでも分かる平明体で教え諭せるのが達人だった。そのことで先生がお好きだったのは、達人である牧師の説教は、砂時計が二度ひっくり返っても終わらなかったというエピソードだ。先生によれば、二度ひっくり返るとは二時間を超えるということらしい。とすれば、先生の場合、二時間を超える長電話で、ピューリタンの牧師さながらに学生を教え諭しておられたと言えなくもない。

今になってみると、先生の長電話は、研究者になるための洗礼だったような気がする。研究者とはかくの如く学生に話ができる教育者なのだ。それを目指して研鑽を積み、研究者として活躍されている人を、私は何人も知っている。

彼らは、秋山学派の紛れもない一員なのだ。

## 【忘れられない夏】

私が大学院の修士課程を終える年だったが、秋山先生は夏休みに調査研究でアメリカに行かれたことがあった。留守の間、私は、先生がお住まいのマンションの管理を頼まれたことがあった。管理とは名目で、蔵書家だった先生のお宅には、貴重なピューリタンのテキストや研究書がたくさんあったから、それを存分に利用して修士論文を仕上げるよう託されたのだった。それなのに、私は、親心ともいうべき先生のお気持ちをその時は斟酌できなかった。名目ではなく、本当の管理人になることが自分の使命だと思ったのだ。週に一、二度マンションを訪ねて私がしたことは、部屋の空気を入れ換える、たまった手紙や葉書を整理する、風呂やトイレ、キッチンを掃除する等々だった。書斎に並んでいる本を捲ることは、いちども なかった。

夏休みが終わって先生が帰国されると、私は管理人の仕事から解かれた。そしてしばらくして、先輩がふと私に「君は、夏休みに秋山先生のマンションで何をしていたんだ?」と言った。私は「マンションの管理を頼まれていたんです」と答えた。すると、彼は、「本を読もうと思えばいくらでも読めたのに」と呆れた口調で言った。それを聞いて、私はハッとした。先生は、僕の修士論文のできが悪いのを嘆いて、彼にそう漏らされたに違いなかった。それでも先生は最後まで徹底的に論文指導をしてくださった。そのことを思い出すと、いまだに申し訳ない気持ちでいっぱいになる。

（難波 雅紀）

## (11) 渋谷雄三郎（しぶや・ゆうざぶろう、一九三二—二〇〇八）

【略歴】

一九三二（昭和七）　年　新潟県生まれ。

一九五六（昭和三一）年　新潟大学教育学部英語科卒業。

一九五六（昭和三一）年　新潟県立新発田商工高等学校教諭。

一九六二（昭和三七）年　東京大学大学院人文科学研究科英語英文学専攻修士課程修了。

一九六三（昭和三八）年　ニューヨーク大学大学院修士課程修了。

一九六四（昭和三九）年　成蹊大学政治経済学部講師。

一九六七（昭和四二）年　明治大学商学部講師、後に助教授、教授。

一九七五（昭和五〇）年　東京学芸大学助教授、後に教授。

一九七五（昭和五〇）年　ACLSフェローとしてシカゴ大学滞在。

一九七八（昭和五三）年　『ベロー——回心の軌跡』（冬樹社）、ソール・ベロー『オーギー・マーチの冒険』（翻訳、早川書房）を刊行する。

一九八二（昭和五七）年　ジョン・バース『やぎ少年ジャイルズ』（翻訳、国書刊行会）を刊行。

一九八四（昭和五九）年　上智大学文学部英文学科教授。

　日本英文学会『英文学研究』、日本アメリカ文学会『アメリカ文学研究』編集委員等を歴任。

一九八五（昭和六〇）年　E・L・ドクトロウ『ダニエル書』（翻訳、サンリオ）を刊行する。

一九九七（平成九）　年　帝京大学教授。

二〇〇八（平成二〇）年一二月一一日　逝去。享年七六歳。

## 【研究業績――ソール・ベロー研究を中心に】

渋谷先生のご専門領域はユダヤ系作家を中心とした現代アメリカ小説全般である。なかでも、ソール・ベローには最も心血を注がれ、日本におけるベロー研究の第一人者となられた。個人的に親交を結び、時代精神を共有したベローの伝記的事実に寄り添いながら、初期から中期にかけての作品の本質を鮮やかに浮き彫りにされた金字塔的著作が『ベロー――回心の軌跡』(冬樹社、一九七八)である。

『ベロー』の白眉は、旧約聖書のなかに産み落とされ、熱烈なトロツキストとなったベローが、まともな収入を得る四〇歳になるまで貧困生活を送ったにもかかわらず、根底ではアメリカを信じるリベラリストに移行した意味を、それぞれの作品を歴史的にというよりも、その時代の作者のペルソナの表出として捉え、度重なる魂の「回心の軌跡」として提示したことにある。さらに言えば、ベロー研究者としての渋谷先生ご自身の回心の軌跡こそが本書の隠れた主題ではないか、そう捉えることができる記述が本書には散在している。ベローは「回心を小説的に呈示しようとした」(165)のだが、渋谷先生は「回心を批評的に呈示しようとした」。その意味で、本書はベロー小説の批評でありながら、渋谷先生のアメリカ小説に対する信仰告白の書と言える。

管見によれば、ベローを中心に据える渋谷先生のアメリカ小説研究の端緒はヘミングウェイ研究にあったのではないか。ヘミングウェイ小説の「文学を越えた影響力は人々の感受性に刻印を与え文化活動のあらゆる分野に及んで、ついに人間の生き死に方についての倫理モデルとまでなった」(「ヘミングウェイ・スタイルについて」、石一郎編『ヘミングウェイの世界』[一九七〇]六〇)と渋谷先生は初期のご論考において指摘されているが、この点にこそ、ユダヤ系アメリカ作家としてのベローが乗り越えるべきトラウマ的契機が見出される。渋谷先生は、ベローの処女作『宙ぶらりんの男』の日記体物語を「ソフトボイルド宣言」と呼び、ヘミングウェイが名声の頂点にあった間、シカゴのスラム街で青年期を過ごしたベローの「郊外居住族に対する黒い羨望」(七三)を見出しながら、「アメリカ人が無限のドロドロした情念を無表情の下に湛えている断念と抑制のストイックな［ヘミングウェイ的な］人生態度を一つの倫理的態度の典型」（七五）と捉えざる得ないベローのジレンマを早くに見抜かれた。だからこそ、ヘミングウェイが体現したアングロ・サクソン文化と、それとの対立を通して再創造されたユダヤ文化のアイデンティティ双方の衰退を目撃したご自身が、ベローは「一つの伝統の最後の者であることを自覚している」（「ユダヤ系市民の意識の変遷」、上智大学アメリカ・カナダ研究所編『アメリカ文化の原点と伝統』［一九九三］一五五）と確信したのも偶然ではないのだろう。

渋谷先生は現代アメリカ小説の紹介者であり翻訳家でもあった。ベロー『オーギー・マーチの冒険』（早川書房）、ジョン・バース『やぎ少年ジャイルズ』（国書刊行会）、E・L・ドクトロウ『ダニエル書』（サンリオ）など、それぞれに一癖も二癖もある、思弁的で晦渋な英文を、そのエッセンスにできるだけ忠実に訳しておられる。なぜ、そんなに分厚くてやっかいな作品ばかりをお選びになったのか、今となっては想像するほかないが、その姿勢には衝動的な内心の声に従い、苦難の道を生きるベロー作品の主人公を思わせるものがある。

## 【教室での渋谷先生】

新潟大学の教育学部を卒業された後、高校で英語を教えられ、教員養成大学（東京学芸大）で教鞭を執られた渋谷先生は、英語教育における「精読」の効果を身に染みてお分かりになっていたのだと思う。また、ニューヨーク大学への留学経験やシカゴ大学での滞在経験から、日本人のアメリカ文学研究者が英語母語話者の研究者と対等に渡り合うためには、一語一語、一文一文を丹念に解釈する精読しかないと胸に刻まれたのかもしれない。

上智の英文学科の授業では、「無色透明、無害無菌の英語」を忌避され、もっぱら「日常生活の人間の生きざまの、ズンと胸にこたえる何か」（『現代アメリカ短編集』（金星堂、一九七九））を含む小説を扱い、「大学が一般社会のinstrument以上の独自の存在をもつべきであるという理念」（『20世紀アメリカ文学短編集』（金星堂））を具現するような英語の文章を精緻に読むことを学生に求められた。それは単に一流の英語表現を質の高い日本語表現に変換するというテクニカルな問題にとどまるのではなく、その作業自体のなかに「人間の生き死に方についての倫理モデル」が含まれているといった感じであった。それは本当の意味での「生きた英語」の実践であり、だからこそ、極度の緊張を感じながら単語一つ一つに真剣勝負で立ち向かわなければならない学生の疲労度は半端ではなかった。

もっとも、先生の方は、「文学鑑賞の楽しみの一つは、ほかの人がどのように思ったかを知ることであり、作品について語り合うことである。語り合う人の数が多いほど話は楽しく活発になる」（『現代アメリカ短編選集』（金星堂））という風に、案外と気楽に構えられていたのかもしれない。渋谷先生は、教科書の注釈をいくつもやっておられるが、文章中の歯に衣着せぬ物言いとは裏腹に、「コメンテーターの無知と偏見」を浮き彫りにする「知的楽しみ」（同上）のために、あるいは議論のネタやたたき台として、やたらと詳細なご自身の注釈を（教師目線の正解としてではなく）提供されていたのだろう。こう言ってよければ、教科書の注釈を英文解釈の補助線としながら、その間違いを正したり、解釈の相違に異議申し立てをしながら英語の小説を精読するという作業は、日本独自の英語教育・英語文化の神髄であり、それを実践する教室は「教養」の堡塁ではなかったか。注釈者兼教師としての渋谷先生はその体現者であった。

## 【「他者」としての渋谷先生】

たまに訪れた渋谷先生の研究室は白く、湿っていた。ドアを開けると、タバコの白い煙に視界がとざされ、その煙には若干の水分（書棚に置かれたウィスキーの！）が含まれていた。というのは誇張だが、私の記憶の中の光景は確かにそうなのだ。声をかけると、それまで部屋の向こうで机に向かい、タバコの煙をはきながら小説を黙々とお読みになっていた渋谷先生が顔を上げる。それから、こちらを振り返り、至福の時間への侵入者に鋭い眼光を向けるのである。ある時、グラスを片手にお読みになっていたのは、アル中作家としても有名なレイモンド・カーヴァーの短編集だった。

学生運動華やかなりし時代には大学と学生の間に入るようなお立場であったり、文学会の酒席で文学談義に熱くなるあまり殴り合いの喧嘩に発展したりもしたそうだ。その一方で、なんでもござれの「村田英雄のような先生だった」と証言なさる方もいる。しかし、私が知る渋谷先生は都会の中心の大学に通いながら、心のなかはすでに『ウォールデン』風の内省生活に入っておられるという印象である。

あまり期待をされていなかったせいか、研究室でじっくりと本音でアメリカ小説のことも世間の話もしたことはなかった。修論執筆の時期にも、折悪しく、先生はご病気で入院されてしまったので、小説の研究とはこのようなものであるとか、研究者になるにはどうしたいいのか、などについて諭されるということはなかった。つまりは、何も押しつけられなかったということでもあり、自分の論文の尻拭いは自分でするものだと突き放されたということでもある。自分が教師になって分かったのだが、学生に対してこの姿勢を貫くのは実は難しい。渋谷先生の「門下生」は共通してそのような「教え」を受けたのではないか。心残りはあるが、今ではそれで良かったのだと思える。

私にとっての渋谷先生は最後まで「他者」であった（「他人」ではなく）。神秘化するわけではないが、近くにいてもどこか遠くにいる存在として接しないわけにはいかなかった。だが、一度だけ、同じ時空間を共有していると感じたことがあった。入院された病院にお見舞いに訪れた際には一時退院中でお会いすることはできなかったのだが、その後、大学で再会した際に、渋谷先生は私に向かって一言「ありがとう」とおっしゃられ、深々と頭を下げられた。こちらの気が遠くなるほどの長い時間、先生はそのままの姿勢で身動きひとつされなかった。ご葬儀の日は雨で、決して多くの人が参列したとは言えなかった。ベローの『この日をつかめ』で、主人公トミー・ウィルヘルムは見ず知らずの人の葬式についていき、爆発的な発作に襲われ、人目もはばからずに泣き崩れる。渋谷先生のお顔を拝したとき、その場面に描かれている「完全なる自己放棄」（『ベロー』）の意味をひっそりと教えられた気がした。

**（山口 和彦）**

## (12) 安西 徹雄(あんざい・てつお、一九三三—二〇〇八)

【略歴】

一九三三(昭和八)年四月二〇日　愛媛県松山市生まれ。

一九五三(昭和二八)年　愛媛大学文理学部人文学科入学。

一九五九(昭和三四)年　私立新田高等学校(松山市)教諭。

一九六〇(昭和三五)年　上智大学大学院西洋文化研究科英米文学専攻修士課程入学。私立安田商業高等学校、私立安田工業高等学校非常勤講師。

一九六二(昭和三七)年　上智大学大学院西洋文化研究科英米文学専攻博士課程入学。東京都立五日市高等学校(定時制)教諭。

一九六三(昭和三八)年　上智大学文学部英文学科助手。

一九六五(昭和四〇)年　上智大学大学院西洋文化研究科英米文学専攻博士課程満期退学。上智大学文学部英文学科講師。

一九六七(昭和四二)年　上智大学文学部英文学科助教授。英国バーミンガム大学付属シェイクスピア研究所へ約一年間留学。

一九七六(昭和五一)年　演劇集団「円」の結成に参加し、『ペリクリーズ』の本邦初演で訳・演出。

一九七八(昭和五三)年　上智大学文学部英文学科教授。英文学科長、英米文学専攻主任、ルネッサンスセンター所長などを歴任。

一九八二(昭和五七)年　『翻訳英文法』(バベルプレス)を刊行。

一九八八(昭和六三)年　『この世界という巨きな舞台——シェイクスピアのメタシアター』(ちくまライブラリー)。

一九九九（平成一一）年　上智大学文学部英文学科特別契約教授。
二〇〇四（平成一六）年　上智大学名誉教授。『彼方からの声――演劇・祭祀・宇宙』（筑摩書房）。
二〇〇八（平成二〇）年五月二九日　逝去。享年七六歳。

【翻訳家】

原文・原作を深く理解、時に憑依、咀嚼し、「見えない」「彼方からの声」を再構成してわかりやすく本質を提示する。安西先生の複数の劇場人としてのペルソナは、「翻訳」の過程にこそ示されているように思われる。

サイデンステッカー氏は、『源氏物語』の英訳や谷崎・川端・三島などの作品の達意の日本語訳で知られているが、あれほどの日本語力を持ちながら、ご自身の著作の翻訳を安西先生に委ねていた。その翻訳術は、『翻訳英文法』（バベルプレス、一九八二）に惜しむことなく開陳されている。この著作の目的は、名詞中心の英語と、動詞中心の日本語の対照をわかりやすく説きながら、「日本語の構造や発想に忠実な翻訳へとオリエンテーションを試みる」ことであり、「そのプロセスの基本的なノウハウを、英文法の枠組を使って、できるだけ具体的、個別的に説明すること」にある。日本語から英語への翻訳技法については、『日本文の翻訳』（「スタンダード英語講座」大修館書店、一九八三）に詳しく、日英語の発想の相違を、「あくまで実践的な翻訳論」という枠組に留めつつ、「対照言語学的アプローチ」とその理論によって、「解明を試み」ているのが、『英語の発想――翻訳の現場から』（講談社現代新書、一九八三）である。実際の翻訳書としては、『シェイクスピア研究入門』（中央新書、一九七二）をはじめとするピーター・ミルワード先生やサイデンステッカー氏の翻訳、G・K・チェスタトンの評論、童話、イアン・ウィルソンによるシェイクスピアの伝記『シェイクスピアの謎を解く』（河出書房新社、二〇〇〇）など枚挙に暇がない。安西徹雄・井上健・小林章夫編『翻訳を学ぶ人のために』（世界思想社、二〇〇五）には、文芸翻訳のみならず、映像翻訳、実務翻訳の世界も詳しい。劇作品の翻訳は、実際に台詞を話す俳優たちの息づかいを意識しての劇場人としての翻訳であった（橋爪功氏談）。

【シェイクスピア学者】

最初の単著は意外にも『マキアヴェリ――欲望の人間学』（産業能率短期大学出版部、一九七三）である。この著作は、四ツ谷からの帰り、当時英文学科の同僚であった渡部昇一先生、佐藤正司先生と共に高田馬場で途中下車して、三人で「フリートーキングを大原則」に、「およそこの世に［ママ］ありとあらゆる問題を勝手気ままに語りつくす」、通称「高田馬場セッション」から生まれた。「門外漢」として書いた、と謙遜されているが、マキアヴェリの肖像とマキアヴェリズムの本質が生き生きと描き出されており、『ジュリアス・シーザー』におけるマキアヴェリズムの考察も含まれている。シェイクスピアに関する数多くの著作の内、最初の著作は、論文集『シェイクスピア――書斎と劇場のあいだ』（大修館書店、一九七八）である。この二年前に演出家としてデビューされていたため、副題の『書斎と劇場のあいだ』は、研究者と演出家としての自負の表れだろう。ちくまライブラリーに収められた『この世界という巨きな舞台――シェイクスピアのメタシアター』（一九八八）は、Abel の *Metatheatre*（1963）や James L. Calderwood らの仕事に、演出家としての劇場での実体験と書斎での思考が加わった独創性の極めて高い論考群である。『劇場人シェイクスピア――ドキュメンタリー・ライフの試み』（新潮選書、一九九四）は、大英博物館の、マルクスも『資本論』を書いた、あのリーディング・ルームに籠って、「それまで引用でしか読んでいなかった資料を、原形に当たってチェックする作業に没頭」して成し遂げられた仕事である。一次資料にあたる学者の姿は、常に根源を志向する安西先生の誠意であり、それは、『彼方からの声――演劇・祭祀・宇宙』（筑摩書房、二〇〇四）にはっきりと刻み込まれている。演劇という芸術形態の核心は、根源は、何か。神という演出家が記した脚本に基づき、人間という役者たちがこの世で芝居を演じ、それを神と天使という観客が見守る「世界劇場」の概念へのご興味は、「演劇を演劇たらしめているその本質」の探究に繋がり、ルネッサンス期のミクロコスモスとマクロコスモスという人間と宇宙との照応を現代日本においても意識されていたからだろう。

**【教師】**

一九八一（昭和五六）年発行『履修要覧』の「演習 AS」の説明は、安西先生の授業の特徴とお人柄がよく表れている。「今年は、いよいよ『リア王』を読んでみることにしよう。正確な語学的読解から始めて、表現の技巧、イメジャリー、人物像、さらには主題や思想的背景にいたるまで、あらゆる角度から精読したい。」授業の特徴は、文法の正しい理解を重視した「あらゆる角度からの精読」に尽きる。終幕、リアがコーデリアの亡骸を抱えて登場する場面の魂の叫びの朗読は、まるで安西先生にリアが憑依したかのようで、私が九〇年代に受講した授業では、聴く学生ももらい泣きしそうなほどだった。大学が発行した『学生要覧』を見ると、今で言う一般外国語としての英語を、英文学科の講師になられた一九六五（昭和四〇）年から一九六八年まで教えられ、一九六九年以降、英文学科の学科科目を担当されたことがわかる。助教授になられた一九七〇年から「英文学講義」のうち「Ⅲ ルネサンス文学」をお持ちになっている（ちなみに、ミルワード先生が「Ⅱ シェイクスピア」）。この年から講義概要が発行されるようになり、「演習」や「英文学研究法」では、古い順に、アイルランド国民演劇運動、ベン・ジョンソンやシドニーの喜劇論、アーサー・ミラー、イプセン、福沢、逍遙、漱石等の比較文化論、エリザベス時代のソネット、ショー、『ハムレット』、『ロミオとジュリエット』、ベケット、ピンター、『お気に召すまま』、『ジュリアス・シーザー』、Brooks と Warren の *Understanding Fiction*、『マクベス』、『十二夜』、『リア王』、『ヴェニスの商人』、『夏の夜の夢』、『お気に召すまま』等を扱われている。一九八二年からは、ミルワード先生の *Shakespeare's Tales Retold*（吾妻書房）で劇「全体の構成をつかんだ」後、「原文で有名な個所を抜き出し、味読」するスタイルが多くの年で採用されている。一九九二年以降は、「講義CL」と「演習CS」で『翻訳英文法』シリーズがテキストに指定され、英文学科で翻訳の授業が始まったことがわかる。

【演出家】

研究者と演出家を兼ねた人物には、坪内逍遙や福田恆存がいるが、研究者としても演出家としてもどちらも第一線でご活躍された安西先生の独自性は際立っている。五歳の頃の「越後獅子」の舞を皮切りに、中学校では『ヴェニスの商人』の「法廷の場」を演出、高校時代に、天野祐吉、伊丹十三、大江健三郎、のちの奥様と出会い、在学中からNHKの劇団やプロの劇団に所属していた。ラジオドラマでは、黒柳徹子とも共演されている。大学時代には『夏の夜の夢』を翻訳・演出・出演。愛媛に安西徹雄ありというほどの有名人であった。上智の大学院生時代は、演劇活動を控えておられたが、助手時代に、英文学科に出講していた福田恆存の知己を得、劇団「雲」の研究所に入所。「雲」の演出助手として『十二夜』（一九七四、福田訳）に関わっている（この時期敬愛しておられた「シェー研」の顧問を務めていらっしゃる）。「雲」の分裂後は、芥川比呂志氏や橋爪功氏らと演劇集団「円」の結成に参加した。「円」では、一九七六年、四三歳の時『ペリクリーズ』の本邦初演で訳・演出。それまで軽視されることの多かったこの劇を見事に復活させた先見の明に目を見張る。その後、シェイクスピア時代の以下の戯曲で翻訳と演出を行っている。『まちがいつづき』（一九八〇）、『ヴォルポーネまたの名を狐』（一九八一）、『ハムレットＱ１』（一九八三）、『錬金術師』（一九八四）、『リア王』（一九八五）、『冬物語』（一九八六）、『ジュリアス・シーザー』（一九八九）、『ヴェニスの商人』（一九九〇）とクリストファー・マーローの『マルタ島のユダヤ人』（一九九〇）（併行上演）、『十二夜』（一九九二）、『ウィンザーの陽気な女房たち』（一九九三）、『から騒ぎ』（二〇〇〇、翻案・演出）、『マルフィ公爵夫人』（二〇〇二）。その他、シラー、ショー、グリーン、イプセン、ストリンドベリ等の作品の演出に加え、ラジオドラマとして愛媛の南海放送局で放送された『母子梅』（一九五八）というオリジナル戯曲もある。プロの演出家になられてからは、日本人作家の戯曲を演出したことはない。「翻訳」にこそ大きな意味を見出していらっしゃったように思われてならない。

（西 能史）

## (13) 中野記偉（なかの・きい、一九二八―）

**【略歴】**

一九二八（昭和三）年三月一〇日　北海道生まれ。

一九五七（昭和三二）年　上智大学文学部英文学科卒。上智大学大学院西洋文化研究科入学。

一九五九（昭和三四）年　上智大学大学院西洋文化研究科修士課程修了。

一九六〇（昭和三五）年　上智大学文学部英文学科講師。

一九六五（昭和四〇）年　上智大学文学部英文学科助教授。

一九七二（昭和四七）年　上智大学文学部英文学科教授。

一九七九（昭和五四）年　『逆説と影響――文学のいとなみ』（笠間書院）を刊行する。

一九八六（昭和六一）年　アメリカ、オークレア大学交換教授。

一九九〇（平成二）年　フランシス・トムソン『イグナチオとイエズス会』（翻訳、講談社）。

一九九三（平成五）年　上智大学文学部英文学科特遇教授。

一九九七（平成九）年　上智大学文学部英文学科特別契約教授（九八年まで）。


**【人柄と研究】**

人と人とのかかわりはときに悲惨な事態を招きもします。それでも私は心ときめく触れ合いを期待せずにはいられません。子弟の間柄もまた多様で薫陶の受け具合は単純でなさそうに思えます。

この度中野記偉先生のプロファイルをまとめるよう依頼されたのを光栄に存じますし、主に学会活動を通じて上智大学卒業後あるいは大学院を修了した後にまで被った御恩について記しつつ感謝の気持ちを述べる機会を与えられたのはとても喜ばしいです。

ですがよく考えてみますと、いやわざわざ考えてみませんでも、私は学部と修士課程の六年間に一度も中野先生のお授業を受けませんでした。決して避けていた訳ではありません。単位は結構たくさん取りましたけれど深い意図や将来への展望など持たず前後の見境なく歳月を費やしたに過ぎないのでしょう。

中野先生と初めてお会いしたのは入学式の後の英文学科の先生方紹介のときでした。その集まりで先生は学校を出てから試験をされなくなったせいか太ったがまた痩せて、シングルの背広の上着がダブルのようになったと襟を手でつかんで両腕を交差させながら話され、その変化を肉体的でなく精神的なものと考えたいと妙におもしろいスピーチをされました。その翌年のオリエンテーション・キャンプのバスのなかでは前日の復活祭で色とりどりの卵をもらってうれしかった、そしてその日は新入生を迎えてうれしいから珍しく眠れなかったとかで、どうしてよく眠れなかったのか考えている最中だと告白されました。これもそこはかとなく微笑ましく感じました。

私が大学に入ったのは七〇年安保の年で、国会議事堂に極めて近い上智を過激な学生が占拠しようと企んでいたらしいです。二年目には学納金値上げに抗議する連中が一時授業ボイコットを起こしました。そういう族はヘルメットをかぶって角材を持っていました。この騒動の最中に私は英文学科の学生親睦会のようなものの委員長を務めました。誇りと満足感を日々に味わいながら学科の役に立てれば本望だと勇躍しました。私を支持して協力した人たちはただの物好きではなくあいつで大丈夫かと心配してくれたのでしょう。あるいは私が剣道部だったので不満分子が振り回す棒をよけるのがうまそうだから適役だと気付いていたのでしょうか。因みに私は若いころ剛球一直線と綽名されていました。所謂単細胞に近い愛称もしくは蔑称にほかなりますまい。いずれにせよその会での仕事を通じて人一倍先生方との接触が多かった私は研究に打ち込むお姿にひたすら感服させられ、遥かなものに憧れる思いを抱いてとうとう無謀にも大学院への進学を夢見ました。

比較文学という学問があるのを私が知ったのはいつごろかもう覚えていません。とにかく中野先生の御助言を頂戴し本を借りたりして二四、五歳のころ日本比較文学会の会員になりました。それから中野先生が取り仕切っておられた日本キリスト教文学会にも所属し、クリスチャンでもない私が後年同学会の事務局長、副会長を拝命しました。

あるとき先生は比較とはそもそも何なのか語り聞かせてくれました。比という文字は人がふたり並んだ形を示していて、ひとりの人物が別の人物に教わりたいことがあって会いに行くとき車を使って交わりが生まれるのが較の意味だと説明なさいました。その際御自分が手掛けている比較文学に独自性があるとすれば、それは作家間の交流の検証を重んじる点だろうと控えめに半ば独語する如き口調で漏らしておられたのがとても印象的でした。

またあるとき先生は私に宮本武蔵のことを尋ねられました。私はここぞとばかり僅かな知識を臆面もなく御提供申し上げました。思えばそのころ先生は「二重小説の運命――フォークナー　堀田善衛　遠藤周作」と題する御論考を物しておられたのでしょう。やがてそれは『逆説と影響――文学のいとなみ』に収められて私の目に触れました。「フォークナーによる二重小説の創案は、宮本武蔵が二刀流を編みだした経緯に一脈通じるものがある。劔士の構えに彼の生命が懸っているのと同様に、小説の構えに文士の生命が賭けられている。その気迫から単なる構え以上のものを感得しなければ、二重小説の異形に幻惑されたまま、その奥義にまでふれることは不可能となりはしないか」と意表を突く感じで興味深い考究を先生は披露しておられます。

今しがた紹介した件のなかに奥義という言葉が出ていました。武蔵が自ら打ち立てた二天一流の奥義を説いた『五輪書』に「目の付やうは、大キに広く付る目也。観見二ツの事、観の目つよく、見の目よはく、遠き所を近く見、ちかき所を遠く見る事兵法の専也。敵の太刀をしり、聊《いささかも》敵の太刀を見ずと云事、兵法の大事也」と記されています。神子侃氏によれば観とは「物ごとの本質を深く見きわめること」で、見は「表面のあれこれの動きを見ること」だそうです。皮相的な些事に拘泥せず奥深い真実を果敢に探ることこそあの剣豪にとっての極意だったに相違ありません。

中野先生が分析されたフォークナーの二重小説『野生の棕櫚』では各々「野生の棕櫚」と「オールド・マン」と表

題を付されたストーリーが五章ずつ交互に展開されます。「野生の棕櫚」は俄かに人妻との恋に落ちる医学生の物語です。図らずも妊娠した女は堕胎手術を行うよう男に命じてその手術が原因で死にます。逮捕された医学生は女の夫が持って来た毒薬を飲まず五〇年の歳月を刑務所で過ごす決意をします。「オールド・マン」ではミシシッピ川が増水したとき人命救助に動員された囚人が、妊婦を救出して分娩の手助けをしながらさまよった末に刑務所へ戻ります。この囚人は溺死したと報告されていたため当局から逃亡未遂の名目で一〇年の刑期延長を申し渡されます。波乱を経験した囚人と医学生が最後に拘束される設定を除いてふたつの話の接点は見出し難いです。中野先生はこの作品には後ろ髪を引かれるとおっしゃいました。確かに多くの思索を強いる素材です。

フォークナー自身がもともと書きたかったのは愛のためにすべてを犠牲にしてその愛を失った医学生と人妻のことだった、しかし何かが欠けていると気付いて対位法のようにそれを強調するための「オールド・マン」を補ったと解説しました。この経緯には中野先生も言及しておられますが、何が不十分なのかと絶えず自問させるのは完璧を志向する著述家の凄まじい執念なのではないでしょうか。そしてそれは中野先生が御高著の題目で用いられた逆説ということに繋がる気がします。逆説あるいはパラドックスは一般的な把握の方法には反する形で真相を表す試みです。進むべき道を模索し現状に満足せずより鋭く巧みに表層から核心に肉薄する努力は弁証法で使われる正反合の手順にも似ているようです。こうした着想はまた乖離しているふたつ以上のものを融和させ諸事のバランスを求めようとする大らかな感覚を育む可能性も秘めているでしょう。

些か唐突ながら心理療法士や枕の業者ではないのに高揚と不眠との因果関係をあれこれ思案なさり体形の変化を気持ちの若返りと結び付ける中野先生は、きっと生来の重層的比較文学者なのでしょう。また浅はかな私風情にすら目を向けてどこかよい点を看取しようとしてくださったのは単に博愛と呼ぶより逆説の一種で、先生が近接に伴う違和感や距離感の意識を経て相互の理解を深める言わば比較文化的な人生の実践者でもあられたからだと愚察いたします。

先生に私が出会えたのは上智の英文学科があればこそで、更に元を正せば文学が私を先生と近付けてくれたのだとしみじみ感じる昨今です。書き手と読み手が想像力を媒介に時空の隔たりを超え対話することこそ文学の醍醐味かと心得ます。文学者の端くれが綴ったこれなるプロファイルが不出来だという事実にはとりあえず目をつぶって、豊かな中野記偉先生像を諸賢が御随意に思い描きながら読んでいただけますれば大変有り難く存じます。

（森本　真一）

## (14) 高柳俊一（たかやなぎ・しゅんいち・SJ、一九三二―）

【略歴】

一九三二（昭和七）年三月三一日　新潟県新潟市生まれ。

一九五四（昭和二九）年　上智大学文学部英文学科卒業。

一九五四（昭和二九）年　上智大学大学院西洋文化研究科修士課程入学。

一九五四（昭和二九）年　ゴンザガ大学大学院（ワシントン州）留学。

一九五五（昭和三〇）年　MA取得。

一九五五（昭和三〇）年　フォーダム大学大学院博士課程（ニューヨーク市）留学。

一九五八（昭和三三）年　博士論文口述試験合格後帰国。上智大学専任講師。

一九五九（昭和三四）年　文学博士号（Ph.D.）取得。論文題目 “Sir William Chambers and the Chinese Vogue in the Eighteenth Century”

一九六〇（昭和三五）年　イエズス会入会。修練期（～六五年三月）。

一九六六（昭和四一）年　上智大学助教授。

一九六六～七〇（昭和四一～四五）年　ザンクトゲオルゲン哲学・神学大学大学院（西ドイツ）留学。神学修士号（Lic. Theol.）取得。

一九六九（昭和四四）年　カトリック司祭叙階。

一九七四（昭和四九）年　上智大学教授。英文学科長、研究科英米文学専攻主任、文学研究科委員長などを歴任。

一九七五（昭和五〇）年　『ユートピアと都市――黙示思想の系譜』（産業能率短期大学出版部）。

一九七七（昭和五二）年　『精神史のなかの英文学――批評と非神話化』（南窓社）。

一九八七（昭和六二）年　『T・S・エリオット研究――都市の詩人／詩人の都市』（南窓社）。

二〇〇二（平成一四）年、上智大学名誉教授。

教皇庁教理省国際神学委員会委員、『新カトリック大事典』編纂委員会委員長、日本基督教学会理事長、日本T・S・エリオット協会会長、聖公会―ローマ・カトリック合同委員会委員、ルーテル／ローマ・カトリック共同委員会委員などを歴任。

【研究業績――英文学、思想史、神学のトリニティ】

高柳先生の研究業績の全体を的確に評価することは非常に困難である。単著だけを数えても十指に余るだけでなく、分野も三つに及んでいるからである。先生の研究の特質は英文学、思想史、神学が三位一体となっていることである。超人的とも言うべきこれらの研究に先生を突き動かしてきたものは一体何なのであろうか。

第一の研究関心は英文学である。主著はT・S・エリオット関係の三冊『T・S・エリオット研究――都市の詩人／詩人の都市』（南窓社、一九八七）、『T・S・エリオットの比較文学的研究』（南窓社、一九八八）、『T・S・エリオットの思想形成』（南窓社、一九九〇）である。入念なテクスト分析によって、複雑な仮面の下に潜む詩人の実像、エリオットが影響を受けた詩人たちとの比較研究、アングロ・カトリシズムや政治思想など、詩人の思想形成過程を明らかにしながら「ヨーロッパ人」エリオットを十全に描き出しており、日本におけるエリオット研究の金字塔といってよい。上述した先生の研究の特質《トリニティ》がまさに実体化したエリオット論は、国際的にも評価されており、またアメリカのT.S. Eliot Society での活躍を通じての論文寄稿依頼も多い。エリオット研究を志す者にとって、先生の三部作は必読書になっている。学会への貢献は大きく、日本T・S・エリオット協会会長に推挙されたのも必然であろう。

先生の研究分野は、上智英文ならではのユニークな講義科目である「ヨーロッパ文学思想史」から、第二の研究分野へと広がりを見せた。一九七四年から七五年に出版された三部作『人間と都市』、『都市の思想――近代的市民像の源流』、『ユートピアと都市――黙示思想の系譜』（産業能率短期大学出版部）は、ユダヤの黙示思想の根底にある救済表象としての都市がいかに人間の思想、実際の都市、さらには完成形としての終末ヴィジョンに投影されるかを明らかにし、「都市」をめぐるヨーロッパ思想の精神史の一大パノラマを展開するものである。『ユートピア学事始め』（福武書店、一九八三）と併読すれば、我々のヨーロッパ精神史の理解が深まること請け合いである。

アメリカについても固定的理解を修正する画期的な研究がある。アメリカ文化＝プロテスタント文化と考えられがちだが、植民地時代の英国カトリック移民の重要な貢献について初めて指摘されたのは先生である。『アメリカ文化事典』（丸善、二〇一八）参照。

三つ目の関心は神学である。ドイツで神学研究をされていた頃から始まるカール・ラーナー研究は、日本における最初の研究書『カール・ラーナー研究――根底化と希望の思想形成』（南窓社、一九九三）として結実した。ラーナーは先生と同じイエズス会員であり、同じくカールという名を持つプロテスタント神学者バルトと並ぶカトリックの最重要神学者である。一九六五年に終了した第二バチカン公会議が方向づけた、教会の外に「開かれた」対話の神学の展開は、高柳神学、人間学の特徴ともなった。最初の神学研究書である『現代人の神学』（新教出版社、一九七四）はプロテスタントの神学者からも好意的に受け入れられ、後年、（キリスト教系学会で日本最大である）基督教学会の会長に選任されたことでもわかるように、先生の神学は新しいカトリック教会の精神を表すものとして高く評価されている。一般知識人向けに書かれた『聖書という本』(あかし書房、一九七七)、『マタイによる福音書』(筑摩書房、一九八八)、『知恵文学を読む』(筑摩書房、一九九〇)も最新のキリスト教学の知を世に広める貢献をなすものである。

高柳先生の研究全体に関わる学術精神の実体化と言えるのは『新カトリック大事典』(全四巻+別巻、総索引、研究社、一九九六〜二〇一〇)である。第二バチカン公会議後のカトリック教会の現状を網羅するだけでなく、キリスト教諸教会、他宗教関連の項目、さらには芸術、人文科学、社会科学、自然科学の項目も幅広く取り上げ、一万五千項目を収録する百科事典となっている(現在は、オンライン化)。高柳先生は編集長として予算の確保、編集体制の維持、九〇〇〇人に及ぶ執筆者の管理などの重責を担われたばかりか、自らも第一巻冒頭の「愛」から始まり、数多くの重要項目を執筆されたのである。

一つの理念に囚われず常に普遍(カトリック)性を目指す精神は、刊行に三〇年を要したこの大事典の編纂だけでなく、ルーテル教会や聖公会をはじめとする超教派のエキュメニズム推進のための共同委員会に参加されている事実にも見られる。こうした活動は日本のキリスト教会全体に対する貢献と言える。

高柳先生の研究全体には、近代ルネッサンス期に創立されたイエズス会のキリスト教ヒューマニズムの精神が根幹にある。先生の書かれたものには「雰囲気」という表現がしばしば現れる。体系化される以前の段階にある思想のうねりをテクストに発見し、人間の多様な姿を観照することで知識世界を統合し、神の創造の栄光に参与する。知を求める愛、「愛知」・「上智愛」(フィロソフィア)こそが先生を照らし続ける光なのである。『新カトリック大事典』別巻「まえがき」の「真理は情報ではなく真の意味での知識の上に成り立つ」、「情報は利用のため」であり、「知識は理解を要求」し、「理解はコンテクストの中の基礎づけを必要とする」という言葉は、見事に先生の研究の本質を言い当てている。

## 【教師としての高柳先生】

上智英文の特色は文学研究の方法論的関心が顕著であることに見出せるが、高柳先生ほど新批評からポストモダンまでの批評理論に通暁した教授はいない。ノースロップ・フライを翻訳し、入門書として書かれた『英文学入門』には高度な内容が凝縮され、どのように研究を行えばいいのか、著者の見識があふれている。「イギリス文学ならイギリス文学だけ、アメリカ文学ならばアメリカ文学だけをやって、しかもその中のある狭い範囲、一人の作家、その一つか二つの作品だけを知っていて後は顧みないという傾向」を批判し、そのようなレヴェルに留まることは墓穴を掘ることであると警告されている。文学研究の目指すものは、あくまでヒューマニズムの二つの面、「テクストの尊重と人間性」だと規定されている。上智英文学が目指す方向性を示したのが、『精神史のなかの英文学――批評と非神話化』（南窓社、一九七七）である。先生の長年の研究のエキスは『英文学とキリスト教文学』（創文社、二〇〇九）から吸収することができる。

先生は、英作文の指導のような報われない仕事もいとわれなかった。独特の字体でノートを真っ赤に染められた経験を持つ卒業生は筆者を含めて多いだろう。先生の退職と古希を祝って出版された『伝統と革新』（研究社、二〇〇二）が先生の学恩に対する門下生のささやかな返礼である。

## 【含羞を知る高柳先生】

先生は学内の修道院SJハウスにお住まいであるから、七号館の研究室との間の移動時にキャンパスでお会いすることがかなりの頻度で起こりうる。こちらの挨拶に対して先生は実に特色ある笑みを返されるのだ。「ニヤリ」などと表現する人も存在するのだが、筆者の見るところこれは、一流の文化人、都会人にしか現れない含羞の微笑なのである。イエズス会員としての先生はイエス・キリストから与えられた自己の使命を意識されているが、それを隠しておられる。その使命としての教育・研究の同朋である学生との出会いによって現象するのがあの含羞の笑みなのである。

「お前もやっているな」と、仲間として認知された喜びを感じさせる修道司祭の表情は、決して忘れられないであろう。

二〇〇九年九月二四日、高柳先生は上智の元学長ヨゼフ（ジュゼッペ）・ピタウ大司教とともにバチカンにおられた。かつて国際神学委員を務めた折には教理省長官であったヨゼフ・ラッツィンガー枢機卿、今やベネディクト一六世となった教皇に謁見し、『新カトリック大事典』全巻を献呈するためである。四〇〇年前、日本布教の成果としてイエズス会は天正遣欧少年使節を送ったが、日本の教会の成熟なしには完成を見なかった実体化した「知識の連環体系」を、漸くにして贈ることができたのである。それを携えた含羞の人、高柳神父・教授の姿をザビエルはどのように眺めていたであろうか。


（野谷 啓二）

## (15) ウィリアム・カリー (William Currie, S.J. 1935-)

**【略歴】**

一九三五（昭和一〇）年　アメリカ合衆国ペンシルベニア州フィラデルフィア生まれ。

一九五三（昭和二八）年　イエズス会入会、フォーダム大学で英文学の学士号、修士号取得。

一九六〇（昭和三五）年　来日。日本語を学ぶとともに、栄光学園中学・高等学校で教鞭をとる。

一九六七（昭和四二）年　カトリック司祭叙階（聖イグナチオ教会にて）。

一九七二（昭和四七）年　上智大学文学部英文学科講師。

一九七三（昭和四八）年　ミシガン大学より博士号取得。

一九七五（昭和五〇）年　『疎外の構図――安部公房・ベケット・カフカの小説』（安西徹雄訳、新潮社）。

一九七七（昭和五二）年　上智大学文学部英文学科助教授。同年、上智大学総務担当副学長（八一年まで）。

一九八一（昭和五六）年　上智大学学長補佐（八四年まで）。

一九八五（昭和六〇）年　上智大学外国語学部比較文化学科教授に配置換え。

一九八七（昭和六二）年　上智大学比較文化学部長（九九年まで）。

一九八八（昭和六三）年　「二十一世紀への挑戦」（『上智大学の未来像』）。

一九九九（平成一一）年　上智大学第一二代学長。

二〇〇五（平成一七）年　上智大学学長任期満了退任。

二〇〇六（平成一八）年　マニラのイエズス会の神学校にて教鞭をとる（一〇年まで）。

二〇一〇（平成二二）年　世界イエズス会同窓会連盟のイエズス会総長補佐（一四年まで）。

二〇一一（平成二三）年　外国人叙勲（瑞宝重光章）。功労概要は「我が国の私学教育振興に寄与」。


**【研究業績】**

カリー先生の代表的研究業績は、『疎外の構図――安部公房・ベケット・カフカの小説』（安西徹雄訳、新潮社、一九七五年）である。本書は、川端康成や『源氏物語』の翻訳で日本でも知られるエドワード・サイデンステッカー教授の指導の下でミシガン大学に提出した博士論文に基づく。満州で少年期を過ごした日本の安部公房、アイルランド生まれでフランスで人生の大半を過ごした英仏バイリンガル作家サミュエル・ベケット、チェコ生まれのドイツ語ユダヤ人作家フランツ・カフカ、この三名の小説における疎外のテーマを分析した著作である。その疎外という問題の三局面、「存在の根の探求」、「コミュニケーションの不毛」、「内的現実と外的現実との乖離」を扱う。この人間疎外というテーマは、作品において一個の中心となるメタファーを核として構成される。本書は、緻密なテクスト分析によって、それぞれの作品において、その疎外の三要素が中心的メタファーによって表現されていることを解明する。例えば、第一の課題「存在の根の探求」を扱う第二章では安部公房『砂の女』、ベケット『マーフィー』、カフカ『アメリカ』が取り上げられる。特に注目すべきは、結論である。神を見失ったベケットとカフカの救いのない深刻なペシミズムに対して、安部に、人間に対する最もオプティミスティックな姿勢、古典的な西洋キリスト教ヒューマニズムを超える新しいヒューマニズムとでも呼ぶべきものを見出している。カリー先生が、個人的には安部に最も深い共感を寄せているであろうことは想像に難くない。

先生のこの著書は、疎外というテーマをメタファーによって緻密にテクスト分析するという明晰な学問的方法によってグローバルな大作家三名を論じ、比較文学という学問のスケールの大きな成果を日本の学界に示すとともに、ヨゼフ・ロゲンドルフ先生にはじまり上智英文に今も続く比較文学研究・教育の伝統をフランシス・マシー先生、中野記偉先生とともに継承した。

## 【教師としてのカリー先生】

カリー先生は、英文学科では主にアメリカ文学を講じた。英文学概論の授業では、手作りの英文冊子を用いて文学研究法の基礎を教授された。また、アメリカ文学演習は、『ペンギン版アメリカ短編小説集』を用いたこともかつてはあったそうだが、私が受講したときは、学生の発表を交えてアメリカのモダニズム小説を一年（二セメスター）で四冊読むという授業であった。その四冊は、フィッツジェラルド『グレート・ギャツビー』、ヘミングウェイ『武器よさらば』、スタインベック『怒りの葡萄』、フォークナー『サンクチュアリ』だったと記憶している。長編小説を年四冊とはアメリカン・スタンダード……と衝撃を受けた。また、筆者はカリー先生の英文学科時代の最後の教え子に属するが、頭でっかちな卒論（英語で執筆）を指導していただいた。草稿の評価は「概念的（conceptive）」だが、最終稿の評価は「洞察力あり（perceptive）」と少し上げていただいたことを鮮明に記憶している。

国際部、比較文化学科および比較文化学部では、主にアメリカ文学と比較文学を講じた。また、上智とりわけ比較文化は授業が厳しく卒業が難しいことで知られたが、教師として学部長として学生を導き、川平慈英、早見優、西田ひかるらを世に送り出してきた。

## 【司祭としてのカリー先生】

一九四五年九月二日アメリカ海軍の戦艦ミズーリ上で降伏文書が調印され、太平洋戦争は終わった。九月五日、ミズーリ号従軍司祭、戦前上智大学で教鞭をとったことがあったチャールズ・ロビンソン神父が仲間とともに食料を携えジープで上智大学に駆けつけた。焼野原の瓦礫のなかで十分な栄養も取れない状態であったにもかかわらず上智のイエズス会士がロビンソン神父たちアメリカ人に要請したのは、上智大学そして日本の復興のための人材、「もしかなうなら、英語を教え、日本の再建に携わる知識階級に影響を与えられるような若いアメリカ人のイエズス会士」の派遣であった。その要請に応え、まず一九四七年二月に、後に国際部創設に尽力することになるアロイシャス・ミラー（英文学）ら四名の神父が上智に赴任した。カリー先生は、この流れの掉尾を飾る。

二〇一七年に司祭叙階五〇年を迎えたカリー先生は、上智聖歌隊の指揮者、学生寮の舎監、ラグビー部長などを務め学生を導いた。一九六一年リドニ神父によって創設された上智聖歌隊では、リドニ師を継承し一九七五年より学長就任で辞すまで二五年間にわたって指揮者を務めた。一九八一年二月二五日早朝、来日されたローマ教皇、ヨハネ・パウロ二世のどうしても上智大学を見たいとの願いに応えヨゼフ・ピタウ学長（当時）が広島・長崎へと向かう前の隙間をぬって組み込んだ急な訪問の際に、聖歌隊を率いて教皇を歓迎したこともあった。先生は、音楽をこよなく愛し、教え子の結婚式などで弾き語りを披露することでも知られる。

また、上智会館（現在の六号館ソフィアタワー）のなかにかつてあった男子学生寮（一九五六年竣工）の舎監を長きにわたって務めた。上智の寮と言えば、今も語り継がれるボッシュ・タウンである。第二次世界大戦後の住宅難や食糧難で窮乏する学生たちの生活を心配したドイツ人神父フランツ・ボッシュが米軍払い下げの兵舎を構内に移築し作った寮である。ボッシュ師の胸像は今も枝川寮中庭にドイツの詩人ヘルダーリンの「愛の死するとき、神もまた去る」という言葉とともにある。カリー師は、ボッシュの思いを受けつぎ、男子学生寮を二三年間導いた。

先生は、上智大学を退いてから四年間、フィリピンのアテネオ・デ・マニラ大学の神学院でアジア各国から集った神学生たちを教えた。そこで、今まで接点がなかった東ティモールやミャンマーなどの国や地域の人々と交流し、世界のイエズス会系学校の出身者のネットワークを作り、皆で世界に貢献するという壮大な夢を今も持ち続けている。

## 【大学運営者としてのカリー先生】

上智大学が新制大学となった一九四八年の翌四九年にミラー師が中心となって国際部（International Division、通称インディヴィ）が開設された。当初は、駐日アメリカ兵およびその子弟の教育が目的であった。国際部は、一九七四年に四谷から市谷に移り、翌七五年には文部省の認可を受け外国語学部日本語・日本文学科となり、七七年に比較文化学科に名称変更し、八七年に比較文化学部となり、二〇〇六年には国際教養学部に改組し、現在に至っている。

一九七二年より英文学科の専任教員となるとともに国際部でも教鞭をとっていたカリー先生は、八五年に外国語学部比較文化学科教授に転じ、八七年の比較文化学部創設に尽力し長く学部長を務めた。英文学科の当時の若手教員のユーモラスな表現によれば「比較文化に貸し出すことになった」だけのはずだったが、結局英文学科に戻ることはなく、第一一代大谷啓治学長を継承し、一九九九年より上智大学第一二代学長を務め二〇〇五年に任期満了で退任した。学長としては、大学院法学研究科法曹養成専攻（法科大学院）の設置、二号館の建て替えなどに寄与するとともに、さまざまな学外委員を務め、日本の私学教育の発展に貢献した功績により二〇一一年に日本国より外国人叙勲を受けた。

上智大学創立七五周年にあたっての「二十一世紀への挑戦」（『上智大学の未来像』、一九八八）では人文学の重要性・多様化する国際化・社会に開かれた大学を説き、また、ミラー師の思いを継承し、上智の国際化・グローバル化の中心となる国際教養学部の中興の祖となるなど、上智を的確に導いたカリー先生の功績は大きい。

カリー先生の謦咳に接して、先生は西洋近代の最良の知性であるといつも思う。キリスト教ヒューマニズムと啓蒙の理性という西洋近代の最も良質な部分を受け継いだアメリカ人ということである。また、カリー先生の学術的代表作『疎外の構図』を読んで感じることは、この著作が世界トップレベルの業績であり、先生が学問に専心していたらさらに世界的に偉大な業績を多く残しただろうということである。しかし、それは先生の望んだ人生ではないだろう。

カリー先生の率いる1976年アメリカの旅40周年同窓会

カリー先生は、教育者・研究者としてだけではなく、司祭そして大学運営者として、司牧者として生きた。ただ、それらのどのミッションにも、あるスピリットが一貫して流れている。「他者のため、世界のため」。上智の精神でもある「叡智が世界をつなぐ（Sophia - Bringing the World Together）」「他者のために、他者とともに（Men and Women for Others, with Others）」である。これをカリー先生の著書と結びつければ、疎外がこの世から無くなるようにとの祈りと言い換えてもいいかもしれない。第二次大戦後の焼け野原の日本の戦艦ミズーリ号への願いは、ウィリアム・カリーにおいて最後に成就した。

**（杉野 健太郎）**

# 第五章　英文学科関連学会・研究会など

## （1）サウンディングズ英語英米文学会

徳永 守儀

上智大学は「私大御三家」として定着しているが、創立は一九一三（大正二）年で、前身まで含めた慶應の一八五八（安政五）年、早稲田の一八八二（明治一五）年とは大きく出遅れている。大学令による発足は一九二八（昭和三）年で、一九四八（昭和二三）年に新制大学として改組されて、文学部に英文学科ができた。

私は一九五一（昭和二六）年に中高一貫校を卒業したが、大学入試に失敗し、高校の英語の先生の薦めで、同年、上智大学英文学科に入学した。それまで上智のことは何も知らなかった。外見は、聖イグナチオ教会、ボッシュ・タウンと呼ばれたカマボコ宿舎・校舎、煉瓦造りの一号館、図書館、SJハウスだけの小さな大学だった。ローマン・カラーの聖職者たちが目立った。入学してみると、少人数教育、英語教育の充実、英語のみならず教養科目にも外国人の先生が多いのに驚いた。英語を流暢に話す同級生がいた。授業は難解だが充実していた。他大学から再入学した人、かなり年長の人、いわゆる一流高校出の人がいた。専門科目では、ロゲン先生、ロゲンドルフ先生、刈田先生、野口啓祐先生に習ったが（巽豊彦先生は病気休職中だった）、それまでの人生でいちばん勉強したと思う。やがて、高校の英語の先生が言った通りだと痛感した。一年生の時五〇名近くいたはずの同級生のうち、卒業したのは二五名くらいだった。卒業までに、同級生から留学する人が数人出た。一年上の高柳俊一先輩がフォーダムへ留学した。私は一九五五（昭和三〇）年に大学院に進んだが、やがて、二年上の渡部昇一先輩がミュンスターに留学するのを知った。その後、サウンディングズの名簿で知ったが、英文学科では留学生がますます増えていた。

当時の朝日新聞が、「国破れてソフイアの精神あり」という特集を組んで、戦災の焼け野原の中で上智大学の発展がすさまじいこと、連続講座（哲学、宗教、語学）、公開講座（ロゲンドルフ先生中心）で戦後の知的欲求にこたえたことを述べている。また『ソフィア』（一九五二―二〇一五、初代編集長ロゲンドルフ先生）の刊行も然りである。上智大学が一流校に発展することが、すでに約束されていたと言えよう。

*Soundings* 創刊号（一九六九年一〇月一五日）の発刊に寄せた刈田先生の投稿には「上智の大学院は戦後一番古い歴史をもちながら院生・卒業生の研究雑誌の発刊がおくれたのは残念だが、ようやく発刊できたことは喜ばしい」とある。また、サウンディングズの名付け親が刈田先生とロゲンドルフ先生であると、語っている（因みに、英文学科紀要『英文学と英語学』は一九六三年以降発刊されていたが、院生は投稿できなかった）。修了年が異なる人たちが集い、自前で研究雑誌を刊行した熱意と実力を、私は高く評価したい。その研究活動の中心は私より一〇年も後輩の人たちだから、上智英文学科のレベルがかなり高くなっており、当然のことであろう。私は修士修了後には、同期の親友、佐藤正司君（のち、上智大学教授）と尾川欣也君（のち、東海大学教授）ほか数名以外に交際の機会はなかった。だが、私は第四号に投稿しているので、その時点ではこの会の存在を知っていたことになる。この会は上智大学英文学科気付で、六号（一九七八）まで発行を続けた。本会の一九八九年までの活動と展開については、拙稿「歩みと抱負」（*Soundings* 七号（一九八一））及び「サウンディングズ小史」（二五号（一九八九））を参照されたい。また、刈田先生が『ソフィア』三七（一九八一年一月一五日）で、「〈随想〉サウンディングズの会」というタイトルで本会を紹介している。

本会の推移の概略（敬称略）を以下に示しておく。

【Ⅰ】一号（一九六九）〜六号（一九七八）上智大学英文学科気付
編集責任者・一号 藤沢幸子／二号 広瀬通典／三号 岡田晃忠／四号 亀山征史／五号 田村一男／六号 田村一男
【Ⅱ】七号（一九八一）〜一五号（一九八九）
会長・徳永守儀（東洋大学教授）／事務局・白百合女子大学／局長・田村一男（同大学教授）
【Ⅲ】一六号（一九九〇）〜二三号（一九九七）
会長・岡田晃忠（日本大学教授）／事務局・東京純心女子大学／局長・田島伸悟（同大学教授）
【Ⅳ】二四号（一九九八）〜二九号（二〇〇三）
会長・亀山征史（日本大学教授）／事務局・東京純心女子大学／局長・杉木良明（同大学助教授）
【Ⅴ】三〇号（二〇〇四）〜三三号（二〇〇七）
会長・小野昌（城西大学教授）／事務局・上智大学／局長・東郷公徳（同大学教授）
【Ⅵ】三四号（二〇〇八）〜四一号（二〇一五）
会長・小林章夫（上智大学教授）／事務局・上智大学／局長・杉木良明（同大学准教授）
【Ⅶ】四二号（二〇一六）〜四三号（二〇一七）
会長・舟川一彦（上智大学教授）／事務局・明治大学／局長・下永裕基（同大学専任講師）

本会の特質、主要な活動、その変容について列記してみる。

(1)本会は一九七九（昭和五九）年秋、刈田、ロゲンドルフ、生地各先生を顧問に迎え、「サウンディングズ英米文学研究会」と改称し、会員資格、規約その他を整え、研究団体として再出発した。その際、ロゲンドルフ先生が、「学閥と言う言葉はよくないが、上智閥と言われるくらいに卒業生が集結し、活躍することを期待する」と励まされた。つまり、本会の主眼は研究と親睦であった。二年後、七号が発刊された。本会はその時点で事務局を移し、ある意味で上智英文学科から自立したと言えよう。因みに、英文学科は一九七五（昭和五〇）年に上智大学英文学会を設立して、会誌『上智英語文学研究』をすでに発刊していた。しかも、会員は、英文学科専任教員が含まれるだけで、両者にはほとんど差違がない。つまり、院生・卒業生にとって、二つの身近な学会が並立することになった。ただし、サウンディングズは、巽豊彦先生がかつて指摘されたように、外堀を埋める役割を担うべく、一九八三年、「サウンディングズ英語英米文学会」と改称して、外部に門戸を開いた。

(2)本会は名誉会長を上智大学教授経験者に、顧問を主として同教授経験者にお願いしてきた。紙面の関係で、歴代名誉会長名のみ挙げると、刈田元司、巽豊彦、ピーター・ミルワード各先生である。その他、各年、副会長二名、会計一～二名、監事四名、評議員一〇～二〇名、会誌編集委員約一〇名、会報編集委員約一〇名、事務局員約一〇名、さらに最近、コンピュータ委員二名を委嘱している。本会は上記の役員・委員の堅い絆で維持されている。ご尽力に深く感謝する次第である。

(3)会員数が、会誌掲載の名簿によると、七号・五五名、八号・一〇四名、九号・一三〇名と急増し、大学教員数が院生数より多い。本会は各大学に職を得た卒業生に、母校への回帰の機会を与えたと言えるかもしれない。以降、名簿は会誌とは別に発行されたが、一九九九年には会員が三〇〇名近くに達した。院生が卒業して、大学教員となったことになる。その後名簿発行が五年おきになり、続いて廃止されたため、会員の勤務状況などは公表されていないが、私の経験では、会員情報が就職に役立つことが多い。もちろん、ほとんどの会員は英文学科または恩師の推薦あるいは公募などで就職されていると思う。だが、先輩・後輩の関係が役立ったことも多い。連絡方法を考えたいものだ。

(4)本会は一九八三（昭和五八）年以降、ロゲンドルフ賞及び刈田賞を設けて優秀論文を表彰し、若手研究者の育成を計ってきた。

(5)二〇〇二年に早逝された会員、金子洋一氏遺族から寄付された金子洋一記念基金の補助により、本会会員複数の共同執筆による書籍が、平成一七年度現在までに三点刊行されている。

(6)本会は二つの慶事開催に関与した。①刈田元司先生叙勲祝賀会、②渡部昇一先生ミュンスター大学名誉哲学博士取得祝賀会。会場の手配は刈田先生の戦前の教え子鈴木敬久氏（ＫＤＤ）が担当した。本会会員は各世代の出席者の選定などに貢献した。恩師・先輩・後輩の絆を確認する絶好の機会となった。

(7)①刈田先生は、定年退職後数年間、読書会を開かれ、多くの会員が参加した。②ミルワード先生は、毎年公開講座を開催された。③【Ⅳ】期以降、毎年、巽孝之氏（慶応義塾大学教授）の先端研究セミナーが開かれている。

(8)本会は、日本学術会議、日本学術協力財団、科学技術振興機構に所属している。掲載論文審査制度は厳格である。

(9)四一号（二〇一五）～四三号（二〇一七）の掲載論文数が三～二本と急減している。院生の減少と会員の高齢化が主因であろう。院生の減少は実学重視という時代の趨勢で仕方がない。会誌充実のために立派な研究者となっている会員の寄稿を期待したい。

⑽本会は創立四八年を経過し、老齢会員、物故者も増えてきた。七〇歳以上の会員には会費免除を適用している。活動を縮小しているが、財政状況は逼迫しているはずだ。会員全員が協力して、貴重な伝統を守り抜きたいと念願している。

# （2）ルネッサンス研究所

田村 真弓

大学入学前からピーター・ミルワード先生のファンだった私は、入学間もないある日、ミルワード先生の御著書を探して、中央図書館七階のルネッサンスセンターを訪れました。するとそこは、シェイクスピアの専門書が並ぶ書庫というよりは、イギリスの絵本やぬいぐるみに囲まれた夢の国のような場所でした。その温かい雰囲気にすっかり魅了された私は、ミルワード先生と秘書さんのお言葉に甘えて、ルネッサンスセンターに入り浸るようになりました。それから一体何度、先生や秘書さん、ルネッサンスセンターを訪れるお客様たちとご一緒にお茶をいただいたことでしょうか。私の手作りケーキでミルワード先生のお誕生日をお祝いしたこともありました。今思い出すと、ルネッサンスセンターは、私が上智大学の中で最も長い時間を過ごした場所、私の学生時代そのものでした。この度、「ルネッサンス研究所」とその本拠地であった「ルネッサンスセンター」について一筆書かせていただきますことを大変光栄に存じます。

「ルネッサンス研究所（The Renaissance Institute）」は、一九七二年に、上智大学七号館五階のピーター・ミルワード先生の研究室内に、設立されました。その目的は、イギリス・ルネッサンス期（一六、一七世紀）の文学を中心として、芸術、思想、歴史などを総合的、多角的な見地から研究、考察し、その研究成果を広く海外の学会に紹介することでした。歴代の所長は、初代・石井正之助先生（一九七二―七六）、第二代・生地竹郎先生（一九七六―八〇）、生地先生急逝のため石井先生所長代行（一九八〇―八二）、第三代・巽豊彦先生（一九八二―九〇）、第四代・ピーター・ミルワード先生（一九九〇―二〇一五）でした。顧問や幹事には、日本のルネッサンス研究をリードする錚々たる大学教授陣が就任されました。研究者のみならず、一般社会人や学生をも広く会員に迎え、会員数は三五〇人ほどでした。

活動内容は、①公開講座、②総会、③研究書等の出版が主なものでした。

①公開講座／ミルワード先生により、春季と秋季に、シェイクスピア劇やキリスト教をテーマに行われました。

②総会／年一回、九月の最終土、日曜日に、国内外の研究者を招聘して、シンポジウムや講演会、懇親会が行われました。第一回（一九八一）から第三四回（二〇一四）まで開催されました。

③出版物／主なものは以下の通りです。

(1)**ルネッサンス双書**　ルネッサンスをテーマに、思想や文学、絵画など多面的な角度から研究した著作。第一巻（一九七五）から第二一巻（一九九一）まで発行。

(2)**ルネッサンスモノグラフ**（*Renaissance Monographs*）単独の研究者によるルネッサンス文化に関する研究論文。第一号（一九七四）から第四四号（二〇一三）まで発行。全てミルワード先生が編集。

(3)**ルネッサンスブレティン**（*The Renaissance Bulletin*）日本国内のルネッサンス研究の現状や出版物の紹介。第一号（一九七四）から第四〇号（二〇一三）まで発行。第一号から第一二号は安西徹雄先生、第一三号から第四〇号は鈴木五郎先生が編集。

(4)**ルネッサンスニュース**（*The Renaissance News*）研究所の動向、一年間の活動報告、会員からの便りなどを掲載。第一号（一九八一）から第三四号（二〇一四）まで発行。

一九八四年に上智大学中央図書館が落成すると、七階七二一号室は、「ルネッサンスセンター（The Renaissance Centre）」と命名され、「ルネッサンス研究所」の事務室が置かれました。ルネッサンスセンターには、シェイクスピアに関する文献三〇〇〇冊、ルネッサンス文化に関する文献一五〇〇冊、英国レキュザント（国教忌避者）文献集成五〇〇冊などの蔵書がありました。ルネッサンスセンターでは、しばしば学生を招いて「喫茶店大学」が開催されました。イギリス式のアフタヌーンティーをいただきながら、シェイクスピアに関する活発な議論が交わされ、研究者育成の場になりました。一九九〇年代にルネッサンス研究所の活動は最盛期を迎えました。コロンブスのアメリカ大陸発見五〇〇周年の一九九二年には、「東西文明の出会い」をテーマに、アメリカや韓国から教授をお招きし、武者小路千家による茶会や作家・遠藤周作氏の講演が開催されました。翌年は、「西洋人の日本初渡来四五〇年記念」を祝うため、スペインやマカオ、ドイツやイギリスから多くの研究者が来日し、ポルトガル大使館の後援によるイベントも行われました。

こうした研究所の活発な活動を陰ながら支えてくださった秘書の方々に、初代・瀧澤恵美子さん（一九七二―八三）、第二代・若林美幸さん（一九八三―八四）、第三代・滝沢麗さん（一九八四―九〇）、第四代・五十里知子さん（一九九〇―九一）、第五代・木村たつ子さん（一九九一―九二）、第六代・関口由紀子さん（一九九二―二〇〇一）、第七代・宮本百恵さん（二〇〇一―〇四）、第八代・成田芙美さん（二〇〇四―〇五）、第九代・宮澤（関口）由紀子さん（二〇〇五―一五）がいらっしゃいました。

残念なことに、二〇〇七年三月、ルネッサンスセンターは閉鎖されました。ルネッサンスセンターに所蔵されていたミルワード先生の著作や手稿は、アメリカのイエズス会系大学、ボストン・カレッジ（Boston College）のデニス・テイラー（Dennis Taylor）教授の元に引き取られ、現在は、同大学の「バーンズ希少本図書館（Burns Rare Book Library）」に収蔵されています。また、その他の研究書などは、上智大学中央図書館九階に「ピーター・ミルワード・コレクション（Peter Milward Collection）」として収蔵され、現在も自由に閲覧することができます。

以上のように、ルネッサンス研究所は、日本におけるイギリス・

写真は、2000年頃、左から筆者、ミルワード先生、宮澤由紀子さん、ルネッサンスセンターにて。

ルネッサンス研究に多大な貢献をしましたが、二〇一五年三月、惜しまれつつ解散しました。
最後になりましたが、執筆にご協力くださいました鈴木五郎先生と宮澤由紀子さんに、この場をお借りして、厚く御礼申し上げます。

## （3）「上智大学英文学科会」から「上智大学英文学会」へ

森本　真一

どうしてなのかは忘れましたけれど、私は一九七〇（昭和四五）年の四月上旬ごろ自分たちを歓迎するためオリエンテーション・キャンプの準備をしてくださっていた英文学科会の上級生を手伝いました。場所は七号館五階奥のスペースでした。

損得勘定はできないと困ります。しかし人間は感情の動物とも言われ現実的な利益には繋がらないことに一生懸命になる場合もあるようです。私にはあれこれ鋭敏に感じ取って理詰めでよく考える前に体が動く傾向が見られます。やさしく迎えてくれる先輩に謝意を示すのは当然だと直観するより早く、名札作りや現地へ持って行く物品の運搬その他に協力し始めていたらしいです。

中野記偉先生のプロファイルにもまとめましたとおり、その年は日米安全保障条約を巡って社会が騒然としていました。またその次の年度には学納金の値上げに抗議する学生がストライキを起こしてしばらく授業ができなくなりました。治安維持のため我々の構内への立ち入りが禁止された期間さえありました。

こともあろうに英文学科では私がオリエンテーション・キャンプの企画、運営の責任者を務める仕儀となりました。キャンパスが正常なときなら有能な者が順当に現れ出て来たに違いありません。けれど安保にも値上げにも反対してすぐに棒を振り回す族が横行する様を目の当たりにして、知力に長けた学生は学科の手先呼ばわりされて傷を負う恐れのある立場には立たなかったのでしょう。私は幕末のころの傑物に憧れ西郷隆盛と勝海舟のどちらがより偉大か考えました。海舟は如何なる時局でも大きな功績を残しただろうが西郷は波乱の直中だからこそ顕著な働きを成し遂げたのではないかと思えます。とにかく一年間ほど学科会の委員長は私でした。のどかな道志村での夏合宿や作家の自殺をテーマとした連続講演会を実施しました。機関誌『英米文学研究』の一六号は紙面が寂しくなりそうだと聞いて駄文を寄稿しました。

過激な学科生のひとりが私の後の委員長の座を狙いました。所謂ノンポリの扇動が目的だと懸念する会のブレーンが、金を使い果たしておかないとセクトに活動資金を供給するはめになると忠告してくれました。その候補が当選することはなかったですが私は先生方に英文学科会を存続させない方が無難ではないかと進言しました。このときは熟慮する前に口が動いたのかも知れません。

私が大学院の修士課程を修了してまもなく上智大学英文学会が誕生しました。一九七六年の出来事です。保存してある『英語青年』のコピーを見ますと「新しい構想のもとに発足し、第一回総会を六月一九日(土)に開催した。参加者は一二〇名。刈田元司氏の挨拶、渡部昇一氏の講演があった後、次の研究発表が行なわれた」と記されています。最初の発表者は私でした。「Masculinity の構造と運命」と題して主に三島由紀夫とフォークナーが作中で描いた剣道や狩猟に関して話しました。また同日刊行された

英文学科会がなくなる少し前に出た『英米文学研究』16号とその数年後に刊行された『上智英語文学研究』の創刊号。

『上智英語文学研究』創刊号に拙論"Freedom from Burden: Two Phases in William Faulkner's Novels"を掲載していただけました。

そして第一三回目を迎えたこの学会の大会でグレアム・グリーンと遠藤周作を巡るシンポジウムの司会をされた中野教授が私を講師に選んでくださいました。発会式で曲りなりにも比較文学めいた発表を私がしたのを先生は覚えておられ、遠藤の『おバカさん』に触れるよう指示されてこれを論じるのにふさわしい人材は私のほかに見出し難いと何やら意味深長な激励の仕方をなさいました。私は遠藤が他者の苦しみを察せず優越感に駆られる者を善魔と名付けたのを紹介して「やすらに憩うソフィアの鷲のまなざし射るはLux Veritatis」と口ずさみながら、グリーンも遠藤も言わば神の国を地上に築こうとする人の努力を素材とする文筆家なので、そんな果てしなく困難な仕事から暫時逃れたい願いがグリーンには娯楽性が高い作品を書かせ遠藤を剽げた言動に走らせるのではなかろうかと推論しました。中野先生によればこれが意外にも先生方に好評だったとかで私は英文学会の委員に任じられ今では理事まで拝命しております。

親睦を主眼とした英文学科会と研究熱心な方々が集う英文学会とで微力を尽くす機会を与えられた私はふとこう夢想します。充実した行事を次々に成功させている英文学科の同窓会が英文学会と手を携えて学部生も招き入れ、和気あいあいとしたなかで学問的な欲求を満たせる術はないだろうかと。青春そのものだった上智英文の学会と同窓会の橋渡し役を私はしたいです。

左から大学院生の増田恵子、田中美加、栩木伸明、島弘之、右端は桃山学院大学の日下隆平の諸氏。

# （4）イギリス国学協会

長瀬 浩平

【初めに言葉ありき】

「では、学会を作りましょう。」

渡部昇一先生のその一言が、始まりであった。

金曜二限、大学院の渡部先生の授業の後、院生たちは先生を囲んでみなで昼食をとるのが慣わしだったのだが、食後は、キャンパスにほど近い「しんみち通り」にあった「キャニオン」という喫茶店に行き、お茶をすることになっていた。そのお茶をしながらの雑談は、参加者にとってこの上ない楽しみだったのだが、一九九二（平成四）年のある日の雑談の中で、みなで一つの小さな勉強会を作る話が盛り上がり、右に挙げた渡部先生の言葉に、その場にいた者はみな、血沸き肉躍るような思いだった。そして、「英語語源学会」という名の小さな学会が発足した。学会発足の当時を偲べば、「あの時、私たちの心は燃えていた」と、神気躍々たる思いだったことをよく記憶している。

その後、扱う分野を語源に限らず、広く英語の歴史的な観点からの研究に広げられるようにと、翌年には会の名称を「イギリス国学協会」と改めることになった。言語のみならず文化や歴史、風習、風俗にも及ぶような観点での研究という広い視野が、この「国学」という言葉に込められていた。

一九九二年一二月に発足したこの会は、渡部昇一先生（上智大学名誉教授）を会長兼理事長（数年後には前尚美学園学長・理事長の松田義幸先生が理事長に就任）にいただき、名誉会長には渡部先生の恩師 Karl Schneider 博士、（後に Schneider 博士の教え子、Kurt R. Jankowsky ジョージタウン大学教授が就任）、理事に名前を連ねたのは宮脇正孝（専修大学教授）専務理事を筆頭に、当時は大学院生であった織田哲司（現明治大学教授）、江藤裕之（現東北大学大学院教授）、熊田和典（現埼玉学園大学准教授）、池田真（現上智大学教授）、新井輝樹（故人）、新川清治（現白鷗大学教授）、長瀬浩平（現桐朋学園大学教授）等で、そのような体制でこの学会が歩みを始めた。

## 【番町ハイム】

「自由に集まれる溜まり場が必要です」という渡部先生の御好意によって、二番町にあるマンションの一室を借りて頂き、発足当初はそこを根拠地に定めた。後年、先生は「子供たちは手が離れたので、その分を教え子のために使おうと考えた」と語っておられた。その部屋は「煙草と麻薬は厳禁」ということ以外には、二四時間好きなように使ってよく、そこで小さな読書会が行われたのはもちろん、時には、都心での集まりが遅くなって終電をのがし、そこを一夜の仮の宿に使ったりという具合であったが、借主の渡部先生ご自身は一度もこの場所を訪れたことはなく、一切が会のメンバーに任せられていた。この部屋で先輩が後輩を教えるというかたちで、古英語の勉強会や英語史の読書会が行われ、その仲間の多くが、今は大学で教鞭をとっていることを思えば、このような自由に使える場所を上智大学四谷キャンパスの近くに持っていたことはとても有意義であったし、また、たいへん有難いことであった。

## 【『アステリスク』】

学会発足と同時に、メンバーが自由に投稿できる印刷物を作ろうという話になった。それは、「ASTERISK アステリスク」と名付けられたのだが、これは一九世紀のドイツ人フィロロジスト A. Schleicher が考案した「＊」（星印・アステリスク記号）に由来している。印欧祖語の語形を論ずる際、あくまでそれは文字としては残っていないものを推定形として再現し、表していることを示すために付される記号が、それである。自分たちがそこに書くことは、必ずしもすべてが論証されたものでなくても構わず、「たとえ推定でも、ひとまず備忘録的にでも記述しておこう」という意味と、小粒ではあっても「輝かしいもの（星のよう）にしたい」という思いが、その名前には込められていた。名誉会長であるカール・シュナイダー博士のルーン文字研究にあやかって、表紙にはASTERISKに当たるルーン文字が創刊号以来変わらず掲げられている。また、目次の冒頭には"In Etymologia Veritas"「語源の中に真理あり」の文字が記されているのは、この学会が発足時には「英語語源学会」と称していたころの名残である。創刊号は一九九二年一二月一八日に発行された。

その印刷物は、初めの数年は、各号ごとのページと通巻のページ入れをワープロで作った原稿に手作業で番号を貼り付ける作業をし、それを両面コピーして表紙とともにホッチキス留めをするいう手順で作られた。まさに手作業の造りだったのである。一昔前なら、ガリ版刷りで作っていたような、同人誌のような粗末な体裁ではあったが、宮脇正孝初代編集長の時代、創刊号から一九九六年八月号までは、月刊ペースで発行されていたことは驚異的と言ってよく、当時、集まった仲間の熱気とエネルギーの大きさがどれほどのものであったかを如実に示している。その後、二代目編集長・長瀬浩平、三代目・織田哲司、四代目・池田真、五代目・熊田和典、六代目・新川清治と受け継がれ、一九九五年の第四巻三号からはＩＳＳＮ番号を付けられた発行物となった。途中、月刊から季刊、年二回発行など、発行される頻度こそ変わって行ったものの、現在では第二五巻二号を数え、発行され続けている。

## 【月例会】

渡部先生の大学院の授業とその後の食事やお茶の会の形が、先生の退職後も「月例会」と称する、月一回ペースの読書会形式で続けられた。毎回集まるのは会のコアメンバーの五〜六名で、読むのはカール・シュナイダー先生の著書 *Die Germanischen Runennamen* であった。かなり手ごたえのあるドイツ語の文章を読んだ後に、その日の箇所に関して先生からのコメントや簡単なディスカッションがあり、その後に食事とお茶という流れで、特に食事中は、先生を中心に自由闊達なる雑談が広がった。参加者のだれもが渡部先生のちょっとした話から発想のヒントやサジェスチョンを頂いたりした。最近読んだ本の話をしたり、わからないことを質問し合ったり、まことに愉快な時間であったが、二〇一六年四月の会の後、先生が腕を骨折されて中断し、その後、再開されることはなかった。

## 【年次大会・コロキウム】

会の発足当初から続いているのは、総会と同時に開かれる大会（二〇〇三年からは年に一度のペースで開かれ、二〇〇六年からは名前を「年次コロキウム」とした）である。年一回、一日だけの小さなプログラムではあるが、それぞれが最新の研究や興味のある事柄を発表し、意見交換を行い、渡部先生からのアドバイスやコメントを頂く貴重な場であった。懐かしい初回と、その数年後に行われた第二回（英語による運営）の研究発表のタイトルは次のようなものであった。

◇第一回大会　一九九三年（平成五年）一〇月一五日
・Numberにおける意味と形式の対立——'a lot of books'という表現が複数形になるに至った過程の通時的考察（新川清治）
・*Encycrlopaedia Britannica*の初版と第三版の'Grammar'（多田哲也）

◇第二回大会　二〇〇一年（平成一三年）二月四日（英語による大会）
・Christ as Figurehead in OE Andreas（衛藤安治）
・George J. Adler (1821-1868) in the History of the Humboldt Reception in American Linguistics（江藤裕之）
[特別講演] Max Müller and Japan（ジョージタウン大学 Kurt R. Jankowsky）

会長の渡部先生が特別講演を行った会が二回あった。二〇〇三（平成一五）年一一月二三日の第三回大会においては「英文法を知っていますか」という題で、また、二〇一三年一一月一〇日の第一二回コロキウムでは「チェスタトンの最近刊行物について考えること」という題で行われたのだが、ほんの十数人くらいの規模の場で渡部先生から直にお話を伺えるという、とても贅沢で貴重な機会であった。

また、二〇一三（平成二五）年三月九日には、学会設立二〇周年を記念して、東北大学大学院国際文化研究科との共催で、東北大学に会場を設けて「イギリス国学協会創立二〇周年記念シンポジウム」を以下のプログラムで開催した。

メインテーマ・英語教育における英語史の効用

［基調講演］英語教育における英語史の効用（渡部昇一）

［パネルディスカッション］（司会・江藤裕之）

第一部

・暗号解読からの卒業――however についての学生の質問から（下永裕基）

・学習者にとっての英語史的視点――ある教室の風景から（長瀬浩平）

・留学における英文法の効用について（古田直肇）

第二部

・英語教育における軸の変換――シンタグマ軸からパラダイム軸へ（織田哲司）

・英語教育学と英語史の融合――Applied English Philology の一例（池田真）

・「新しい英語史」とその可能性（唐澤一友）

設立二〇周年記念シンポジウムにて

二〇一七（平成二九）年の第一六回コロキウムは、一一月一九日、桐朋学園大学の新校舎の一室を借り、

［研究発表一］（司会・下永裕基）

・『ペリクリーズ』におけるマリーナのゆるし（黒須祐貴）

［研究発表二］（司会・熊田和典）
・「超翻訳（Super literal translation）」の有効性——英語教育における文法訳読法再考（江藤裕之）
・［講演］「D. Hume の Taste 概念と渡部昇一先生の知的生活の〝方法〟」（下谷和幸）
というプログラムで例年通り開かれた。

【小さいながら】

かつて、巽豊彦先生がサウンディングズの大会の懇親会の場で「我々の上智大学の英文学科は〝上智大学英文学会〟という内堀と、〝サウンディングズ〟という外堀とがしっかりと支えている」という主旨のお話をされた。上智大学英文学科につながる二つの学会のありようを城の造りに喩えられたのだが、我々のイギリス国学協会をもし城の構造に喩えるならば、それは、これら二つの学会に比べれば、まことに小さな集まりに過ぎないとはいえ、さしずめ、大阪城における真田丸のごとき出丸とでも言えよう。

## （5）シェイクスピア研究会

小野昌

一九六〇年代の終わり頃から七〇年代の終わりまでのおよそ一〇年、英文学科にはシェイクスピア研究会（シェー研）という演劇の組織があり、数多くのシェイクスピア劇を上演して消えていった。それは九〇年の学科の営みの中でもかなり特異な時期であったような気がしてならない。

英文学科でシェイクスピアを上演したのはシェー研が最初ではなかった。その数年前から三年生が毎年上演していたが、私の学年はなぜか三年次に男子学生が二五人くらいしかいなかった年で上演できなかった。しかしこのような形で続けたとしても経験は蓄積されず、学年が変われば最初からやり直さなければならないことから、質の向上は望めないので何か良い方法は無いものかと考えていた。

六八年、大学院に入学した年の春、学生寮で一緒だった四年生の中田佳昭君、戸所宏之君たちと、シェー研設立の会合を上智会館のカフェテリアの片隅で行った。英文学科会のサークルとし、顧問をピーター・ミルワード先生、初代会長を中田君とし設立された。こうして活動の第一歩が始まった。会員を募集してみると、四〇人以上の応募があり、さっそく六グループに分けて活動に入りかけた時、その年の六月、全共闘により一号館が占拠され、一日で解決されたものの、秋には再び校舎の占拠が行われた。冬休みに入る直前、機動隊によって実力排除され、大学はロックアウトとなり翌年の新学期まで続いた。キャンパスに入れないため活動は思うに任せず休眠状態になった。しかし六九年の春に大学が再開されると、それまでの欲求不満を吹き飛ばすかのように、秋の旗揚げ公演、『夏の夜の夢』に向けて猛練習を開始した。

夏休みも終わり近くになった信州小諸での合宿の最終日、民宿の庭で行われた初めての通し稽古の時のことを忘れることはできない。そこにはかすかであったが、あのシェイクスピアが確かに顔をのぞかせていた。

六九年一〇月一六日、シェー研は旗揚げ公演に臨んだ。当時上智小劇場は講堂で、教室としても使われており、舞台が狭いため他の教室から教壇を運び入れ、その下に机を入れて支え、講堂にある長机を全部客席の左右に立て壁を作り、椅子は折り畳みのものと入れ替えた。練習が終わると、いや公演の期間中も午前の授業のためにまた元通りになおしておかなければならなかった。スポットライトもなく高校から借りてくる始末。芝居以外のこうしたエネルギーは大変なものだったが、全員で一つの芝居を作っているのだという実感があった。音楽は演出の戸所君の指揮のもと、東京教育大、東大、早稲田大等、学外のプロ級の学生たちが生で演奏してくれた。

また幸運にも来日中のT・J・B・スペンサー教授にも観て頂けた。顧問の安西徹雄先生はこの公演について、後に次のように記している。「公演を見て、私は驚いた。これほどの舞台を創りあげた学生たちに敬意を感じざるをえなかった。いや、それはもう単なる学生たちではなかった。私は、尊敬すべき、才能ある若い友人たちを発見したのだ」。またミルワード先生は *Shakespeare Quarterly*（Spring, 1974）に、私見ながらこの公演はピーター・ブルックのロイヤル・シェイクスピア・カンパニーによるあの有名な公演よりはるかに良かったと書かれている。

この公演以降、『十二夜』（一九七〇年五月一四—一七日）、『じゃじゃ馬ならし』（一九七〇年一〇月二二—二五日）、『ハムレット』（一九七一年五月一五—二〇日）、『マクベス』（一九七二年五月一一—一四日）、『ロミオとジュリエット』（一九七二年一一月一六—一九日）、『から騒ぎ』（一九七三年一〇月一八—二一日）、『間違いの喜劇』（一九七四年五月二一—五日）、『ヴェニスの商人』（一九七四年一一月一九—二二日）とほぼ一年に二本という学生の演劇としては驚異的なペースで上演されていた。ここまでが一応、第一次シェー研と言われている。

ここで初演からの伝統が途切れ、およそ二年半の休止期間を経て全く新たなメンバーで復活をとげる。『夏の夜の夢』（一九七七年五月二一日）、『十二夜』（一九七七年一〇月二五—二七日）、『ロミオとジュリエット』（一九七八年五月二六—二八日）、『ヴェローナの二紳士』（一九七九年六月一—三日）。これがいわゆる第二次シェー研である。

英文学科九〇年の歴史の中でおよそ一〇年間、まるで熱に浮かされたかのように若い情熱をシェイクスピアの上演にかけた時代があったのだ。それぞれの上演にはそれぞれのドラマがあった。しかしそのすべてを語る余裕はない。シェー研は上演を目的とした劇団（Company）ではなく、シェイクスピアを研究したくて入会していた人たちもかなりいた。その間の事情を二代目会長の茂清順司君が次のように記している。

「シェイクスピア研究会はその名の通り研究部と演劇部の両輪でスタートした。私が入会しようと決めたのは、尾瀬戸倉での英文学科会の夏季合宿の時だった。まだ助手だった永盛先生が、旅館の真っ白いシーツを浴衣の上に巻きつけて『ジュリアス・シーザー』のブルータスの演説を披露した時これは面白いと思った。

当時向学心に燃えていた私は、よし！シェイクスピアをやってみよう、と決心したが、目の前のブルータスの演戯のような事は恥ずかしいから、真面目な研究部で研究しようと思った。

最初研究部には二年生と一年生の七、八人が参加しシェイクスピアのソネットを読むことから始めた。大学院のどなたかが指導していたと思う。次に『冬物語』や『十二夜』の抜粋を読む事になり、声を出して読んだ。やがてその中の所謂名台詞をみんなの前でレシテーションする事になった。ただ棒読みで暗唱するのではなく台詞として意味や場面、効果を考えてのレシテーションだった。この活動を通じてシェイクスピアは教室で読んでいるだけでは大して面白くないが美しい原語で喋る、つまり芝居を作る事によってこそ素晴らしさが判る、味わえる、体験できると思った。

さらにシェイクスピアや演劇についての知識を深めるためにいくつかの本を選んで読む事になった。福原麟太郎の『イギリスのヒウマア』、福田恆存の『私の演劇教室』、ほかに『シェイクスピアとエリザベス朝演劇』、*Shakespeare's Plays in Performance* 等だった。

その後『夏の夜の夢』の上演が決まり、夏休みには一〇日前後の合宿があった。研究部は上演のサポートに回ったが、合宿では稽古中の役者とは別に、午前中は研究部として本場イギリスの舞台装飾、衣装、小道具などを図版や写真を参考に研究していた。その後それらの研究は数ヶ月後の上演の舞台装置や衣装として結実し上演を成功に導く陰の立役者となった。」

このような体制も第二次シェー研になると他学部の学生が参加することにより次第に崩れ、劇団の様相を呈し始め、やがて英語による上演すら困難になり、文字通り幕を下ろすことになった。

シェー研の「卒業生」たちは様々な分野で活躍することになった。男性は大学の教員になった者が率でいえば一番多いかもしれない。勤務した大学でシェー研を続けた者、プロの役者になった者、イギリスに演劇修行に出かけ帰国したら神官になっていてミルワード神父を唖然とさせた者、予約の取れないことで有名な料理屋の大将になった者など、多士済々である。いわゆるサラリーマンになった者は数えるほどしかいない。

女性も負けてはいない。時代小説の作家、京都大学で環境問題を講じる者、東京芸大に再入学して長唄の師匠になったり、米国で弁護士をしたり、それこそ主婦だけに収まっている人は少なく、通訳の会社の役員、プロの校閲者、ボランティアで海外に出かけている者、市会議員、アマチュアの劇団でシェイクスピアを今も演じている者などそのバイタリティーたるや完全に男子を凌いでいるかもしれない。

全員に共通しているのは、舞台で演じてみて初めてわかるシェイクスピアの美しさ、豊かさ、面白さに完全にいかれてしまった体験を共有していることである。一番いかれてしまったのは安西先生であったのかもしれない。何しろプロのシェイクスピアの演出家になってしまわれたのだから。そして安西演出にもっとも辛辣な批評を浴びせていたのは、先生に散々しぼられたシェー研のメンバーたちだったのだ。曰く「あの手、昔シェー研で使ったよな」。その悪ガキたちもそろそろ定年を迎える年代になり、先生の墓参りや忘年会にかこつけて、たびたび集まっては旧交を温めている。二〇一八年は奇しくも創立五〇年の節目の年。二〇一七年にミルワード先生を亡くし、うなだれている。合掌。

AVON No.8『ハムレット』上演特集号

1970年上演『じゃじゃ馬ならし』パンフレット

合宿で指導する若き日の安西徹雄先生

# （6）上智大学英文学研究会

吉田 紀容美

一九七〇年代の後半から八〇年代にかけて、英文学科にはユニークな会が存在していました。飯野友幸氏、巽孝之氏、高橋雄一郎氏が中心になって作られた英文学研究会です。大学院生ではなく大学生が中心となって文学研究を行い、時には合宿もし、機関誌まで発行していたという例はあまり多くはないと思われます。発足は一九七七年で、当時飯野氏、巽氏は大学四年生、高橋氏は三年生でした。この年に機関誌 *Intermedium* 創刊号が発行され、研究会としての活動が始まりました。三つの分野に分かれての活動でしたが、複数の分野を横断して活動する学生もいました。

*Intermedium* 創刊号

## （1）機関誌編集会

一九七七年一一月から一九八一年一二月にかけて機関誌 *Intermedium* を計九号発行しました。表紙のデザインは学生が持ち回りで担当し、自分たちの足で広告を集めるなど手作りの冊子ではありましたが、巻頭言には現役教授に寄稿をお願いし、大学院生からの寄稿もあり、内容はとても濃いものになっていました。大学生が原稿を書く際には大学院生が懇切丁寧に指導をしてくださり、どうにか格好のつくものにしていただきました。完成後には合評会もあり、そこでも厳しくも温かい助言をいただくことができました。

執筆者の中には詩人となられた浅倉紀男氏や英文学科長を務められた大塚寿郎氏をはじめとして、現在大学や短期大学で教えておられる先生方のお名前も多く見られます。

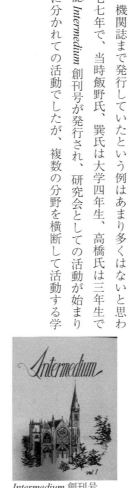

## （2）英米小説研究会

通称「読書会」と呼ばれていたこの会は、巽孝之氏、平野幸治氏のご指導の下、毎週月曜日の授業後に七号館のセミナー室で、主に英米の短編小説などを読みました。初期には、すでに当時上智大学嘱託講師で、のちに甲南大学に就職される青山義孝氏も指導に加わっておられました。OEDなどを参照した上での精読方式で、指導を受ける側からしますと、かなりのスパルタだったと記憶しています。一九七九年には鎌倉で、一九八〇年には長野県の富士見で合宿も行いました。合宿は、勉強以外にも付近の散策をしたり夜遅くまで話をしたりと、通常の読書会とは一味違った楽しさがありました。読書会や合宿で読んだ作家はグリーン、メルヴィル、ポー、ヘンリー・ジェイムズなどです。学生側の幹事は石木利明氏が務め、その役目は後に高野一良氏に引き継がれました。高野氏が大学院に進学された一九八三年頃、英米小説研究会としての活動は完結しました。

## （3）英詩研究会

飯野友幸氏、高橋雄一郎氏、飯田純也氏、野谷啓二氏を中心に毎週金曜日の授業後に七号館のセミナー室で英詩を読みました。訳をし、意味することを話し合うというのが主なスタイルでしたが、私が最初に参加した時は、『老水夫行』をメンバーが少しずつ分担し、発表をする形式で行われました。一九七九年には松原湖で、一九八〇年には五色沼で合宿を行い、エリオット、イェイツ、ポープなどを読みました。参加者が多く、詩人別に三つの分科会に分かれるほど盛況でした。私が参加したのは一九七九年からですが、それ以前にも合宿を行ったと伺っています。英文学研究会が実質的には活動をしなくなってからも「英詩研」という名前は残り、途中までは定期的に、やがて不定期にではありますが、図書館の会議室などを使って読書会を行っていました。日光かつらぎ館、秦野のセミナーハウス、湯河原の宿などで合宿も続けました。この頃にはメンバーは大学院生や教員となっており、当初意図されていた大学生の研究会ではなくなっていましたので、当時の仲間が「英詩研」の名の下に集まるという、同窓会的な意味合いの読書会や合宿ということになるでしょう。これもまた英文学研究会がもたらしてくれた宝であると言えます。最後の合宿は二〇〇二年に箱根で行われ、シェイマス・ヒーニーを読みました。最後の合宿と書きましたが、いつかまた次の機会があるのではないかと思っています。

人や物との出会いに幸運を感じることがありますが、私にとっての英文学研究会はまさにそのひとつです。実質的にほぼ五年という短い活動期間であったことを考えれば、その時期に在学していたというのは本当に幸運なことでした。私が英文学研究会に関わるようになったきっかけは、上智短期大学（現在の上智大学短期大学部）から上智大学の英文学科に編入した一九七九年の春、新入生のためのガイダンスで英文学研究会会長の高橋雄一郎氏から会についての説明を受けたことでした。興味を持った私はすぐに参加を決め、機関誌編集、英米小説、英詩とそれぞれの活動を通して多くのことを学びました。とはいえ、同学年だった石木利明氏、栩木伸明氏、宮脇正孝氏の活躍に感嘆しながら一番後ろをよちよちとついていったようなものでしたが。

1980年夏　英米小説研究会合宿（富士見高原）
（後列左より）松田謙次郎氏、巽孝之氏、石木利明氏、（前列左より）廣井礼子さん、根岸紀容美、有路恵美さん、筆脇由布子さん

英文学研究会について印象に残っていることがあったら教えてくださいとお願いしたところ、イギリス在住のローリー（廣井）礼子さんは「記憶に残っているのは、学ぶ意志があればいくらでも学べる環境、先生方や先輩、同級生・同期生の熱心さ」と寄せてくれました。フランス在住のヴァニエ武藤郁子さんは英詩研究会について「いろいろと難しい詩も読んだけれど、わからないながらも読んだ！という達成

感があった」とおっしゃっています。また、詩を読んだ後の飲み会や合宿が楽しかったことをなつかしく思い出すとお手紙に書いてくださいました。ただ難しい顔をして英文学に向き合うだけでなく、普通ならあまり知り合う機会がないかもしれない先輩方とさまざまな時間を共有することができた貴重な場だったのだと改めて思います。自分の年齢が上がるにつれて、ご自身も研究でお忙しい中、後輩の指導にあれほどまでに力を注いでくださったということがどれほどのことかますますわかるようになりました。そのエネルギーに触れ恩恵を受けた一人として、自分にももっとできることがあるのではないか。当時を振り返るといつもその考えに行きつきます。

# (7) 批評理論研究会

石塚 久郎

大学院に入学が決まると、入学前だというのにある研究会に誘われた。一九八七年の三月のことである。何やら最先端の文学批評を追っているらしい。難しそうだ。敷居も高そうだ。が思い切って飛び込んでみた。すると驚くべきことに、今後の研究生活のほとんどがここで決まることになった。

誘いの手紙を送ってくれたのは他でもない一年先輩の谷内田浩正氏である。谷内田氏とは学部の授業で一緒だったことがあり、学部生時代からその圧倒的な存在感とカリスマ性を目の当たりにしていた。例えばこれは今でも語り草になっているが、授業の発表の際に先生の分まで一人でしゃべりまくる、いわゆる授業ジャックなるものを断行し、担当の先生を苦笑いさせると同時に驚嘆をもさせた。かくなる名物学生として異彩を放っていた谷内田氏が始めたのがこの批評理論研究会である。三月の研究会は谷内田氏の同学年の院生が数名いただけだったので少し寂しい感じがしたが、大野さんという青学の院生の方が谷内田氏の研究会を熱心に勧めてきた。上智はこんな奴がいるからいいよなと。その言葉の真意は四月になるとすぐに明らかになった。

大学院一年の四月から新一年生の有志とそれに英専協、特に青学からの院生が加わり、批評理論研究会は装いも新たに再開された。主要メンバーは、石塚久郎、細谷等、杉野健太郎、丸山修、小玉智治、田丸由美子。これに一九八八年秋から、当時まだ学部生だった加藤めぐみが加わることになる。何を読んだのかは記録が残っておらず定かではないが、最初は、批評理論に疎かった一年生向けに各批評理論の要点と批評の流れをうまく解説したテクストを読んだ記憶がある。この手のものは今では翻訳も含め日本語で懇切丁寧に説明してくれるものが簡単に手に入るが、当時はイーグルトンの *Literary Theory: An Introduction*（邦訳『文学とは何か』）が訳されているぐらいだった。それに、当時の大学（学部や大学院）の授業では批評理論は全くといっていいほど蔑ろにされていたので、新入生にとってこの研究会は非常にありがいものとなった。

研究会は、分担を決めて担当者が訳読を行い、それに谷内田氏がコメント・解説を適宜加えていくという形で進められた。氏の解説によって難解な批評テクストにも補助線が引かれ目から鱗という場面も多々あった。更に驚異的だったのはその微に入り細を穿ったコメントである。注の文献がどのようなものか、引用の箇所はどのような文脈に置かれているのか等々知るべきことはほぼなんでも知っている。今ならインターネットで検索すれば簡単に分かるが、当時はそんなものはない。膨大な知識と読書量がなければ到底そのような注解は不可能なのだ。大学院で一学年上といえばそれだけでかなりの差を感じるわけだが、谷内田氏は別格、その差といったら地球から火星までの距離ぐらいに感じられた。今にして思えば、批評理論はもとより、学問研究のイロハから、文学・音楽・映画など知っておくべき教養文化までをも彼から学んだように思う。ちなみに、谷内田氏は映画（批評）にも造詣が深かったが、杉野健太郎がそれを受け継ぐ形で現在この分野で八面六臂の活躍をしている。

土曜の午前から始まり夕方過ぎまで行われた谷内田氏の研究会は最新の批評理論（主に脱構築批評）が中心だった。そのせいか、それまでの批評理論をより具体的に知りたいと思い、新批評から脱構築批評までの代表的な批評テクストを読む会を僭越ながら私が中心となって六月に立ち上げた。土曜の批評理論研究会から分派した一年生だけのこの会は木曜の夕方に行われたことから「木曜クラブ」と称された。つまりこの時期、週に二回も批評理論の勉強会を行っていたことになる。几帳面な杉野が残した記録によると、木曜クラブでは、エンプソンの『曖昧の七つの型』から始まって新批評、ノースロップ・フライの神話批評、ロラン・バルトの物語論、フランク・カーモードを経由して秋にはヒリス・ミラーやド・マンの脱構築批評にまで及んだ。冬にはフェミニスト批評からジェイムソンのマルクス主義批評、そして次年度の春には新歴史主義に辿り着いた（一年生でよくここまでやれたなと我ながら感心する）。毎週テクストを選ぶのも大変だった。実際、ハズレのテクストを選んだことも何度かある。当然ながら谷内田氏のように的確で鋭いコメントを言うこともあまりできなかった。ただひたすら額に汗してテクストを読んだ。

谷内田氏の研究会は、彼の修論が忙しくなった秋ごろ中断し、彼が博士課程に進んでからまた新たな形で断続的に開催されるようになる。場所は青学に移され、関心も脱構築から新歴史主義批評に移り、ショウォールターの『性のアナーキー』（当時未訳）を読んだ。読んだ、といってもただ本文を正確に読み解いただけではない。新歴史主義の読みを学ぶべく、担当箇所の注に挙げられたすべての一次資料に必ず当たる、というのが当時の読書会の鉄則だった。インターネットのない時代、ヴィクトリア時代の *Punch* や *British Medical Journal* など、上智の図書館にない資料は青学や東大医学部など他大学の図書館まで足を運び、書庫の奥深くに眠る古書を紐解いた。古い文献から立ち上る歴史に触れる興奮に病みつきになった私はイギリス留学の際に、文学でなく歴史学（医学史）を専攻することとなった。

谷内田氏の研究会は、彼の成城大学への赴任が決まると終わりをむかえ、その後の研究会は後輩が引き継ぐことになった。私はイギリス留学直前九三年の春から夏に後輩を集めて読書会を開催した。主なメンバーは、杉木良明、日臺晴子、大野美砂、岩政伸治、阿部真理子。この時、谷内田氏の最初の研究会で使われたテクストを再利用し、谷内田氏のコメントをあたかも自分のコメントであるかのようにパクらせてもらった。そのせいか、この時の研究会は少しだけ谷内田氏の研究会の域に近づいたような気がする。夏には一泊だけの合宿をし、フーコーを昼から夜中まで最後はヘロヘロになりながら読んだ。メンバーには大迷惑だったが、翌日にはテニスをするぐらいの元気はあった。（今は絶対無理。）

この頃、巽さんから谷内田氏に、大橋洋一氏が監訳する批評理論書の訳者を推薦して欲しいという話があったらしく、私はその訳者の一人として谷内田氏から推薦してもらい（もう一人は青学の細谷君である）、はじめて学術的な仕事をすることになった。この本は平凡社から出版されたが、その時の担当者が二〇年後また別の形で私の仕事（病小説のアンソロジー）を手助けしてくれることになった。

私が留学中は、下楠昌哉氏が一九九四年度入学の修士の学生たちとともに、批評理論研究会のやり方にならって読書会を開いた。主なメンバーは、山口和彦、土井良子、平塚博子、中野永子、武岡由樹子。私が留学から帰国した後は、留学の成果を少しでも伝えたいと思い、二〇〇〇年の二月から三月にかけて新歴史主義やサンダー・ギルマンなどの文化批評関連の文献を後輩と読んだ。この時のメンバーに後に上智英文学科の専任教員となる西能史君がいた。こうして過去を振り返ると、八〇年代後半から九〇年代後半にかけていかなる形であれ批評理論の研究会が続いていたことになる。

八〇年代は浅田彰や中沢新一らが火付け役となって現代思想がブームとなり、それに乗じて文学研究もポストモダンの影響を受け、批評理論が注目を浴びた時代である。英文学でも富山太佳夫氏や高山宏氏、われらが先輩である巽孝之氏が華々しい活躍を開始し、若い大学院生はみなそんな時代の熱気を肌で感じていた。だからこそ批評理論が熱かったのだ。もちろん九〇年代後半以降もポストコロニアリズム批評やクィア批評など批評理論は健在である。しかし、熱量が違った、と私には思われる。批評理論が文学研究・教育の一部として大学院はおろか学部でも制度化された現在では当時の熱量をもはや感じることはできない。大袈裟に言えば、批評理論への思い入れは信仰に近いものがあった。脱構築批評がいわゆる「ポール・ド・マン事件」によって終焉を迎え、取って代わるように新歴史主義批評が台頭してきた頃、院生の多くは「信仰」の危機を抱えていた（はずである）。それはいみじくも谷内田氏がある例会で口にしたように「命がけの飛躍」を試みなければならないものだった。飛躍の仕方はそれぞれ違うが、どの作家を研究対象として選ぶかと同じくらい、いやそれ以上に批評理論は当時の私たちの行く末を決定したのだ。ちなみに命がけの飛躍を果たした谷内田氏は『現代思想』と『ユリイカ』に傑出した論考を矢継ぎ早に世に問うていった。中でもドラキュラ論は今なお参照すべき優れた基本文献の一つと目され、彼の名を世に知らしめる記念碑的論考となった。谷内田氏は残念ながらこの業界から退いてしまうが、一〇年以上も連綿と続いた研究会・読書会のメンバーたちは批評理論関係の書籍の翻訳や英米文学入門書の編集に携わるなど学術研究・出版の一翼を担いながら今も活躍し続けている。谷内田氏を中心に上智で発した熱は静かにそして確実に続いている。

# 第Ⅲ部　社会へ・世界へ——卒業生たちの活躍

## （1）細川佳代子（NPO法人理事長）66卒

一九六六年上智大学英文学科卒業。企業のヨーロッパ駐在の仕事を経て一九七一年同じゴルフ部だった参議院議員細川護熙氏（一九六三年法学部卒）と結婚。その後、熊本県知事、衆議院議員から内閣総理大臣へと活躍する護熙氏の政治活動を支える。

小さい頃からボランティア活動に携わり、一九九四年「スペシャルオリンピックス日本」「世界の子どもにワクチンを日本委員会」を設立。知的障害のある人や発展途上国の子どもたちのための活動を続ける。

二〇〇八年「勇気の翼インクルージョン二〇一五」設立。知的障害のある人を理解する教育と雇用の促進をバックアップする活動を、現在進行中で続けている。

【英文学科の思い出】

私がお世話になったのはアメリカ人の先生で神父様でした。どちらかというと勉強よりもクラブ活動に熱中していた私のことを親身になってご指導してくださいました。上智大学に女子学生が入学するようになって数年後でした。真面目な学生が多い中、ハチャメチャな行動が多かった私ですが、どんなに怒られても後から謝りに行くとニコニコとして迎え入れてくださって、どんな学生も幅広く受け止めてくださった。お陰でのびのびとした学生時代を過ごすことができました。先生は私たちの卒業後、アメリカに戻られてしまいましたが今でも懐かしく思いだしています。

## 【現在のお仕事について】

「生まれながらのボランティア」といわれてきましたように、政治家の妻としてもアフリカへ毛布を送る活動や中国残留孤児養父母への支援を行ってきました。そんな中で出会ったのが、身体障害者のパラリンピックとは別に、知的障害者が参加するスペシャルオリンピックス（SO）の活動です。米大統領J・F・ケネディの妹ユニス・ケネディによって一九六八年に創設されました。知的障害者を「かわいそうな人たち」と決め付けるのではなく、ありのままに受け入れる社会。そしてSOは、人に勝つことよりも「きのうの自分に勝つこと」そして「世界のナンバーワンよりも世界のオンリーワン」になることを大切にしています。いろいろな人たちに助けられ一九九四年に「スペシャルオリンピックス日本」を設立しました。それはちょうど細川が総理を辞任した年でもあり怒涛の年でした。そしてついに二〇〇五年、スペシャルオリンピックス冬季世界大会が長野で開催されました。SOの活動と並行して発展途上国の子どもたちにワクチンを届ける運動も続けています。

## 【後輩たちへのメッセージ】

今の学生さんたちは優秀なのでしょうがとても真面目でおとなしい方が多いと感じます。学生としての体験は必ず役に立ちます。二度とない学生時代を、目標を持って何事にも挑戦する意気込みで過ごして欲しいです。もっと元気を出して！　と言いたい。

女性として世界や社会などと関わってきたわけですが、そもそも卒業して飛び込んだところが男性社会、いきなりのヨーロッパ駐在員です。英語はもちろんドイツ語にフランス語にと必死に学びました。あまり男女の差別のない環境でしたので、女性だからどうの、ということを感じたことはありません。

いろいろな世界を見てきて、日本人ほどやさしい人たちはいないと思います。これまでの日本は知的障害者をエクスクルージョン（排除）する教育でした。排除ではなく、同情でもなく、そしてただ護るのではなく、障害者と一緒に輝き周りもハッピーになる生き方、そのためのインクルージョン（包み込む共生社会）の実現を目指しています。

**【インタビューを終えて～花も花なれ 人も人なれ～】**

細川家といえば秀吉の時代の細川ガラシャ。キリスト教信徒として激動の人生を送った彼女の辞世の句が「散りぬべき 時知りてこそ 世の中の 花も花なれ 人も人なれ」。ガラシャ夫人は決して悲劇のヒロインではなく、あるがままの自分を生き抜いた強い女性だったと思う。時代を経てその姿が細川佳代子さんの笑顔と重なりました。

**（聞き手　平野由紀子）**

## （2）今井雅人（衆議院議員）85卒

**【仕事について】**

三和銀行に一九年間勤めていたが、正直、銀行には、誘われるまま、漠然と入ってしまった。ただ、海外勤務は経験したいと思っていたので、ずっと要望を続けた結果、二六歳から約五年間シカゴ支店勤務になった。本当にいい経験になった。

その後、本部の市場部門の次長まで務めた後、新しい道に挑戦したくなり退職し、まずは経営を勉強しようと、中堅の上場会社で役員を務めた。その後ほどなく、起業して、小さな会社の経営者をやりながら、大学の研究室の客員研究員を兼務していた。そんな折、政界からのお誘いがあり、二〇〇九年の衆議院選挙に出馬、以来約一〇年国会議員として活動している。

国会議員として自分の強みは民間感覚。もっと言えば、大企業の社員、中堅企業の役員、零細企業の経営者と色ん

な経験をしたことも人にない強みだ。

日本には素晴らしい人材がいる。国は、余計なことをしないほうがいい。民間がやりやすいような環境を作ってあげることが最も大事だという信念でやっている。一つのことに打ち込む人も尊敬に値するが、私のように色んな経験がその後の人生に活きることもある。

## 【学生時代の思い出】

お恥ずかしい話だが、学生時代は講義にも余り出席もしないし、自分で勉強も殆どしない状態で、漫然と暮らしていた。体育会で剣道を続けていたことが、唯一、何とか自分のレーゾンデートルを失わない支えになっていたのではないかと思う。剣道部で最後は主将を務めていたが、剣道部時代の様々な出来事が一番の思い出である。

## 【現役学生へのメッセージ】

学生時代に目指すものがはっきりしているのが一番いいと思うが、そうでなくても、とにかく色々な世界を見て、色んな人に会うことだ。そして、その瞬間その瞬間全力投球すること。その中からきっと自分の本当にあった生き方が見えるようになってくる。生き方は人それぞれ、周りを気にすることなんてない。

もう一つは、チャンスを逃さないこと。色んな縁が出来てくると神様が突然チャンスをくれる。そのとき、それを掴む勇気を持つことだ。それぞれの人生、自分らしく輝けることを祈っています。

## （3）今給黎泰弘（弁護士）85卒

一九八〇年四月　上智大学文学部英文学科入学
一九八五年三月　上智大学文学部英文学科卒業（就職のため一年卒業延期）
一九八五年四月　読売新聞宇都宮支局勤務（数か月で退社）
一九八六年～八八年　都立高校非常勤勤務
一九八八年～九一年　都立玉川高校教諭
一九九一年～九九年　研数学館非常勤講師
一九九八年　司法試験合格

**【オリキャンの時のサントリー・オールド没収事件（もう時効？）】**

入学時のオリエンテーション・キャンプの際に酒が見つかったのはボヤ騒ぎのせい。同部屋のＹ君とタバコを吸っていたところ布団が焦げて、「これは隠しきれない」と自首。それで先輩が部屋の家宅捜索をやって、ウィスキーが出てきた（笑）。それで取り上げられたんだけど、永盛先生が帰りのバスを降りたときに返してくれた。

**【数ヶ月間の読売新聞記者時代】**

最初、宇都宮の支局に勤めた。その支局が、鬼門で（笑）、英文の同じクラスだった人が一年先に記者としてそこに配属されて、やはり数ヶ月で辞めた。二年連続上智の英文学科出身者が辞めてしまって（笑）…まるで徒弟制度で、自由がない、二四時間勤務体制。

上智は、自由な雰囲気で、その中で学生生活を送ったことで、それとは真逆の記者生活はあまりにギャップがあった。夜寝るときも警察無線を傍受しているから、二四時間勤務。支局の上の部屋に住まわされたけど、プライバシーもない蛸部屋で風呂も三日に一度くらいしか入らせてもらえない。数ヶ月で「辞めます」と。今思えば、忍耐力がなかったかな。ところがその後、週刊誌側の代理人として読売新聞相手に何度も訴訟することになるとは、思ってもみなかった（笑）。

## 【弁護士になるきっかけ】

一つには、宇都宮支局を辞めようと思ったとき、宇都宮で一番大きい本屋に行き、司法試験の合格体験記を買って「こういう試験があるのか」と知った。それと、文学部らしいんだけど、その時一緒に買った石川啄木の詩集。「働けど働けどなお我が暮らし楽にならざり　じっと手を見る」ではないけど、記者は自分がやる仕事ではないな、と。

それから、父が人に貸していた持ち家の立ち退きをめぐる裁判沙汰を、結局、弁護士に頼んで解決してもらった。一審で判決が九〇〇万の立退料が、二審で五〇〇万に下がったけれど、結局、その上にさらに弁護士費用が二〇〇万くらいかかり、その時「法律って、知らないと怖いな」と思った。

もう一つのきっかけは、学部生の頃の教職課程の憲法の授業。非常勤の向井久了先生が担当していた。すごく面白い先生で、教え方が上手い。独自のテキスト使っていて、「憲法というのは、こういうものです」と、よくわかった。その時に、法律に関心を持ったこと。法律というものに向かうのに、抵抗がなかった。「あれが法律だったら、勉強しても面白いかな」と。

昔の司法試験は、最終段階で口述試験があり、その準備のために受けた中央大学の模擬面接。その面接官が、向井先生だった。「先生、お久しぶりです。司法試験受けたのは、どこかに先生の影響があって」という話をした。

司法試験合格までは、一〇年の道のりだった。その間、予備校で英語講師をした。実は、記者を辞めて家に戻った後、都立高校の教員採用試験を受け、非常勤や専任教諭を四年くらいやった。その最後の年から司法試験の勉強を始めて、食って行くのに予備校で先生をしていた。その仕事がなくて司法試験の勉強だけだったら、発狂していたかもしれない（笑）。

**【英文学科の授業で、想い出に残っているもの】**

一番印象に残っているのは、一年生の「ハマトン」（渡部昇一先生担当）。脱線・雑談が面白かった。今はリベラル・アーツが廃止されかかっているが、まさにリベラル・アーツそのものだった。本文のテキストの暗記はちゃんとはしなかったけれど、やったことがどこかで役立っている感じがある。ここ数年、アメリカ人の弁護士と英語でやり取りすることがあったが、ハマトンを覚えたことが役に立った。あとは、「マックナイト」（渡部先生担当）も印象に残っている。

**【後輩たちへのメッセージ】**

この年になると、大学の時に勉強したことが、また勉強したくなる。だから、遊ぶのも大事だが、やはり勉強を何かひとつ、これだけはやったという勉強の対象があればいいんじゃないか。遊び、勉強、両方とも中途半端になるのが一番良くない。

**【インタビューを終えて（長瀬）】**

今給黎弁護士に「後輩に司法試験目指すのも、いいよ、って言う？」と聞いたところ、答えは「ノー」だった。曰く「今は弁護士は割に合わない仕事だから（笑）。」では、弁護士以外なら、何をしたいか、と聞くと、「また教えるのもいいかな。人を教えるのは楽しいから」という。

オールド没収事件から数十年後、銀祝のときに再会した同級生は、みな、今給黎弁護士にびっくりだった。

**（聞き手：長瀬浩平）**

## （4）松本方哉（ジャーナリスト）80卒

一九八〇年フジテレビ入社。報道記者として首相官邸や防衛庁を担当。ワシントン特派員などを務める。湾岸戦争、米同時多発テロ、アフガン戦争、イラク戦争では情報デスクとして活躍。その後、滝川クリステルさんとタッグを組んで「ニュースＪＡＰＡＮ」のアンカーを六年余務める。専門は国際安全保障問題、日米関係、米国政治と外交。二〇〇七年末、奥様がくも膜下出血で倒れられ、その後は介護を生活の中心として医療や介護問題をジャーナリストの視点から見続けてもいる。

### 【学生時代の思い出】

当時はイエズス会から派遣された外国人の神父様が多数おられました。私は大学の授業の他にも、ミルワード神父様の「英詩研究会」と「聖書研究会」に入会しました（英文学を学ぶ以上、英詩と聖書の知識が必要と考えたのでした）。アルバイトでは、当時の市谷キャンパスの国際部で補助事務員の仕事をしました（アグネス・チャンさんや南沙織さんがいました）。また、アテネ・フランセで週三日仏語を学び、本を読み、映画を年に一〇〇本以上観るなど、忙しい学生生活だったなあと思います。

他にも大学の掲示板に「老人福祉の意向調査」のバイトを見つけ、二年間、春夏の休みに毎回一五〇軒の高齢者家庭を足で訪ねましたが、記者職の原点となったと思っておりますし、三五年余を経たいまも介護ジャーナリズムの基礎として役に立っています。

## 【報道を目指した理由】

英文学を専門に学びましたが、一方で、アメリカの *The New Yorker*（一九二五年創刊）という雑誌のニューヨーカー派の作品に興味がありました。ジェームズ・サーバー、シャーリー・ジャクソン、J・D・サリンジャーなどです。いまでも時々読み返しています。英文学では船乗りから作家になったジョゼフ・コンラッドなど、純文学系よりもどこかひねりのある時代と共に生きる作家の作品が好きでした。卒論は中野記偉先生にご指導をいただきコンラッドの『ノストローモ』を研究しました。コンラッドのように世の中が見たくて卒業後の進路はメディアを選びました。

## 【仕事を通して】

海外特派員として、中東とアフリカ、南極、北極以外の五〇カ国近くに取材で足を運びましたが、海外のいろいろな場所で上智の卒業生に出会いました。大使館や国連組織の外交官以外にも、各国の同窓会組織に顔も出せないだろうと思うような辺鄙な場所でも上智の卒業生に出会ったのです。「こんな場所でも頑張っているんだ」と驚きました。上智の国際性が口先だけの建前ではなく、国際社会での生活の中に入り込んだ国際性なのだと思いました。上智の底の深さを見た思いがしました。

## 【グローバルとは】

昔は英語で外国人と話せたり海外に出さえすれば、グローバルだと言われましたが、グローバルとは次第に名詞ではなく動詞になってきたように思うのです。形式だけのことではなく、毎日を地球で生き地球と一緒に生活するという感覚を実感すること、とでも言いましょうか。大学のスローガンは Go Global ですが、言葉とおり世界に散って行き、各々の立場で一人ひとりがこの地球を支えていくことが上智大生の目指すべき「二一世紀のグローバル」だと思っています。今後も、グローバルの定義を、上智大生が積極的に変えて行く使命があるのでは、と思います。

## 【これからの学生に】

英文学科は上智大学の「へそ」です。これまで、堅実で上品で少し弱気なイメージがあった上智大生だと思いますが、皆さんがその殻を破って欲しいな、と思います。上智大学に「超」とか「スーパー」という言葉は似合わないでしょうが、時代の方はいま上智に「超スーパー」であることを要求していると思います。

国際社会は実に複雑で混乱し、危険がいっぱいです。そういう時代には、叡智とパワーを備えていること、そして心を揺るがせない信仰が必要となると考えます（私事ですが、卒業から三二年目の二〇一七年六月にミルワード神父様から洗礼を授けていただきました）。どうぞ、大学が惜しみなく与え続けているツールを生かしてぜひ高みを目指して欲しいと思います。

「情報」という面で一言足しますと、二〇世紀は一方通行の情報の時代でした。テレビがその代表でしょう。それに対し二一世紀は情報が多角的になりました。これまでは自分の前にあるのは卓球台が一台きり、相手も一人だったのが、二一世紀は自分の周囲を例えば六台の卓球台が取り囲み、六人の相手と同時に玉を打ち合ってラリーするようなめまぐるしい「情報力の時代」だと思います。

その凄まじい情報社会の中で、上智の理念 for Others, with Others とはどういうことかをよく考えて「社会に対し他者に対し、より意識を向けて、安全で知恵のある豊かな社会を作るにはどうすれば良いか」学問をしながら、同時に考えて行って欲しいと思います。その時に「故きを温ねて新しきを知る」と言いますが、シェイクスピアの劇作品を知っていることが、コールリッジの詩を学んだことが、そうした時代の確かな道しるべに必ずなってくれると、齢を経たいまそんな実感があります。

## （5）蟹瀬令子（クリエイティブマーケッター）75卒

福岡県生まれ。一九七五年上智大学文学部英文学科卒業後、株式会社博報堂に入社。第三制作室コピーライターとなる。一九八七年米国ミシガン大学ビジネス学科に休職留学。一九八八年帰国後、博報堂生活総合研究所主任研究員。一九九三年クリエイティブ・マーケティング会社（株）ケイ・アソシエイツを設立、代表取締役に就任。総合マーケティングクリエーターとして活動。エスティ ローダーのオリジンズなどを手がける。一九九九年株式会社イオンフォレスト（ザ・ボディショップ・ジャパン）代表取締役社長就任。二〇〇七年レナ・ジャポン・インスティチュート株式会社を設立、代表取締役に就任、現在に至る。

### 【学生時代の思い出】

学生時代の私は、いたって真面目な学生でした。カトリックの寮に入っていたので門限がすごく厳しくて、また寮は大学から遠かったので、電車の中で課題の本を必死に読んで通学していましたね。英文学科は、とっても華やかで、二物も三物も与えられたような人ばかり。みんなおしゃれな服を着て、お化粧まできちんとしているのにびっくりしました。一方、福岡から出てきたばかりの私は、すっぴんで、Tシャツにデニムのパンツ。初めなかなか馴染めなくて、辞めようかと思ったこともあります。そんな時に出会ったのが井上英治先生（一九三〇―二〇〇四）の「人間学」。授業では「どうしてこの学校に入学したいと思ったのか」、みたいな話をみんなの前で発表させられるんです。初めて自分と向かい合う時間を与えられ、気付かされた部分が沢山ありました。

あの「人間学」がきっかけで、大学が楽しくなったと思います。

上智大学がすごくいいのは、先生方の多くが神父様ということかもしれません。勉強だけでなく、人間の生きる基本も教えてくださる。普通の学校の英文学科とはちょっと違いますね。

今思えば素晴らしい先生ばかりでした。カリー先生、ミルワード先生、マシー神父様とか……言葉もほとんどがブリティッシュでイギリスの学校に留学をしているような感じでしたね。ちなみに、主人も上智大学なので、結婚式はマシー神父様にお願いしました。その時にマシー神父様がおっしゃった言葉「人生は大変だけど、楽しいこともいっぱいあるから」は今でも心に残っています。

授業の中で私がすごく好きだったのは、「ギリシャ神話」。とても厳しい先生でした。その先生がこう仰ったんです。「大学ではすぐ役立ちそうなことを学ぶ方が良いと思っている人もいるけど、文学の中には人生の全てが詰まっていて、それを学ぶことによって生き方が変わる」と。本当に英文学科を選んでよかったと思いますね。

ギリシャ神話とワーズワースとシェイクスピア、そしてマザーグースは、私の心の本棚にいつもあります。例えば、映画の中でシェイクスピアの表現がでてきたりすると「おお、出てきた」と嬉しくなります。これは「すぐに役に立たないこと」を身につけたからこその豊かさだと思います。いつもハウツー本ばかり読んでいる若い人たちに、私はよく言うんです。「ハウツー本は、どれ読んでも一緒。一冊あればいい。でも文学はいろんな事を教えてくれる。そこには、情景と言葉がある」と。言葉を沢山使えるようになった人が、やっぱり人生豊かなんですね。

翻訳の授業の先生も忘れられないですね。友人が、「翻訳家になりたいのですが、どんな勉強したらいいですか」と聞いたんです。そしたら、「四〇歳までたくさん日本語の本を読みなさい、四〇歳なんて、あっという間に来ますから。とにかく日本語の本をいっぱい読むと、四〇代ぐらいにいい仕事ができる」と。その時は「まだ二〇年もある」と思っていたんですが、あっという間に四〇歳過ぎましたね。こういうことを学生にストレートに言ってくれる先生って素晴らしいでしょう。ああしろ、こうしろではなく、翻訳家の本筋をきちっとわかっていて、その本筋をしっかりやることが大事なんだと教えてくれる。ひたすら文学を読んできた四年間って、やっぱり血となり肉となっています。

厚い本を一週間で一冊読まされていた、あのスパルタ教育のおかげですね。

地方の普通の公立の高校から、上智に入り、過ごした四年。学風がとても自分に合っていたように思います。例えば、群れないことを良しとする、人と違っていることを受け止めてくれる、のびのびとチャレンジする人を応援する、など、賢くて人間らしい人たちが集まっていて、そんないい人々に守られていたように思います。若き日の悩みを考える時間と解決への糸口をいくつももらったからこそ、今があります。上智大学で過ごした日々と出会った人々は宝ですね。


（聞き手：田中みんね）

## （6）糸居淑子（ITアーキテクト）85卒

【仕事について】

現在はシンガポールIBMでITコンサルタントの仕事をしています。日本とアメリカで仕事をしてきましたが、若い時にできなかったアジアの仕事をもう少しやりたくてシンガポールに来ました。今は英語だけで仕事をしています。

クラウドという先進IT技術のお客様への適用をお手伝いする仕事をしています。シンガポールを中心として主にアジアのお客様（銀行、運輸等）、アジアにハブ拠点をもつ欧米企業（製造業等）の最新技術適用計画を作ります。アジアは急成長の新興マーケットなのですが、技術競争（例えばモバイルのアプリや人工知能の適用）と管理機能の集約

やコストカットを同時に行わないといけない側面があり、目的に応じたバランスのとれた計画を作って管理していくところがカルチャー的にまだ難しく、そこをお手伝いできればと思っています。

シンガポールソフィア会の会長をしています。二三〇人ほどの卒業生がいて、おそらく海外ソフィア会としては一番大きいです。二〇～三〇代前半の若い方がどんどん増えてきています。海外で就職される方も増えている印象です。英文学科卒の方は常時数名いて、金融業、製造業、流通業など多岐に活躍されています。海外ソフィア会は飲み会をすると、自分とは違う業界の現地の裏話が聞けたり、若い方のおしゃべりに圧倒されたり、おもしろいです。海外在住の方はぜひご参加を。

**【英文学科での思い出】**

日本人の大学生としては勉強が大変だったという印象があります。

入学してすぐカリー先生の英語の授業があって、毎日英文を丸ごと暗記させられてクラスでだれかが犠牲になって暗唱しなければならなかったです。暗記が苦手な私はついていくのが大変だったです。

でも個性豊かな先生方の授業は宿題が大変でも楽しかったです。カリー先生、ミルワード先生、渡部先生、アルヴェス先生、なつかしく思い出しますし、クラス会で何年たっても話題になります。授業が大変だったのでクラスがまとまって仲良かったと思います。

三年目に交換留学でアメリカのウィスコンシン大学に一年行きました。アメリカでは勉強のカルチャーの違いに驚かされました。ヨーロッパ小説という授業を半分趣味で履修していました。ある時ドイツの小説『ブリキの太鼓』が課題になったのですが、アメリカ人の学生が絶対ありえないエクセントリックな解釈をして、とうとうと長時間使って自分の意見を述べて、さらに教授がこれを絶賛したのでショックを受けました。少人数のゼミでは（超）独自理論を理路整然と述べられないと授業に参加していることにもならない。この経験は実はのちに仕事で西洋人とミーティングしていくうえで参考になりました。先進技術や新しいサービスの企画のグローバルミーティングでも全く同じ展開だったからです。生徒が技術者、先生がマネージャー。

オフではホストファミリーを訪ねたり同じ上智の交換留学の仲間と旅行に行ったりして楽しく過ごしました。

## 【後輩たちへのメッセージ】

海外にまつわる仕事をされていく方へのアドバイスです。念願の海外転勤やグローバルプロジェクトで意思に反してうまくいかないで困っていた人を支援した経験から逆引きしてみました。本人が仕事が楽しめてかつ成果も出していくには、次の三点を意識するとよいでしょう。

コミュニケーションスキル。いわゆる純粋な語学力以外に、先ほどご紹介した英語的弁証法が身についているか否かは実際の仕事をしていく上では重要に感じています。相手を動かすための論理的説明の仕方、段取り、感情の出し方です。これが不足していると何回英文メイルでお願いしても、何回会議で説明しても、趣旨がわからないと言われて無視されます。アジア圏ではウエットに感情に訴えることも大事です（ちなみになんで意見やお願い事が通らないのかわからないで悩んでいる日本人は多いです）。弁証法は若いうちにTOEFLやParagraph Writingなどで練習しておくとよいでしょう。

得意技。人に教えられる程度の専門性を二、三持っていると国際圏では仕事がアサインされやすいです。Generalistは歓迎されません。英語が不足していても専門性は高く評価されます。金融の知識、人事畑の経験、店舗運営等々、実績を持っていて関連した仕事につけるとエンジョイできるでしょう。

異文化受容性。異文化に慣れていないと日本人と異なる反応をされたときにいちいちストレスフルに感じてしまいます。ソフィアの方はあまり心配しないでよいでしょう。大学で留学生を増やすのは日本人にとっても良いことと思います。

## （7）諸田玲子（作家）76卒

英文学科卒業後、外資系企業勤務を経て、一九九六年『眩惑』で作家活動に入る。二〇〇三年に『其の一日』で吉川英治文学新人賞を、二〇〇七年『奸婦にあらず』で新田次郎文学賞を、二〇一二年『四十八人目の忠臣』で歴史時代作家クラブ賞作品賞を受賞。『お鳥見女房』『あくじゃれ瓢六』『きりきり舞い』『狸穴あいあい坂』などの江戸物のシリーズの他、『帰蝶』『ともえ』『美女いくさ』『波止場浪漫』『今ひとたびの、和泉式部』など歴史・時代小説を中心に著書多数。二〇一六年九月から半年間『今ひとたびの、和泉式部』、NHKで『四十八人目の忠臣』を原作とするドラマ『忠臣蔵の恋』が放送された。近著は二〇一七年一二月刊行の『森家の討ち入り』。

### 【学生時代の思い出】

私が通っていたころの英文学科は、こじんまりしているぶん規律も厳しく、少しでも遅れた学生は教室に入れないことで知られていました。大学生になったら羽を伸ばそうなどと考えていたのは甘かったと悟り……それでも授業を抜け出して弁慶橋でボートを漕いだり、学食で日永一日だべっていたりしていたものです。もっと勉強をしておくのだったと後悔することもありますが、大学時代にミソロジーやアメリカ演劇を学んだことと、ミルワード先生そして劇団の演出家でもあった安西先生率いるシェイクスピア研究会に所属して芝居に熱中したことは、のちに小説を書く上でかけがえのない経験になりました。中央線の電車を眺めながら発声練習をしたり、長野の民宿へ合宿に出かけたり、一号館にあった重厚で古色蒼然とした舞台で『空騒ぎ』のベアトリスを演じたり……もちろん、桜やレンギョウの咲き群れる土手で友達と笑いころげたことや叶わぬ恋に泣いたことも、忘れられない思い出です。

【現在の仕事】

主に歴史・時代小説を書いています。卒業後、いったんは外資系の企業に就職しましたが、あるとき突然、小説が書きたくなりました。私小説ではなく歴史物を書いているのは、大学時代にシェイクスピアにひたっていたせいかもしれません。

現在は週刊誌の連載の他に、月刊小説誌に四本の連作シリーズと、女性誌に連載を書いています。その他、エッセイや解説が毎月一、二本、講演会が年に数回、審議会への出席や賞の選考などもいくつかあってあわただしい日々ですが、その合間をかいくぐって、次回の新聞連載や小説誌の新連載の取材に出かけたり、担当者に手伝ってもらって資料集めをしたりと飛びまわっています。年に二、三冊新刊を出していますので、その直しなどにも追われ、のんびりする暇はありません。若い頃とちがって夜更かしができないので、いかに時間をコントロールするかが大問題。旅行や買い物などの時間はほとんどありませんが、小説が書ける幸せを噛みしめて、七転八倒しながらも充実した毎日を送っています。

【後輩たちへのメッセージ】

ひとつの目標に邁進するのは素晴らしいことですが、大学時代は世界を狭めず、少しでも興味を抱いたら挑戦してみることが大切だと思います。ちなみに私が小説を書き始めたのは三〇代の終わりで、それまで小説家になるとは思いもしませんでした。もっと早くから書いていればと悔やむ反面、様々な経験をしてきたからこそ書けるのだとも思います。人生には無駄なことなどありません。気概さえあればいくつになっても挑戦できる。大学時代は未来の自分に出会うための種をまく貴重な時期です。勉強も遊びも、無駄のように思えることでも恐れず挑戦して、失敗さえも糧にしてほしいと思います。ただし、挑戦する以上は精根こめて。心がこもっていなければ、何をやっても時間の浪費ですから。

## （8）穂村　弘（歌人）87卒

一九六二年、北海道生まれ。歌人。一九九〇年、歌集『シンジケート』でデビュー。著書に『手紙魔まみ、夏の引越し（ウサギ連れ）』『ラインマーカーズ』『ぼくの短歌ノート』『世界音痴』『にょっ記』『本当はちがうんだ日記』『野良猫を尊敬した日』他。訳書に『スナーク狩り』（ルイス・キャロル）他。『短歌の友人』で第一九回伊藤整文学賞、「楽しい一日」で第四四回短歌研究賞、『鳥肌が』で第三三回講談社エッセイ賞を受賞。近刊に読書日記『きっとあの人は眠っているんだよ』、書評集『これから泳ぎにいきませんか』がある。

【832053】

私が上智大学の英文学科に入学したのは一九八三年のこと。北海道大学を中退して再受験したので二浪の計算である。同じ大学でも地方の国立と東京の私立では、ずいぶん雰囲気が違っていた。新しい同級生たちはサークルごとにお揃いのスタジアムジャンパーやトレーナーを着てキャンパスを闊歩してゆく。テニス、スキー、ウィンドサーフィン……、きらきらした空気が溢れていた。女子の間では、その年の春に開園した東京ディズニーランドでアルバイトをするのが一種のステイタスのようになっていた。私は英文学の勉強をしようと思って上智に来たのだが、その志は一ヶ月も保たなかった。帰国子女の友達にカフェで麻婆ライスやフローズンヨーグルトを奢る代わりにレポートを書いてもらう、という習慣ができてしまった。教室の出来事で覚えているのは、「後ろ向きの牛」というミルワード先生の駄洒落。質問されるたびに「アイ・ドント・ノー」を繰り返していたら「たまにはアイ・キャント・イマジンにしたら?」と友達に云われたこと。マシー先生に「ユー・ノー・ナッシング!」と叫ばれたこと。勉強にもサークルにもアルバイトにも本気で向き合うことができず、学内のカフェや近くの喫茶店に入り浸っていた。サンドイッチのケーブルカー、キッシュのシュエット、焼きうどんのピステ。あとは麻雀。授業をさぼって華という雀荘にいたときのこと。対面の友人がふっと顔をあげて「お前ってクラスでいちばん馬鹿だよな」と私に云ったことがあった。え、僕? と驚いた。私はその友人こそクラスでいちばん馬鹿だと思っていたからだ。いちばん馬鹿にいちばん馬鹿と思われていたのか。

そんな日々を過ごしながら、内心では焦っていた。何か、何か、何か熱中できることをみつけたい。私は新しくできたばかりの巨大な図書館の中をうろついた。机に本を積み上げて調べ物をしている人々が羨ましかった。彼らにははっきりとした目的がある。同じ空間にいても、行き場がなくて迷い込んできた自分とは流れている時間が違うのだ。じっと座っていることができなくて、建物の奥へ奥へと逃げ込んでゆく。やがて、雑誌のバックナンバーが置かれている黴臭い部屋に辿り着いた。この大学の中でいちばん暗い場所かもしれない。そう思いながら、何気なく一冊を手に取った。「短歌研究」。なんだこれ。こんな雑誌があるんだと、ぱらぱら頁を捲ってみる。今から振り返ってみると、その瞬間に未来の職業が決まったことになる。でも、リアルタイムではなんの閃きも手応えもなかった。ただ、同級生がテニスやスキーやウィンドサーフィンを楽しんでいるのに、自分は「短歌」を「研究」か、と可笑しくなった。

そこで目にした「きょう言った「どうせ」の回数あげつらう男を殴り/春めいている」「なにもかも派手な祭りの夜のゆめ火でも見てなよ/さよなら、あんた」(いずれも作者は林あまり)という歌に触発されて、ふわふわした気分のまま、購買部で一束の単語カードを買った。そこに自作の短歌を書きつけてみる。ルールもセオリーも知らず、ただ言葉を五七五七七に並べただけだ。そして、大きな教室でたまたま隣に座ったクラスの女の子に手渡した。「なあにこれ?」。その不思議そうな笑顔が今も目に浮かぶような気がする。「おもしろいね」と。でも、錯覚かもしれない。現在から過去を振り返る時、時間は必然性という一本の線で繋がっているように見える。けれども、現在から未来へ向かってはどうなのだろう。そこには何にもなくて、あの時も今も圧倒的な偶然性の中で混乱するだけだ。アイ・ノー・ナッシング。骰子の回転は止まらない。

## （9）売野雅勇（作詞家）74卒

萬年社・東急エージェンシーインターナショナル・第一企画・東急エージェンシーインターナショナルと広告代理店四社を経て、同時期にインディーズの男性ファッション誌を創刊編集しながら、一九八一年作詞家としてデビュー。一九八二年中森明菜の「少女A」のヒットにより一躍ヒット作家に。以降、チェッカーズ「涙のリクエスト」、郷ひろみ「2億4千万の瞳」、ラッツ&スター「め組の人」、荻野目洋子「六本木純情派」、矢沢永吉「Somebody's Night」、中谷美紀「砂の果実」などヒット曲多数。映画監督作品「シンデレラ・エクスプレス」「Body Exotica」。二〇一六年、作詞活動三五周年を記念して、記念ライブ「天国より野蛮」開催。同時に自伝的エッセイ『砂の果実』、Best選集CD BOX『天国より野蛮』、ロシアの美貌のコーラスユニットMax Luxによるトリビュートアルバム『砂の果実』を発表。

## 【学生時代の思い出】

思い出深い授業はデュマレー先生の「ギリシャ神話」と『ワインズバーグ・オハイオ』。当時もっとも厳しい授業だったが、現在の職業にも役に立っているように感じることもあり、この授業に巡り会えたことを感謝している。アメリカンフットボール部の部員だったので、一年のうち一〇ヶ月間は日曜日もなく練習に明け暮れる生活だったが先輩や友人に恵まれ、ある先輩は「お前にぴったりの仕事はコピーライターという広告の文案を書く仕事だ」と初めてコピーライターという職業があることも教えてくれた。あたかも未来を予言するように言ってくれたその先輩は数十年後に電通の社長になった。四年生になる春の合宿でアメフト部を退部して、アテネ・フランセのシネマテークという映画学校に通いはじめたのは映画関係の仕事に就きたいと思っていたからだが、同時に夏にはコピーライター養成講座にも通いはじめた。コピーライターの適性に徐々に気がつくのだが映像の世界も捨てきれず、当時CFの演出家で最もスター的な存在だった松尾真吾さんのアシスタントなども短期間だがやったこともあった。いま思うと、短期間のうちに必死で未来を模索しているエネルギッシュな学生に見えるが、実際はいたってのんびりと構えていたような記憶しかない。卒論は六〇年代から七〇年代のアメリカの演劇界に起こったアンダーグラウンドの演劇について書いた。

## 【作詞家へ】

作詞家になりたいと思ったことは一度もなかった。だいたい歌詞を書く才能があると思えなかった。何が起こるのか分からないのが人生だなあとつくづく思う。「一生を学生のような気分のままで生きられたらいい」というのが、ぼくのほとんど唯一の人生に対する望みだった。それが通用しそうな環境はレコード会社、ラジオ局、広告会社。知識もなかったのでぼくはそのような企業の試験を受けた。書類選考でふるい落とされた企業を数に入れたら一〇数社を超えるが、受かったのは萬年社という日本で最古の広告代理店一社だけだった。人情味のあるこの会社で二年が過ぎて移った会社はモダンで明るくハッピーな社風だったが、書くコピーの数が一気に一〇〇倍くらいに増えた。レコード会社がクライアントで一日中音楽を聴いていないと仕事にならなかった。七時間視聴室、七時間デスク。といったルーティーンにぼくは一〇ヶ月目でギブアップした。しかし考えてみると、このハードな環境でコピーの書き方を習得した気がする。（それから、ついでのように歌詞の書き方も）。で、あと二つ広告会社を渡り歩いてフリーランスになり、友人の誘いでインディーズのファッション誌を創刊して一年程経った頃、レコード会社の人から歌詞を書いてみないか？　と誘いを受けたのだ。それが一九八〇年のことでぼくは二九歳になっていた。

## 【学生のみなさんに】

上智大学で知らずに身に付く生き方や考え方があるような気がする。もともと上智が好きで入学する方が大半だろうから校風や文化を受け入れやすいということもあるのだろう。上智大学で日々皆さんが呼吸している空気とは、言葉にすると"Decent""Fair"そして、それらは優美や優雅さと並んで、恩寵という意味もある"Grace"に行き着くことになる。

社会に出て出逢う、品がよく群れることをあまり好まないソフィアンたちを見ると、そんな麗しい気質が上智大学の卒業生の特徴のように思えてくる。

だからみなさんは、決して未来を怖れることなく、世の中の拝金主義的な風潮にも染まることなく、日々 Decent に Fair play を実践して生きていってほしいと思います。そしてそこに Grace を見つけるのはあなた自身だと思います。

## （10）安倍オースタッド玲子（オスロ大学教授）80卒

一九七九年年ウィスコンシン大学グリーン・ベイ校人文学科卒業。一九八〇年上智大学英文学科卒業。一九八二年ウィスコンシン大学マディソン校日本語・文学科修士課程修了。ノルウェー人の夫と共にオスロに移り、三井物産オスロ支店の秘書を経て、日本近代文学の博士号取得後、一九九四年からオスロ大学で教鞭をとる。二〇〇二年より教授職に就き現在に至る。

オスロ大学の同僚と

【英文学科時代の思い出】

中学の頃から小説が好き、アメリカに一年滞在したことがあり、なんとなく英語も好きだったことがきっかけで、上智大学の英文学科を目指しましたが、当時は将来どういう職業につきたい、というはっきりした考えがあったわけではありませんでした。上智の国際的な雰囲気にひかれたという単純な理由での選択だったといえます。意識して文学に興味をもったのは入学して間もなく、アメリカ文学の授業でフランシス・マシー先生と出会ったことが大きかったと思います。性格的にのんきなせいもあって、女性にとって窮屈な日本の社会の雰囲気に違和感を抱き始めていた私がヘミングウェイやフィッツジェラルドに代表される「失われた世代」の疎外感に共感を覚えたのは、今考えれば偶然ではなかったのかもしれません。マシー先生のお世話で先生の出身地にあるウィスコンシン大学のグリーン・ベイ校に二年間留学し、卒業しました。そこでの比較文学や思想史の内容の濃い授業に感激した覚えがあります。東京に戻ってから上智も卒業しましたが、ウィスコンシンでの二年間の勉強は後の私にとって大変意味のある体験になりました。グリーン・ベイで知り合った今のノルウェー人の夫と共に、ウィスコンシン大学のマディソン校に進み、そこで日本語のアシスタントをしながら日本文学の修士号をとりました。修士で専攻を変えたのはアメリカ留学を通じて、あらためて「日本」について考えさせられたからだといえます。紆余曲折を経て、Ph.D. を取得し、オスロ大学の日本語学科で教鞭をとり始めて、はや二〇年余りになります。ノルウェーでも日本のポップ・カルチャーや文学が大好きな若い男女に囲まれて、「日本」を遠くから眺め観察する機会にめぐまれていることは幸いだと感じています。「日本」にあこがれて日本語を一生懸命勉強するノルウェー人の学生を見ていると、異文化に思いを馳せた上智時代の自分のことが思い出され、なつかしい気持ちでいっぱいです。

## 【オスロでの教職生活】

研究面では、たまたま漱石について博士論文を書いた関係で最近いろいろな国際会議やプロジェクトに関わることになり、改めて一〇〇年前にイギリスに留学して遠くから「日本」を眺め、喪失感に戸惑いつつ『文学論』をしたためた漱石についても考えさせられました。ヴィクトリア女王の葬儀を現地で体験した漱石にとってのイギリスは大英帝国でありました。そんな地政学の中でシェイクスピアに触れ、西洋の読者にも日本の読者にもそれぞれの立場からの「自己本位」の外国文学理解があるはずだ、と敢えて唱えた漱石。英文学について「彼らの如き過去を持たず、過去の因縁に束縛せられない吾々は、英国人の如く不自由ではない」とまで述べています（『英文学形式論』）。「彼らの如」く「束縛せられない」日本の読者は自らの伝統や前提を拠り所にした、新鮮な視野から英文学を読むことが出来るというわけでしょうか。同じように、日本の読者も自国の文学を読む際に確固たる特権がある訳ではないということになります。漱石の本質論的ではない歴史的な文化理解が垣間見られ、現在のいわゆる「世界文学」の視野にも通じるところがあって興味をそそられます。同時に、この知見が漱石のロンドンでの苦しい留学生活を経ての賜物であったことも忘れてはならないでしょう。

【後輩たちへのメッセージ】

私が上智に通ったのは一昔前の七〇年代の後半ですが、先生方はイギリス人、アメリカ人、ドイツ人、スペイン人、日本人と大変国際色豊かで、学生の間でも留学経験はめずらしくありませんでした。今日あらためて上智時代の学生生活を振り返り、心に残っていることは何かと聞かれ即答できるのは、遠くから自分を眺める機会を与えてくれたことだったと言えるでしょう。今の若い学生たちにもおおいに交換留学制度を利用して海外から来ている友人と積極的に交わり、機会があれば海外に出て、視野を広めて欲しいと思います。オスロ大学からも毎年留学生を送っていますし、上智からの留学生も受け入れています。ノルウェー語をはじめ北欧三カ国の言葉は言語学的にも英語やドイツ語の親戚であり言葉に興味のある学生であれば、それほどの苦労なく学びえる言語です。留学と言うと英米にとらわれがちですが、政治的にも文化的にもAlternativeとしての北ヨーロッパは違ったインスピレーションを得られる場所でもあるので、後輩のみなさん、オスロ大学も留学の候補として考えに入れていただけると嬉しいです。

## （11）諏訪部浩一（東京大学准教授）94卒

一九七〇年生まれ。一九九四年、上智大学文学部英文学科卒業。一九九七年、東京大学大学院人文社会系研究科修士課程修了。二〇〇四年、ニューヨーク州立大学バッファロー校大学院博士課程修了。東京学芸大学教育学部講師、東京大学大学院総合文化研究科准教授などを経て、二〇一〇年より東京大学大学院人文社会系研究科准教授。著書に『ウィリアム・フォークナーの詩学——一九三〇－一九三六』（二〇〇八年）、『『マルタの鷹』講義』（二〇一二年）など。

### 【"It's a little bit funny . . ."】

誰にとっても大学時代とはそういうものなのかもしれないが、「あの頃」を思い出すと、懐かしいような恥ずかしいような、何とももどかしい気分になる。そうした気持ちを"funny"と呼ぶと知ったのは、卒業して数年後、フォークナーの『響きと怒り』を原文で読んでからのことなのだが、とにかくいまも「上智の英文」と書くだけで、いささか落ち着かなくなってしまうのだ。四谷ですごした日々は、私にとって、それ以前とも以後とも違う、輪郭が明確な時代である。高校時代は勉強する暇などなかったし、大学院に進んでからは勉強以外のことをする暇など欲しくもなくなっていった。だが、上智での四年間は、まさによく学び、よく遊んだ毎日だった。

上智の英文を選択したのは、勉強しようと思ってのことである——というと優等生的に響くが、もともと大学に行くつもりがなく、高校で留年までしている身としては、大学は勉強する場所だと思っていた。それで高校の恩師にも相談し、少人数制の上智を選んだ。いわゆるマンモス校に行ってしまっては、授業など出ずに雀荘に入り浸るに決まっていたためである。結果、例えば二年生のときなどは、渋谷先生のアメリカ文学史や土家先生の英語史の内容を消化するだけでも大変だったはずなのに、月曜の一・二限から土曜の三・四限まで（現在はこうした区分ではないようだが）、二コマしか空き時間がないという無謀な時間割を組みもしたのだが、入学時にはイギリスの場所さえ知らなかった若者としては、とにかく勉強したかったのだ。

その一方、私が入学したのは一九九〇年、バブルの時代だった。バブルはまもなくはじけるものの、楽しまねば損だという空気は、さして裕福ではない学生のあいだにもまだまだ充満していたのである。アルバイトの収入は、半分は本代として使われたが、残りは英文学科「ヘルパー」の仲間たちとの交友に費やされた。研究室が並ぶ七号館五階の奥は半ば部室化していたが、そこで騒ぐと温厚な先生方にも叱られてしまうので、もっぱら「8ピロ」にたむろしていた。狭いキャンパスゆえ、そこにいれば誰かが通りがかるのだから、遊び相手を見つけるのは難しくない。ビリヤード場や、出現したばかりのカラオケボックスに行くことなどもあったが、とりあえず飲み食いし、あとは喫茶店か一人暮らしの友達の家で、終電まで話しこむことの方が多かっただろう。

そんな暮らしをしていても、毎日一冊くらいは本が読めたのだから、若さというのは素晴らしいというしかないし、よく学びよく遊んで「大学生」としてやるべきことをやりつくしたと思えたことは貴重な心的財産となったといえるのだが、もちろん、勉強する気にもならず、友人も捕まらない日もあった。放課後、何本もの煙草を灰にしながら待っていても誰も現れず、学食で不味い蕎麦をすすり、薄暗くなった8ピロに未練がましく戻っても誰もいない。仕方なく図書館に向かうときのもやもやした気持ちは、いまもはっきりと思い出せる——というより、大学時代を振り返ると、私はいつもその気持ちを思い出してしまうのだ。

その後、携帯電話が普及し始めた頃には、大学時代にこのアイテムがあれば、あんな気持ちにならずにすんだかもしれない、と思ったものである。だが、それと同時に気づいたのは、おそらくはその“funny”な気持ちの中にこそ、大学生活の「意味」があったということだった。そしてその「意味」は、四半世紀を経ても薄れていない——だからこそ「上智の英文」は、私にとって、真に母校と呼べる人生の故郷なのである。

## (12) 栩木伸明（早稲田大学教授）82卒

一九五八年、東京生まれ。一九七八年、一浪して上智大学に入学。現在、早稲田大学文学学術院教授。専門はアイルランド文学・文化。著書『アイルランドモノ語り』（みすず書房）により、読売文学賞（随筆・紀行賞部門）受賞。現在、W・B・イェイツ全詩集を翻訳中。

【英文学科でベンキョーしたこと】

英文学科で四年間、ぼくは詩をベンキョーした。遊びと勉強が分かちがたく結びついたベンキョーなのでとても楽しかった。

入学直後に健康診断の列に並んだとき、四元康祐君と知り合った。彼はやがて、「ブランコ」という詩を書いて上智新聞主催の賞を受けた。すごいなあと思う一方で、詩が書けないぼくは詩のコメンテーターになりたいと考えるようになった。四元君とぼくは詩人と批評家ごっこをやるようになり、今でもそれは続いている。彼は上智を卒業後、ペンシルベニア大学でＭＢＡを取得した。以後、長年、ミュンヘンでビジネスマンとして活躍しながら、日本語で書く詩人として高い評価を受けている。全然異なるふたつの道を同時に歩き続けているのは本当にすごいと思う。

すぐ隣りに本物の詩人がいたのはラッキーだったが、英詩をベンキョーしている先輩に出会えたのも幸運だった。英文学科に入ったとき、小説読書会と英詩研究会があって、ぼくは英詩研究会のほうに出るようになった。毎週金曜、詩を読んでから飲み会をするサークルで、夏や春の休暇には、温泉があってボートを漕げる場所を選んで合宿をおこなった。

英詩研究会の先輩には飯野友幸さんや飯田純也さんや高橋雄一郎さんや野谷啓二さんがいて、イェイツやエリオットやダンやドライデンやポープの読み方を、上智の空き教室や、裏磐梯の五色沼や、日光のかつらぎ館で教わった。同級生の根岸紀容美さんがいつもにこやかに幹事役をしていたのを思い出す。会が長年続いたのは彼女のおかげだと思う。

英米文学専攻の大学院に進学した後も詩のベンキョーはずっと続けた。英詩研究会には大山江理子さんや武藤郁子さんや下楠昌哉君が入ってきてにぎやかになり、ヒーニーやウォルコットを読むようになった。一緒に読んだ数々の詩は貯金のようなものだ。自分ひとりでは読まなかっただろう作品をたくさん読んだのが何よりも貴重である。個々の詩に自分自身の経験という利子がついて、読み直すたびに新たな姿を見せてくれるのだから。

博士課程を単位取得退学した後、ぼくは白百合女子大学と早稲田大学で詩を教えるという幸運に浴してきた。その幸運の根元のところに、四谷の仲間たちと楽しんだベンキョーがあったのだ。

## (13) 栩木玲子（法政大学教授）83卒

一九六〇年生まれ。一九八〇年に上智大学文学部英文学科二年次に編入学。現在、法政大学国際文化学部教授。英語圏文学とアメリカ文化を中心に研究や翻訳を続けている。アリス・マンロー『愛の深まり』（彩流社、二〇一四年）やジョイス・キャロル・オーツ『邪眼』（河出書房新書、二〇一六年）など、訳書多数。

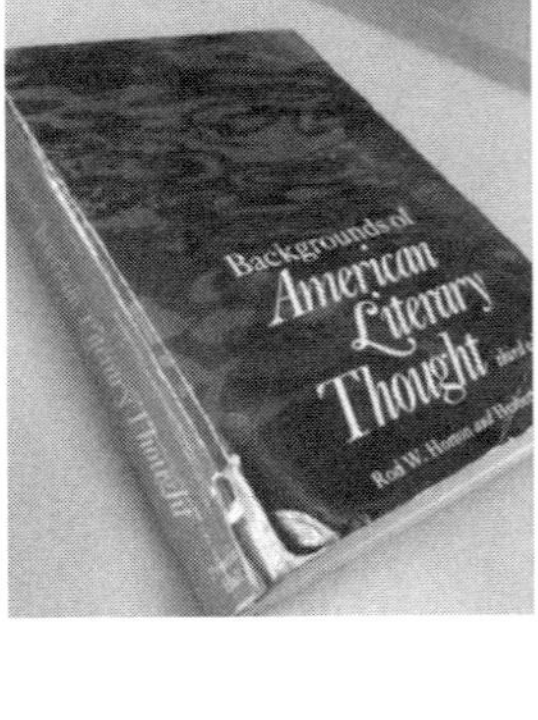

## 【分厚さの思い出】

大学を卒業して早や三〇年以上。時間とともに忘れることもあれば、かえって鮮明になる思い出もある。今回、原稿の依頼を頂戴し、改めて大学時代のことを思い返してみた。すると真っ先に思い浮かんだのは、テキストの分厚さだった。

学部時代のテキストはすごかった。たとえば *The Norton Anthology of American Literature*, vol.1 (Norton & Co. 1979) は二四〇六ページあって厚さは五センチ。今でも手元に残っている本書をめくると、独特な薄紙の手触りと渇いた音が心地よい。これでもか、と言わんばかりに数多くの作品が所収されており、適当にパッと開いてそこから短篇や詩を、暇に任せて読み散らしたのは懐かしい思い出だ。

そうした文学作品の背景にある思想の流れを教えてくれたのが *Backgrounds of American Literary Thought*, 3rd. ed. (Prentice Hall, 1974) だった。こちらは厚さ七・六センチで六三〇ページ。*The Madwoman in the Attic: The Woman Writer and the Nineteenth-Century Literary Imagination* (Yale University, 1979) はサンドラ・ギルバートとスーザン・グーバーによる名著で、堂々四センチ、七一九ページ。この本にもずいぶんとお世話になった。

この三冊は突出した例かもしれないが、ほかのテキストも相応の分厚さだった。いずれも出版されてすぐの、いわば旬の学術書。研究のアップデートを怠らない先生方のご慧眼には感服するしかない。

書籍の重みは知の重みでもあったのだろう。さすがにすべて精読・通読はできなかったが、大学へ持ち運ぶうちに鍛えられた足腰の筋力とともに、ボリュームのある本に対する免疫はしっかりついたように思う。五〇〇ページ六〇〇ページは当たり前、本の内容はともかく、厚さにひるむことはあまりなくなった。

実際、縁あって翻訳させていただいた本には大部のものが多い。敬愛する作家ウィリアム・ヴォルマンの本は残念ながらまだ一冊しか訳せていないが、(註1) 殴打に用いれば危険なまでの分厚さだと言われている。(註2)

現役生のみなさまは「なんで?」と思うことが多々あるだろう。でもこんなふうにあとからその意味が分かり、効用が表れることもある。だからまずはその状況に身を浸し、そこから自分なりのおもしろみを見い出してほしい。先のことは分からないけれど、過去のアレが未来のコレにつながる、その連鎖もまた、人生の彩りになるはずだから。

（註1）ウィリアム・Ｔ・ヴォルマン著『ザ・ライフルズ』（国書刊行会、二〇〇一年）。原著は四三二ページ、翻訳書は訳者あとがきを入れて五三三ページ。

（註2）トーキングヘッズ叢書第一二巻『ヴォルマン、おまえはなに者だ！』（書苑新社、一九九七年）参照。

## （14）保坂理絵（都立立川高校教諭）01卒

**【仕事について】**

卒業後、東京都公立高校の教員となり、現在は東京都立立川高等学校で英語を教えています。

最初に勤務した学校では、サッカー部が全国大会に出場し、四回戦まで進出し、寒い中お正月返上で応援に行ったのが良い思い出です。次に勤務した学校には外国文化コースがあり、外国籍の生徒も多く、インターナショナルな生徒たちと賑やかな日々を送っていました。韓国への海外修学旅行や国際交流の担当などを務めました。また「異文化理解」という授業も担当し、ＪＩＣＡの主催する教師海外研修で訪れたブータンを題材に探求・参加型の授業を行いました。

現在立川高校では、一年生の授業ではＪＥＴもしくはＡＬＴと呼ばれるネイティブスピーカーとのティームティーチングで多くの授業を行っています。自分が高校の時に慣れ親しんだ訳読中心の授業も大切だと思いますが、英語を英語のままで理解する生徒参加形式の授業の方が生徒は生き生きと楽しそうにしていると感じています。三年生には大学受験の指導がありますので、講習や英作文の個人添削など、授業に加えて様々な仕事があります。また演劇部、山岳部、ＥＳＳ部の顧問も務め、昨年の夏は山岳部と北岳に登り、ＥＳＳ部は高校生のスピーチコンテストで全国大会に二年連続出場しています。常に一五～一八歳の若くて一生懸命な子たちと一緒にいるので若い気分でいられるのはこの仕事の良いところかもしれません。毎年六月には教育実習生を受け入れますが、昨年は立高の卒業生で上智英文学科の四年生が実習を行い、その後東京都の教員採用試験にも合格したと聞き、嬉しく思っています。

現在東京都では英語科教員向けの海外研修を行っており、私は昨年度オーストラリアのシドニーの University of New South Wales に派遣されました。働き始めて教職経験を積んだ後で、英語教育について学びなおすことのできる良い機会となりました。クラスメイトに年齢は違いますが英文学科の卒業生があと二人いて、やはり上智の女性は芯が強い人が多いなあと感じました。英文学科の時はイギリス、アメリカの文学がほとんどでオーストラリアについてはあまり学ばなかったと思いますが、多くの移民を受け入れ、また自然も豊かなオーストラリアは、イギリスの雰囲気を多く残しながらも多様性に富んだ、外国人にとって非常に居心地の良い国であると感じました。

## 【英文学科での思い出】

一～二年生の時は Speech & Writing や演習の授業でたくさん課題が出て大変でした。文学史の授業では大きいアンソロジーを抱えて（しかもイギリスとアメリカと二冊）通学しており、英文学科生は常に荷物の重さに苦しんでいたことを覚えています。一年生の安西先生の授業で先生の『ジュリアス・シーザー』の朗読をお聞きし、本当に迫力がありドラマチックで感動しました。それがきっかけでシェイクスピア劇を勉強したいと思いました。三年生の時は舟川先生の詩のゼミでワーズワースの詩などを精読しました。四年生の時は山本先生の演劇のゼミで現代イギリス演劇をたくさん読み、シェイクスピア以外の演劇にも興味が湧きました。山本先生ご夫妻とゼミのメンバーでロンドンに行き、たくさんお芝居を観たのも良い思い出です。学部時代は混声合唱団アマデウスコールで活動をしており、英文学の勉強が足りないと感じ、大学院に進学しました。大学院ではシェイクスピア劇について学び、途中一年間北イングランドのUniversity of Durhamに交換留学に行きました。世界遺産の石畳の街にはハリーポッターの映画でホグワーツの校舎にも使われた大聖堂があり、collegeと呼ばれる寮生活ではヨーロッパ諸国からの留学生とも交流することができました。ダラム大学のchoral societyにも所属し、チャリティーコンサートでは、大聖堂でBBCオーケストラとヴェルディのレクイエムを歌う機会を得ました。

【後輩たちへのメッセージ】

卒業して感じるのは上智で過ごす時間を大切にしてくださいということです。上智には勉強したいことをしっかり勉強できる環境も、志の高い仲間も、交換留学できる制度もしっかり整っているということです。日本の社会は、変わりつつありますが、一度社会に出て働きだすと、学びなおす時間を取るのは難しい現状があります。上智にいるうちに興味のあることにはどのようなことにも取り組んでみてください。私は留学したいと思う時期が人より遅く学部卒業後でしたが、ある程度自分の勉強したい内容などが固まった時点で行くのも良いし、逆に若いうちに行って刺激を受けて、そこから自分のやりたいことを考えるという方向性でも良いと思います。また、都心の恵まれたキャンパスで過ごす間に美術館に行ったり、歌舞伎やお芝居を観たり、コンサートに行ったりと文化的に自分を高めることも大切だと思います。

## (15) 石﨑陽一（都立日比谷高校教諭）98卒

東京都出身。一九九四年より住み込みで新聞配達をして上智大学に通う。研究者を目指すが、都立高校で英語を教える初志を貫徹。下町の進路多様校、島嶼勤務、多摩地区の進学指導重点校を経て現在は日比谷高等学校で教鞭を執る一方、上智大学講師を兼任し教職課程で指導。検定教科書の編集委員を務めるほか、NHKラジオテキストにて英文法の連載コラムを執筆。『英語教育』（大修館書店）をはじめ専門誌への寄稿も多数。著書に『夢をかなえる英文法　ユメブン1』（共著、アルク、二〇一一年）がある。

### 【英文学科で学んだ思い出】

一年次の必修科目 Speech & Writing は Suzannah Tartan 先生がご担当だった。九〇分一コマ、週二コマの通年科目だが、クラスサイズが小さかったこともあり、随分と絞られた。ライティングに関しては、ジャーナルの継続的な執筆、定期的な提出のほか、年度末におけるリサーチ・ペーパーの提出が課せられた。

私は事情があって住み込みで新聞配達をしながら学生生活を送っていたので力はもとより、自由時間も少なくこのアメリカ人教師の情熱的な指導に、文字通り必死になってただただ「食らいついた」記憶しかない。授業のオーガナイズはもとより、毎度の課題の提出と添削、優秀作品のクラスへの提示など、先生にはご多忙のなか、多大な手間と労力と愛情をかけていただいた。教職に就いたいま、しみじみそう思う。

二年次、必修科目で英語史が、選択科目で演習CSが土家典生先生のご担当だった。英語史の授業は先生お手製のハンドアウトに沿って進められた。年度末にはそれまでの配布物が一覧できる「目次」と、理解の定着を促す「復習と試験対策」のまとめまで用意してくださった。どこまでも学生思いの、愛情のこもった授業だった。

土家先生の演習CSでは、いつも古英語（Old English）と中英語（Middle English）が隔年で扱われることになっていて、私のときは二年次、大山俊一氏による注釈本を用いて『カンタベリ物語』の総序で中英語の読み方を知り、三年次には Samuel Moore, *et al., The Elements of Old English* を用いて古英語の手ほどきを受けた。いずれも、結果的に院試対策にもなった。

三年次、小林章夫先生の演習CSでは一八世紀の英詩、英国史、英国文化について学んだ。あるとき、テキストに関連し、当時の囚人はどんな罪で投獄されることが多かったのか尋ねたところ、先生がジョン・ハワードの『十八世紀ヨーロッパ監獄事情』（岩波文庫）を読んでみるといいよと即答されたのに驚いた。専門家の凄みを感じた。『ガリバー旅行記』で有名なジョナサン・スウィフトの風刺詩 *A Description of a City Shower* (1710) を読んだとき、土砂降りの描写に英語で rain cats and dogs のように猫と犬が引き合いに出されるようになったのは一八世紀ロンドンの道路事情と関連があったのではと考えレポートを提出した。小林先生は大いに喜んでくださった。

英文学科への進学のきっかけとなった渡部昇一先生の授業は英文法概論と講義CLが開講されていた。英文法概論の初日、先生は教卓につかれると細江逸記博士の『英文法汎論』が世界一の文法書であることを力説され、授業が始まった。学生が一人ずつ前に出て説明を読み、例文を訳すという作業が続く。私は先生の文法的に正確ながら直訳調ではない訳し方を学んだり、時おりなされる文法的説明の補足や英語英文学に関する研究の余滴をお聞きしたりして、内面から湧き上がってくる知的幸福感を抑えることができなかった。

講義CLでは、当時話題になっていた新刊の Steven Pinker, *Language Instinct* を扱われ、著者の学校文法批判には「規範文法がなぜ発生したのか」という英文法史上の知識が欠落していると指摘された。別の年は Robertson Cochrane, *Wordplay: Origins, Meanings, and Usage of the English Language* を選ばれ、提示される豆知識だけでなく、著者の奔放な言葉遊びを皆で堪能した。

この原稿の執筆に際し、当時のノートを見返してみると、欄外にメモが書きつけてあるのに気づいた。渡部先生が授業を離れ、または授業の内容を発展させてお話しになった事柄である。その中に「プロ意識を持て！」との言があった。「英語ができる人はいくらでもいる。君たちは将来英語で飯を食うのだから、プロとして他学部の学生とははっきり実力の差が出るようしっかり勉強しなさい」という叱咤だった。渡部先生の授業は単に知識を与える授業ではなく、常に学生を励まし、知的好奇心をかき立て、やる気を起こさせてくださる授業だった。そのような教師を目指し精進を続けたい。

## （16）竹内　肇（仙台白百合学園中学・高等学校教諭）78卒

一九七八年　上智大学文学部英文学科卒業。
一九七九年　仙台白百合学園中学・高等学校教諭として働く。
一九九七年　文部省（当時）による中学校及び高等学校英語担当教員海外研修に参加。ジョージタウン大学（ワシントンＤＣ）で、一年間英語教育法について学ぶ。
二〇一五年　仙台白百合学園中学・高等学校非常勤講師。

### 【英文学科の思い出】

英文学科の思い出として一番印象に残っているのは、一年生時のマシー神父の英会話の授業を、毎回びくびくと受けていたことです。要するに、田舎の公立高出身の私は神父の英語が聞き取れませんでした。ミルワード神父の授業もしかりです。後ろの席で、ちいさくなっていました。

三年生時の秋山健教授の授業は、アメリカ文学思想史のテキストで、興味深く、自ら予習しました。先生は、革のアタッシュケースを手にして、颯爽と、教室に入って来られて、当日の資料を配布してくださいました。『グレート・ギャツビー』を読んだのも、このころです。講義中、野坂昭如の『エロ事師たち』の関西弁について、先生が語られたのを覚えています。同志社大学と兼任で、京都からいらしてました。アイビースタイルの格好いい先生でした。

もう一人は、生地竹郎教授です。74−21クラスの飲み会に、私が幹事として、お呼びしたところ、気軽にご快諾くださり、東北大学時代の貴重なお話を伺いました。あとは、個人的に卒論の資料のコピーもしてくださり、その時の葉書も、先生の手書きで、いまでは大切な懐かしい思い出です。最後に、先生のギリシャ語入門講座を、途中で辞めたことが、悔やまれます。ここにお詫び申し上げます。旧制高校教授の雰囲気を持つ先生でした。

サークル活動は、最初は、ＥＳＡＳという英語クラブに入りましたが、どうも日本人同士が、英会話するのに馴染めなくて、すぐに挫折しました。次に、高校時代からの硬式野球部に入部。名古屋開催の上南戦は、雨で試合が流れましたが、交流会での四年生の先輩マネージャーの歌う「ベッドで煙草を吸わないで」の妖艶さに大人の女性を感じたり、上智大野球部は東都リーグ三部でしたが、神宮球場での開会式で、一部二部の駒大クラスのセミプロ選手たちの大きな体にビックリしたり、整理されたグランドの土と天然芝に、流石にプロ野球も使う球場だなと感嘆したりしたことを覚えています。デビュー戦は、一橋大のグランドの木陰で、ユニホームに着替えて、右中間にヒットを打った記憶があります。八月の練習中に、遠くで救急車のサイレン音が響いていたのは、三菱重工ビル爆破事件の日でした。長嶋引退試合か、江川が投げる試合か、迷って後楽園球場に、見に行ったのは、七四年秋のことでした。

英語を教えるようになり、勤務校に英文学科の大先輩の鈴木和郎先生がいらっしゃり、英英辞典やら英文法のテキストを紹介してもらいました。その影響で、辞書、英語語源辞典やら俗語辞典やらを買い込んだり、丸善でペーパーバックを買い始めたりしました。かなり積読になっておりましたが。

授業で、『第三の男』『カサブランカ』『キュリー夫人』『スミス都に行く』などを見せたり、ビートルズ、キャロル・キングを聞かせたり。また図書館に『グレアム・グリーン全集』や巽孝之教授の著作も入れたりもしました。ミルワード神父の英語の副教材を、現白百合学園理事長の式井久美子マスールと一緒に授業で使ったのも不思議なご縁です（マスールには、生地竹郎教授との共著『カンタベリ物語』があります）。

また、宮城県私学英語研究会の講師として、外国語学部英語学科の吉田研作教授にお世話になり、先生の同級生常盤木学園の松良千廣校長にも同様に良くしていただきました。これも同窓生のご縁です。高校の卒業生が、何人も母校にお世話になっているのも、不思議な巡りあわせです。今後ともよろしくお願いします。

最後に、海外で大学の授業を受けて、自分で生徒の側に立つと、先生のよく準備された授業がよくわかり、そうでない場合は、たいへんだということが痛感されました。先生次第で、授業の良しあしが左右される。胆に銘じました。

**【後輩たちへのメッセージ】**

映画監督の黒澤明は、一〇代の頃、「学校では先生の目を盗み、家では親の目を盗んで読書に励んだ」と言っています。そして、「それが俺の肥やしになっているんだ。いいか、記憶は創造の母だぞ」とクロさんは、いつも私に言い聞かせてくれました。若い皆さん。記憶を、知識に、勉強に、友人に、読書に置き換えて、エネルギーを注いではいかがですか？　君たちは、無限の力を秘めている。鍛えないといけません。

# 第Ⅳ部　卒業生の声——私の過ごした英文学科

## （1）「熱血イエズス会士マシー先生とフィリピンホームステイ・プログラム」

田所真理子

マシー先生は、上智大学の歴代英文学科教授の中でも「厳しく怖い先生」として多くの卒業生に記憶されていると思います。七〇年代、アタッシュケースをもって背筋を伸ばし大股で足早にキャンパスを歩かれるお姿は、「ジェームズ・ボンドのようだった」という卒業生もいます。

その頃の先生は、英文学科だけでなく理工学部や経済学部でも英語授業を担当されていました。「マシー先生のクラスで遅刻や居眠りはあり得なかった」とか「発音やイントネーションのチェックで学生が根負けするほどの“Again !”が忘れられない」という思い出は、他学部卒業生にも共通です。情熱をもって教えていただいた授業は、多くの卒業生が懐かしく記憶していると思います。

英文学科の必修英作文クラスでは、毎週エッセイの課題が出され、提出翌週には少し左に傾いた個性的なハンドライティングで赤ペン添削され、コメントを付けて戻されました。またアメリカ文学のクラスでは、表面的には人間の罪や弱さや狂気あふれる世界にも神の恩寵の希望があることを教えられた先生でした。

英文学科教授として授業に多大なエネルギーを注がれながら、遠藤周作をはじめ、夏目漱石、志賀直哉、川端康成などの日本文学作品を翻訳や評論執筆で海外に紹介された功績もお残しです。またイエズス会司祭として、キリスト教入門講座を開かれ、早朝や週末のミサ司式の他、黙想会や祈りの会などを精力的になさいました。一方、映画鑑賞もお好きで、お住いのＳＪハウスの映画ビデオライブラリーの整備もされたのです。「ジェームズ・ボンド」より「スーパーマン」のようなお働きでした。

マシー先生の遺品が埋葬されたザビエル大学チャペル横の石碑

ザビエル大学キャンパスでくつろぐマシー先生と両校の学生。(74年第1期グループ)

そして、もう一つ先生が大きな情熱を傾けていらっしゃったのが、一九七四年の春休みから約三〇年にわたり隔年十四回継続なさった「フィリピンホームステイ・プログラム」でした。上智と同じイエズス会経営のザビエル大学があるフィリピンのミンダナオ島カガヤン・デ・オロ市に各回約二〇名の学生を連れて行かれました。ザビエル大学のラファエル・ボロメオ神父のご協力の下、一ヶ月のホームステイと大学での先生自身の英語クラスというプログラムに延べ二八八人が参加したのです。第一回の一九七四年頃は、「国際化」という言葉もまだ欧米へのあこがれ中心のものでした。特にアメリカやイギリスに憧れる英文学科生を中心とした学生が、まだ戦争中の日本人への憎しみが残る家族もいたフィリピンの地方に、よくぞホームステイに行ったものです。しかし、結果として私たちは一ヶ月の異文化体験、フィリピン人学生や家族との交流を大いに楽しみ、一生の友達や第二の家族を作り涙の帰国となったのでした。

先生はあえて参加者を公募せず、毎回祈りの中で思い浮かんだ学生にまず声をかけられたそうです。それは、英文学科の他、先生が英語クラスを担当された他学部、また顧問をされたソフィアコンサートバンドのメンバーも含まれ、普段同じキャンパスに居ながらほとんど交流のない他学部生混合グループとなりました。その結果「異文化」だけでなく「異学部」交流の機会になりました。

明るくフレンドリーなフィリピン人は、シャイな日本人学生の心を「間違ってもいいから英語で自由に楽しくコミュニケーションを取り交流することの大切さ」に開かせてくれる絶好の提供者でした。そして、一ヶ月のホームステイは、フィリピン人のカトリック信仰文化を肌で体験する機会にもなりました。このプログラム後、より広い世界に目を向けていった参加者が多かったようです。洗礼を受けたメンバーもいますし、学部を超えメンバー同士も仲よくなり、結婚に至ったケースもありました。参加者にとっては、「厳しく怖いマシー先生」の愛情深さとちょっと人間的な弱さや可愛いところの発見も喜びでした。

先生の米寿のお祝いには、多くのメンバーが駆けつけ、その前年にカガヤン・デ・オロを襲った巨大台風の被災者への募金額も三〇〇万円以上にのぼり、被災者の復興住宅建設や奨学金に役立てられました。先生が上智の多様性の礎を築かれ、"Men and Women For Others, Wtih Others" を育てられた結果ではないでしょうか。

最後に、マシー先生が病床でも「もう一度行きたい」と仰っていたザビエル大学のキャンパスに、「友」という文字のプレートと共に、先生の遺品が埋められていることをご報告します。

## (2)「ラブさんとのリアルな日々」

牧 隆士

ジョセフ・ラブ先生は皆から「ラブさん」と呼ばれていた。彼自身もその呼び名を好んだ。英文学科教授であり、美術家、美術評論家としても活躍中だったラブさんは、英文学科生に米国現代詩を教えるかたわら西洋美術史などの一般教養クラスも開講していた。おかっぱの金髪をサラサラとなびかせ、ジーンズ姿でメンストを闊歩する教

授に憧れる学生は多かったと思う。

『日本美術年鑑』（平成五年版）によれば、ラブさんは一九二九年八月マサチューセッツ州ウースター生まれ。一九五六年ボストン大学卒業後、イエズス会士として来日。上智大学神学部修士課程などを修了した後、上智大学で一九八九年まで教鞭を執った。

## 【Very concrete という賛辞】

当時の級友たちと共に、ラブさんの思い出を振り返りたい。

一九七九年四月、英文学科に入学した私たちは個性的な先生方の日々の講義に目を輝かせた。中でもラブさんの授業『演習A』は刺激的だったよね、と七九二〇クラスの仲間たちは口をそろえる。

「学生たちは先生をむしゃむしゃ食べて、最後に先生の言葉をぺっと吐き出した」そんな一節があるエリカ・ジョングの *The Teacher* という詩が最初の授業だった。その後読んだアン・セクストンの *Red Roses* も、シルヴィア・プラスの *Mushrooms* も、現場を目撃したような生々しさが読後に残った。

宿題が出されたこともある。川、切り株、山小屋。自分がそのいずれかになったと想像してエッセイを書いてきなさい。抽象的な空想ではなく、具体的でリアルな心の旅をしてくるよう私たちに求めた。ラブさんは私たちのエッセイを読んで、いいね、おもしろいね、といたずらっぽく笑うのだ。良く書けたエッセイには very concrete という賛辞が書き込まれた。

## 【放課後の詩の会】

半期だけの「演習A」が終わり、ラブさんが用意してくれた数十枚の教材プリントは結局数ページしか消化できなかった。これで終わりにしたくない、と級友の三上（西村）泉さんが直談判に行き、有志の学生たちのために週一回、小さな勉強会をひらくことをラブさんは快諾してくれた。こうして放課後の詩の会は始まった。ＳＪハウスの小さな会議室に毎回一〇人前後の学生が集まり、椅子を丸く並べる。数分間の黙想で心をしずめてから皆でゆっくり音読を始めるのだ。

詩を解釈するよりも追体験し、全身で感じたことをそれぞれの言葉で語り合った。ラブさんから学んだのは、体の感覚を信頼することの大切さだったと思う。卒業後、旅行ライターの道へ進んだ坂井彰代さんは、詩の会で学んだあの感覚が旅の魅力を伝える仕事に役立っていると語る。

【できることを淡々と】

二年生以降も不定期に続けられた放課後の詩の会は、一九八三年、私たちの卒業と共に解散した。ジャズ評論家の杉田宏樹君は、説得力ある文章は concrete でなければと今も肝に銘じている。詩の会を立ち上げた三上泉さんは高校の英語教師になった。「教師の血や肉となっている体験を分かち合うことこそが生徒が求めているもの」というラブさんの教えを実践している。

ラブさんが体の自由がきかなくなる病気を発症したのは、八〇年代中頃だったと思う。見舞いに行くたび歩行が困難になり、やがて車椅子の日々が始まった。世代を超えてラブさんの教え子たちや芸術家仲間が集結し、彼の生活を支援した。詩の会のひとり、多湖（中山）美穂さんも当時リハビリを手伝った一人だ。「今できることを僕は淡々とやるだけ」とラブさんは彼女に語ったという。

ラブさんが亡くなる少し前、*Dead Poets' Society*（邦題『いまを生きる』）という映画が日本で公開された。一人の教師が破天荒なやり方で学生たちに詩の素晴らしさを教え、やがて学校を去ってゆくという物語。映画を一緒に観た友人は「こんな先生、本当にいたらいいよね」と笑ったけれど、私はぼんやりとラブさんを思った。

一九九二年四月、闘病中のラブさんは六二歳で天に召された。

## 【レコードのようにありありと】

いつだったか、会社の会議室でアメリカ人の同僚と雑談していた時のこと。会話の中で reckless という単語が出た瞬間、数百頭のアシカたちのひしめく岩場が突然眼前に現れ、私は言葉を失った。それはアン・セクストンの "The Seal" という詩の情景だった。

Lord, let me see Jesus before it's all over,
crawling up some mountain, reckless and outrageous,
calling out poems
as he lets out his blood.

放課後の一室でラブさんと黙想し、音読した詩が、埃を払ったレコードのようにありありとよみがえったのだ。活字を目で追うだけの授業だったらこういう体験は得られなかったのではないだろうか。記憶の中のラブさんがニヤリと笑った。

## （３）「ブラザー・アルヴェスの思い出」

渡辺亜紀

一九八七年七月二二日、私たちは午前一一時発のフライトでロンドンへ向かいました。正確に言うと、台北、シンガポール、ドゥバイを経由する、今では懐かしい南回りでヒースローへと向かったのでした。「私たち」とは、英国、及びヨーロッパ大陸を巡る、計二ヶ月間のスタディ・ツアー、通称アルヴェス・ツアーに参加した当時大学二年生の面々です。

上智大学の夏休みには、多くの先生方が学生を引率して世界各地へ行かれていましたが、アルヴェス先生も二年生を対象に、英国、そして欧州の文豪や様々な文学作品ゆかりの地を巡るこのツアーを企画されていました。二ヶ月間の移動から宿泊まで、すべてをお一人で手配され、二〇名以上の学生を連れて海外を旅するには大変な手間暇を要したことと推察しますが、当時の私たちは、場所によってはやれ宿が気に入らない、やれ食事がまずい、など小さなことにあれこれ不満を申し立てていました。今思えば、大変申し訳ないことであったと反省しきりです。

アルヴェス先生の授業は、いつも学生の笑い声の絶えないものでした。今となっては教えていただいた内容よりも、質問に答えられない学生をユーモアたっぷりにいじったり、冗談を飛ばしたり、という先生の姿ばかりが思い出されます。昼休みに上智のプールで泳ぐご自身のことを「ピチパーピチパー♪　アルヴェスくじら！」と身振り手振り付きで表現されたオノマトペを覚えている方も多いのではないでしょうか。その茶目っ気は、もちろんツアーの最中も健在でした。

ある朝ホテルの食堂で、ビュッフェのパンやハム、チーズをサササッとお皿に取り、手際よくサンドウィッチを作り、紙ナプキンでくるくると包んだかと思うと、バナナをすとんとポケットに入れて、「これで今日のアルヴェス先生のランチ、いっちょ上がり！　お昼代、無料です！」とウインク。その時の得意げな表情は今思い出してもクスッと笑ってしまうくらい、悪戯小僧そのものでした。ポケットがバナナ型に膨らんでいた先生の姿も旅の楽しい思い出の一つです。

このツアーは、英国に一ヶ月滞在した後、フランス、スペイン、モナコ、イタリア、スイス、ドイツを一ヶ月かけて周るものでした。合計二ヶ月もの期間、同年代の友人たちと異国を巡る経験は後にも先にもこの〝アルヴェス・ツアー〟だけでした。英国では、一〇日間のロンドン近郊でのホームステイを皮切りに、アルヴェス先生が手配してくださった各地の大学寮に泊まりながら、シェイクスピアの故郷ストラットフォード・アポン・エイヴォン、ピーターラビットを生み出したビアトリクス・ポターやワーズワース所縁の湖水地方、北はスコットランドのエディンバラやグラスゴー、世界一長い名前の駅があるウェールズ地方などを巡りました。

今でもＢＢＣの歴史ドラマやドキュメンタリーを見ると「あ、アルヴェス・ツアーで行った場所！」と思い出します。個人的には、後に卒業論文のテーマとしたラファエル前派の絵画をTate Galleryなどの美術館で直に見られたことは何ものにも代えがたい経験でした。

また、アルヴェス先生の母校、ケンブリッジ大学での滞在も忘れられません。私たちが訪れた一九八〇年代後半でさえ、ケンブリッジの街中では東洋人はごく少数派で、アルヴェス先生が学生だった時代には私たちの想像を超えるご苦労や葛藤があったのでは、と学生ながらに思ったことを覚えています。アングロ・サクソンの国から、ラテン、ゲルマン中心の欧州大陸に渡ってからも、私たちにとっては言語の違い、人種の違い、文化の違いを肌で感じられる旅となりました。大学二年生時に多様な価値観に触れられたアルヴェス・ツアーは、言葉で表現できなくとも、参加者の我々に何らかの影響を及ぼしていることと思います。

このツアーには、私たち日本の学生以外に、アルヴェス先生の姪御さんが参加されていました。医学生であった姪御さんと話してみると、普段過去の話をほとんどされなかったアルヴェス先生の違う側面に触れたような気がしたものです。そして数年後、アルヴェス先生が病に倒れ、日本という異国の地で闘病されていた際、親族や家族との繋がりの中で生きるのではなく、ブラザーという道を選択された覚悟や勇気はいかばかりのものであったか、とあらためて考えさせられました。

先生が入院されてから、二回お見舞いに伺いましたが、一度目は病室で治療を受けられており、例の大きな声で痛みを訴えておられました。その日はそのまま面会せずに帰り、二度目のお見舞いは、アルヴェス先生が早朝に帰天された後となってしまいました。結局、直接お礼や感謝をお伝えすることは出来ませんでしたが、私たち学生との距離が最も近い先生として、これからも折に触れアルヴェス先生のことは思い出すことでしょう。

## (4)「別宮貞徳先生との出会い」

鈴木淑美

英語・英文を勉強していて、翻訳に興味を持つ人は少なくないでしょう。「これくらいなら私でもできそう」と。でも、翻訳家ってどうやったらなれるの？　資格があるわけでもない。仕事はどうやってとってくるのか……出版社のコネ？　そのあたりで、たいていの人は翻訳家への興味を失ってしまいます。そもそも入口がどこにあるのかわからないのですから。

私もそのひとりでした。翻訳はやってみたい。でも、どうやってなれるのかわからない。そもそも翻訳家になる人なんてごくごく一握りの「選ばれた人」に違いない……翻訳家という仕事は遠い世界。そのまま憧れで終わっても不思議ではなかったのです。

別宮先生に会うまでは。

英文学科の翻訳演習を、私は初年度ガイダンスの日からひそかに楽しみにしていました。文学が好きで、英語も日本語も文章を書くことが大好きな私にとって、翻訳の授業は神様が用意してくださった贈り物のように思えました。

初日、私は迷わず一番前の席を確保。

先生のお話は淡々としていて軽快で、ときどき辛辣なユーモアも出てくるものの、とにかく美しく、内容よりもその言葉の調子にすっかり聞きほれてしまいました。

翻訳演習では、授業前に（希望者のみですが）その日に取り上げる英文の訳を提出します。先生は英文を読み、学生の訳文をところどころ読み上げ、「ふむ、そうですね。ここはね……」と説明をつけていかれます。「なかなか上手ですね」と時々いわれるのが嬉しくて、毎回せっせと訳を提出していました。

とはいえ、授業は授業。「うまい」といわれてもこれは大学での「お勉強」で、仕事につながるわけではない。だいたい英語の力でいえば、ほかの人のほうがはるかに上です。自信はありませんでした。

一年がたちました。二年目もそのまま受講し、ますます翻訳の世界にのめりこんでいたある日、ふいに先生がおっしゃったのです。

「翻訳家になったら？　なれますよ」

耳を疑いました。瞬間的に「とんでもないです！　とてもとても」と答えていました。

もちろん、翻訳家は憧れでした。二つ返事で弟子入りしたいところです。

なぜ躊躇したかといいますと――

先生はよく「常識で考えてください」と言われました。先生のおっしゃる常識とは、理系（とくに自然科学、物理学）、経済、社会、芸術、歴史、宗教……多岐にわたります。授業を通じて、翻訳家に必要なのは何より高いレベルの常識であると毎回痛感していました。そして、根っから文学畑の私に決定的に欠けているのは、まさに理系や社会科学の常識。

「まず社会勉強してきます」とお答えし、就職したのは日本経済新聞社でした。いつかは翻訳家になりたい、別宮先生のところで翻訳の勉強をしたい、という思いを抱えながら記者として仕事に追われる毎日。さすがに六年もたてば先生もお忘れ……かと思いきや、「もう一度翻訳を学びたい」とお手紙を差し上げたとき、すぐに「そういうだろうと思っていましたよ」とお返事が。

以来、何度もお宅にお邪魔させていただきました。博覧強記の先生が繰り出される話題の数々。お庭のばら、猫、紅茶、ヴィオラ、優しい夫人との会話……そこだけゆったりとやわらかな時間が流れるようでした。翻訳家としての姿勢も学ばせていただきました。

おかげさまで、先生に導かれるように仕事として翻訳にかかわり、はじめは共訳で、まもなく単独で訳書を出せるようになりました。フリーになってからは、休みがないほど仕事をいただくこともありました。

別宮先生との出会いで私の人生は大きく開けました。せめてものご恩返しとして、いま、私は大学で翻訳を教えるとともに、翻訳家志望者対象のスクールを主宰しています。先生にしていただいたことを、たとえ少しでも次の世代の人にお分けする。それが私の使命だと思っています。

スクールでは、一定の基準に達した人にはどんどん仕事を振り、共訳から段階を踏み単独で仕事がとれるようになるまで、一種のレールを敷いています。関西では実力があり翻訳に興味を持つ人が多い一方で「出版社のコネがないから翻訳の仕事なんて無理」とあきらめている人が多いようです。チャンスを提供し、翻訳家として社会に貢献する最初の一歩をお手伝いするにはどうしたらよいか、と日々考えています。

とても先生のようにはなれませんが……日本語の滋味、異文化の妙味をともに楽しみ、ときに頭をひねり、翻訳の面白さを広く人々と分かち合いたいと思っています。

大学やスクールで教えているとき、ふと先生の気配を感じることがあります。これは、先生がおっしゃっていたこと。まるで先生の声が降りてきたような、いや、先生がここにいらっしゃるような感覚です。そのひとつが「ちゃんとした日本語を書いてください」。何度も読み返してはじめて理解できるような訳文は、翻訳とはいえませんよ――受講生とともに先生の教えをかみしめるとき、四谷のキャンパスで、翻訳の面白さに魅了され、時間のたつのも忘れてああでもないこうでもないと訳文を考えた学生の頃に戻れる気がするのです。

## (5)「ほめ上手――佐藤正司先生を偲んで」

加藤めぐみ

二〇一三年五月一四日のこと。私のスマホのロック画面に「Seiji Sato さんから友達リクエストが来ています」とフェイスブックの通知が表示されました。Seiji Sato？　ローマ字表記だったせいか誰だかすぐに思いあたらずにいたところ、直後に次のようなメッセージが届きました。「目覚ましいご活躍、ますますの発展を期待します。ロンドン探訪記――紀行文として秀逸です。貴女のロンドン記を読んで「キューガーデン」（ウルフの短編小説）の翻訳を始めました。」――二〇一一年春号のサウンディングズのニューズレターの私の拙文を読んで下さっているということは……あのお懐かしい佐藤正司先生ではないですか‼　思いがけない「友達リクエスト」に本当に驚きました。

何より嬉しかったのは、フェイスブックを使いこなされるほどに先生のご体調が回復され、翻訳までなさっているとわかったことでした。というのも、その頃、先生から頂くお年賀状には「視力も低下し、酸素ボンベに繋がれ、杖と車椅子での通院の日々」と弱気なメッセージばかりが綴られていたからです。実際、六五歳で上智を退職された後、先生はご病気の連続で、腹部の激痛に襲われての緊急手術にはじまり、腹部大動脈瘤、腰椎変形、前立腺肥大、膝関節炎水腫を相次いで発症され、晩年は狭心症のため、酸素ボンベで鼻から呼吸をされているとのことでした。さらに指がご不自由なため、フェイスブックのメッセージもキーボードではなく「音声ソフト」で入力をされていて、また眼のご病気で拡大鏡を使っても本が読みづらいので「マウススキャナー」を購入し、本をスキャンして、パソコンで拡大して読みたい、ともおっしゃっていました。さまざまなハンディを抱えながらも、最新機器を駆使して読書や翻訳をしようと意欲的でいらした先生は、病床にあっても学究心の衰えを知らず、神話や妖精、絵画と文学の世界に思いを馳せていらっしゃいました。そのご様子に、私は心から頭が下がる思いでおりました。それから、佐藤先生とのやり取りが一ヶ月にわたって続き、先生のご病状、ご家族、昔の思い出話や教え子への思い、最近の気になる展覧会や本について気軽におしゃべりをすることができ、私にとって贅沢でかけがえのない先生との交流の機会となりました。

私が佐藤正司先生に特にお世話になったのは学部時代のことでした。先生の英文学講読の授業で、私はイギリス小説を読むことの面白さをはじめて知りました。まず学部の二年生のときのゴールディングの『蝿の王』を読む授業は、当時「現代思想」の世界に憧れていた私にとって、とても刺激的なものでした。『〈子供〉の誕生』やレヴィ゠ストロースの構造主義、ユングの元型論など……あんなのがありましたね、こんな本が出版されましたね、皆さん、当然、ご存知でしょうが……という感じで言及される文献やキーワードを懸命にメモしながら、先生の知の世界が、文学の枠を超えて無限に広がっているように感じられました。そこで、私は先生のお許し下さる作品解釈の自由さに乗じて「中心と周縁」「ペルソナ」といった読みかじっていた文化人類学の視点から『蝿の王』論をまとめたところ「もう卒論が出来ましたね」とおっしゃって頂き、こんな勝手な読み方をしてもいいんだ！　と英文学科に自分の居場所を見つけたことを今でも鮮明に覚えています。三年生の演習でドラブルのレポートで精神分析的解釈を試みたときには「学会誌に投稿できますね」と励まされ、「私は文学に傾倒していないのですが、英文学の大学院に進学していいのでしょうか」とご相談をした際には「これからの英文学研究は文学に傾倒しすぎてないほうがいいんですよ」と批評理論を学ぶ院生の読書会をご紹介下さいました。卒業後も拙著をお送りすると「医と食と法の多元的な本、ありがとう」とわざわざお電話を下さったこともありました。

「ブタもおだてりゃ木に登る、だね」——あるとき院試に失敗し、意気消沈した男子学生を励まされた直後、先生がおっしゃったこの一言にギクリとした経験があります。時々先生は穏やかに、でも少し悪戯っぽい表情で、恐ろしく辛辣な本音をおっしゃることがあります。そうか、私もずっと「おだてられて木に登るブタ」だったんだ、と気づいたときにはすでに木を登りはじめていました。そして最後のやり取りのなかで私の就職について「留学歴、博士号なし、子持ちの四〇代女性には不可能です」と申し上げたときにも、先生は「お嬢さんが大学生になる頃には立派な英文学者です！」と魔法の言葉で励まして下さいました。私はその言葉の力に導かれるように半年後に専任職を得たのですが、結果報告のお便りを差し上げたときには、時すでに遅し。先生からのお返事の代わりにご家族から「喪中」のお葉書を頂くことになってしまいました。

佐藤正司先生は二〇一三年一〇月一一日、昇天されました。先生から頂戴したたくさんの「ほめ言葉」を糧に、今度は次世代の若者を励まし、育んでいかれるよう、私が「ほめ上手」の先生になりたいと思っています。先生、これからも天国からやさしく見守っていらして下さい。感謝を込めて。

巽豊彦先生（左）と佐藤正司先生（右）

## （6）「永盛一先生を偲ぶ」

ジョン・ヤマモト＝ウィルソン

永盛一先生は、一九九六年に私が英文学科に勤務し始めたばかりの頃、私にとって最初の学科長でした。最初から、彼は常に優しく親切に接して下さり、本当にお世話になりました。彼が学科長だった頃は、各々が弁当を持ち寄っての会議が行われ、社交性に富んだ和やかなものでした。

長年ご一緒に仕事をしていくうちに、永盛先生と私はとても親しい友人になり、よく交流して下さり、共同で作業出来る機会を色々と考えて下さいました。その一つとして、私と、英文学科のもう一人の外国人教師に書道を教える、という企画があったのですが、私は左利きな上に不器用なため、どんなに頑張っても美しく書けず、残念ながら失敗に終わってしまった事がありました。そんな時、先生は参加者の沈んだ気持ちを思い、その後皆を居酒屋に連れて行って下さった時はとても感謝しました。

別の企画としての、音楽的なコラボレーションではうまくいきました。けれどもそれ以上に、先生の取り組まれる姿勢に大変感動し、学ぶことがありました。

先生がギターを弾いて下さり、私がフルートで合奏するというものでしたが、先生の運指はとても素晴らしかったのですが、リズム感についてはいつも苦労をされていました。練習に練習を重ね、それでも改善できないと仰っていらっしゃいました。しかし、彼はその度にちょっと照れくさそうに笑いながら、「ここが何とかならないかな」と決して諦めることなく、試行錯誤されながら本当に根気よく続けていらっしゃいました。これは簡単に書道を諦めてしまった私にとって大変感銘深い経験でした。

私たちは、お互いに遠く離れたところに住んでおりましたが、永盛先生は、度々遠方から私たちの家に遊びに来て

今はなき四谷のThe Morrigan'sにて。前列左から筆者、永盛先生、ケアリ先生。

下さり、私の家族も、先生が幼少期から人生を締めくくるまでお住まいになっていた茨城県のお宅へ、数回伺わせていただきました。今でも特に印象深く残っている思い出は、当時、先生のお歳は七〇齢くらいでしたが、若者のように敏捷な動きで難なく庭の柿の木に登られたことです。先生は木の上に体勢を整えると、若干六歳の私の娘に「バスケットにいれてごらん」と言い、ひょいとコントロールよく投げられ、彼女はそれをゲームのように感じたのか、けらけらと笑いながらバスケットに受け止めたのでした。

もう一つの思い出は、、先生と数人の学生と私の家族で筑波山に登ったことでした。先生はいつもお元気で、健康で、とてもお若く見えました。ですから二〇一七年、先生が癌と診断され、長く生きることは難しいと知らされた時の衝撃は大きく、大変動揺してしまったものです。

先生が入院されていた病院に、妻と一緒に重い心でお見舞いに伺いました。私たちは病室に向かう途中、どんな言葉をおかけしたらよいのか、お会いしてお疲れにならないだろうかと緊張しておりましたが、病室に入ってみると先生は驚くくらいとても陽気でスペイン語やギターの話など、笑顔でお話をされ、末期の癌であることを忘れてしまうくらいでした。二度目の訪問は娘も一緒にお見舞いをしましたが、その時は、かなり状態が悪化されておられました。それでも、彼女と笑いながら冗談を仰っていらっしゃいました。ずっと看病をなさっていた先生の妹さんにお聞きしたのですが、先生はお見舞いのある日だけは鎮痛剤を服用しなかったということでした。訪問する人たちがいる時は、薬で眠ることなく普通に話をされたかったのだとか。

亡くなる数年ほど前から、永盛先生は、特に仏教へ関心を寄せられておられました。多分、このことが大きく彼を支えたのかもしれません。しかし、人生を通して、非常に多くのものにご興味を持たれ、いつも少年のような心で、世界を初心と好奇心でご覧になっていらっしゃいました。なかなか巡り会えない良き上司であり友でした。永盛先生にもうお会いできないことを、これからも寂しく思うでしょう。

## (7)「土家典生先生の言語世界」

織田哲司

土家典生先生が紡ぎ出し、また土家先生を包み込んでいる言語世界は人によってはたいへん難解なものに聞こえるかもしれない。それは無意識のうちに作り出される関西人であるがゆえの独特の言語世界であると同時に、半ば自覚的に土家先生ご自身がお作りになる言語世界でもあるからだろう。まずもって土家先生のお口から直球は投じられない。そこのところは心すべし。江戸っ子には手も足も出ないことは請け合いである。このようなことを偉そうに思うのは私も京都の出だからだろうか。

私が上智に入学した一九八四年に土家先生は助教授として上智にお戻りになった。オリキャンで自己紹介される先生のお姿を鮮明に覚えている。やおら掌にマッチ箱を載せて「これから山を作ります。」マッチ箱を立てて「箱立山。」もちろん会場はシーンとなったのであるが、これでもって自己紹介とされた先生の言語世界を垣間見た瞬間であった。先生が語られたことばはこれだけであった。ことばは記号でないことを教わった。

なにはともあれ土家先生と言えば「英語史」である。ことばと人間が好きな先生の手にかかると英語史は俄然おもしろくなる。要所で触れられる音韻や文法についての解説がのちに教師となったときにすこぶる有益な知識となったことをあらためて感謝したい。どんな教職関連科目よりも英語史の知識が教員養成に必要であることを日々実感している。膨大な量のプリントとともに解説して下さった土家先生の「英語史」は世界一の英語史の授業であると私が一人確信している理由はそこにある。

土家先生を語る上で必ず触れなければならないこと。それは渡部昇一先生の恩師カール・シュナイダー博士の講義録を録音し、文字起こしされた偉業であろう。約一〇〇本分のテープにドイツ語で吹き込まれた講義を忠実に文字起こしすることの艱難辛苦はいかばかりか。それを伝えるのは私の義務かもしれない。なぜならば、当初ミュンスターでの録音現場に同席し、文字起こしのお手伝いをしたのが私だったのだから。土家先生の手により文字起こしされ、すでに出版されている *Sophia Lectures on Beowulf* からもわかるように、天才的な英語学者シュナイダー博士の講義の数々を永遠に残すことそのものは地味な作業である。しかしそれを偉業と言わずして何と言おう。これら珠玉の資料を消化し、発展へとつなげるのが土家先生に教わった世代の課題である。なるほど困難な課題ではあるが、学問の伝統を継承できることは大いなる喜びであり、それを可能にして下さったのが土家典生先生である。

## 【土家先生との読書会】

土家先生がドイツ語から文字起こしされたシュナイダー博士の講義録のうち「古英語時代の文化と詩」を読んでいる。この講義は約五〇〇ページ分もあるというから、読み終わるのはいつになるやらわからない。

この講義録を録音させていただいたのは一九八九年夏のこと。筆者は渡部先生からご許可をいただいて、土家先生を追いかけるようにミュンスターへ飛んで行ったのだった。シュナイダー先生はカセット・レコーダを前にドイツ語の速記文字で記された講義録を淡々と読み進んでいかれた。そしてテープの片面が終わると「オダ」と言って私を呼ばれる。筆者は書斎へ走っていってはテープを裏返す。かたやリビング・ルームでは吹き込まれたばかりのテープを聴きながら土家先生と筆者が文字起こしに取りかかる。ドイツ語のリスニング力ゼロの二人がそんなことをしたのだった。

その後、筆者は大学院での論文作成やら留学やらでこの文字起こしのお手伝いから離れざるをえなくなった。いま、三〇年近くの時を経てこの講義録を読んでいるとシュナイダー先生のかすれた声が脳裏によみがえる。それと同時に土家先生のご苦労が手に取るように、いや耳に響くようによくわかる。

土家先生を中心に開いている読書会の様子。畏友の下永裕基先生と大学院生の黒須祐貴君（16卒）とともに。（2018年3月12日、新宿ルノアールにて撮影）

## (8)「ジョセフ・オレアリー先生と言葉」

森下正昭

オレアリー先生は、我々八六の学生が三年生になった時、どこからともなく現れました。瓶底メガネの奥にアイルランドの青空のような澄んだブルーの瞳を隠し持ったこの若い（着任当時三九歳）神父様は、ちょっとハニカミながら、アイリッシュ・イングリッシュで歌うように話されたのでした。

先生の全身から溢れ出す美しい言葉のひとつひとつは、文学や哲学への深い造詣と愛情と情熱が感じられるものでしたが、残念なことに二〇歳そこそこの自分たちにはその内容までは理解できませんでした。それでも、三〇年前を振り返って、今でも思い出されるのは、二つの感動を共有させていただいたことです。

まず、一つ目の感動は、言語という曖昧ながらも固定しようという力を持ったものによって紡がれた文学というものには、さまざまな解釈があり得るということです。最初に受けた演習CLの授業は、スティーブンソンの『ジキル博士とハイド氏』、ワイルドの『ドリアン・グレイの肖像』、そしてヘンリー・ジェイムズの『ねじの回転』という組み合わせで、前者二編が狂気を扱ったものであることは明確であるとしても、ジェイムズの幽霊が主人に対して屈折した愛情を抱く女家庭教師の妄想だという解釈に、生まれて初めて文学というものの奥深さと面白さを鮮烈に感じました。もちろん、それまでにも文学というのは、高校までの国語（現代文）における常識的・固定的な解釈とは異なるものだということを漠然とは理解していたつもりでしたが、先生が紹介されたこの解釈はあまりにも大胆でかつ説得力のあるものでした。

そして、二つ目の感動は、言葉の音というものの美しさの発見でした。これは院生になってから、ジョイスの『若き芸術家の肖像』を先生がアイリッシュの独特の節回しで音読してくださった時、それまでは難しい顔をして死んだように本の中に横たわっていた言葉が、突然生気を吹き返し空中を踊り始めたのです。シェイクスピアを故安西徹雄先生が突然声を張り上げて音読された時にも大いに感動したものですが、音読することを前提としていない小説において同じ感動を体験したのは初めてでした。それも、この感動は、先生のアイリッシュ・アクセントとそのリズムがあればこそで、それが想像できない自分がいかに字面だけを追って満足していたかを思い知らせるものでもありました。

これら二つの感動、「与える」でも「ご教示」でもなく、敢えて「共有」という表現を使っています。というのは、もちろん先生が意図された部分もあるでしょうが、先生の授業は、シラバスに書かれたことを教えられるという枠組みを超えた、総合的な体験だと思うからです。妖精のように自由で楽しげに森の中を飛び回る先生の後を、時にその姿を見失いながらも追いかけていった学生にとって、そこで得たものは「共有した体験」として身体の中にいつまでも残っているのです。

## (9)「親子二代、英文学科に学んで——賀川直信（54卒）平野由紀子（82卒）」

平野由紀子

No longer mourn for me when I am dead
Than you shall hear the surly sullen bell
Give warning to the world that I am fled
From this vile world with vilest worms to dwell.

私が小さな頃、父はよく寝言で意味のわからない言葉を朗々と諳んじていて不思議に思っていた。それが冒頭のシェイクスピアのソネット作品七一番だとわかったのは、私が英文学科に入った後のことである。

親子二代、三代にわたって上智大学に学んだ方は多いが、同じ学科となると数が少ないそうだ。ふりかえれば子どもの頃から本棚にはロゲン先生、ロゲンドルフ先生や刈田元司先生の本が並んでいた。卒業後、福島県にあるミッションスクールで教鞭をとりながら、父の心はいつも四谷のボッシュタウンや町屋のセツルメントにあったのかもしれない。

父は最後となった陸軍幼年学校四八期生として軍事教育でロシア語と英語教育を受けた。その後、学制改革により会津高校第一回生となり、一九四九（昭和二四）年新制となった上智大学英文学科に入学した。現在の聖イグナチオ教会付近に建てられた通称カマボコ校舎にある学生寮ボッシュタウンで、渡部昇一先生や史学科の鈴木宣明先生と一緒の学生時代を送っている（写真1）。当時ロゲンドルフ先生を中心としたドイツ人神父による授業は大変厳しかった。前述のシェイクスピアにはじまり、ほとんどのテキストを暗誦させられたという。音声学のノートなどが遺されていたが、そのメソッドは現在でも通じるものがある（写真2）。学生時代には野口啓佑先生、刈田先生に教わっている。ちょうど巽豊彦先生が講師としていらっしゃった時期で年代も近いこともあっていろいろとご指導いただいたそうだ（写真3と4）。

戦後の混乱期、その頃の学生たちの精神的柱であったボッシュ神父様の影響もあり、上智が社会福祉活動の拠点としていた町屋のセツルメントで「英語会」のセトラーとして活躍した。セツルメントでは刈田先生はじめロゲンドルフ先生など多くの英文学科関

（写真1）かまぼこ前全体写真

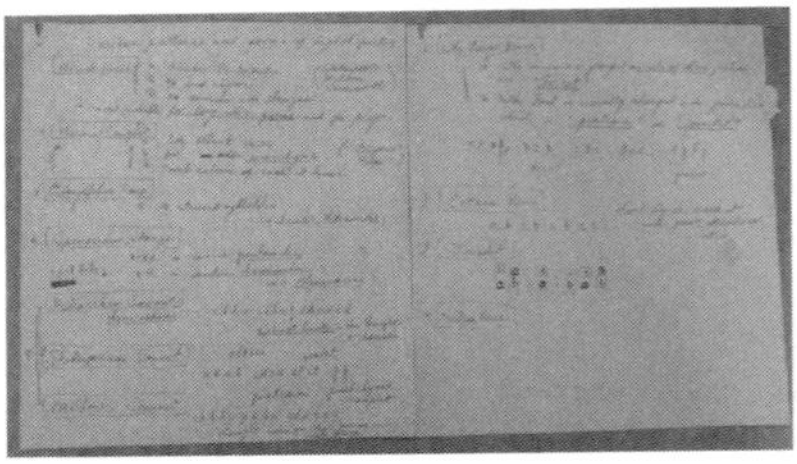
（写真2）授業ノート

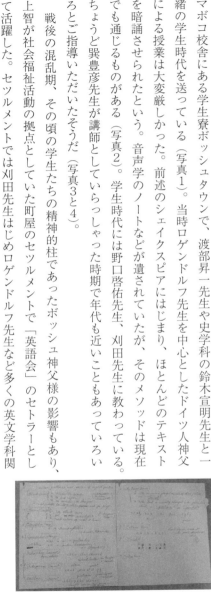

係者が子ども達に英語を教える活動をしていた（写真5と6）。ここで多くのアメリカ駐留軍の将校達と交流し、かつて敵国だったアメリカの懐の深さに感激したという。その後、急性喀血に罹ったとき当時入手困難だった抗生物質を大量に運んでくれた命の恩人でもあったとのちに聞かされた。闘病のため一年卒業が遅れ、高柳俊一先生と同じ学年で学び、卒業した。

多感な高校生の頃、親と同じ大学や職業を志望する学生はそういないのかもしれない。私は寮生活に憧れて上智大学の短期大学部で英語学を学ぶことを選択した。その時に最初にご指導いただいたのが巽豊彦先生だった。英文学の基礎を学んだ。そしてその面白さや奥深さに目覚めたのは赤尾博先生の演習だった。先生は父の同級生で、当時の学生時代の思い出などもお話してくださった。そこで初めて、実家の本棚にあるロゲンドルフ先生や刈田先生や巽先生の本が、魔法の宝箱を開けたときのように、数十年の封印を解かれたかのごとく、目の前に鮮やかな英文学の世界を繰り広げてくれたのである。

それから上智大学の英文学科に編入学し、刈田先生、渡部先生、高柳先生と、父の恩師であり同級生だった先生方に教わることとなる。銀祝のお祝いで来校した父と一緒に訪ねた刈田先生の研究室では、当時のテキストなどを見せてもらったり、これまでの歴史を伺ったり。授業開始と同時に教室に飛び込んだりすると、「君のお父さんの時代はロゲンドルフ先生にドアをロックされたものだ」とシニカルに笑われた高柳先生。

このような、上智大学の基礎を作ってこられた英文学科の先輩や先生方のお話を、ただただ楽しく聞いていているだけで書きとめてこなかったことが悔やまれる。

私が在学していた一九八〇年代の始まりは、上智は「女東大」といわれ、特に英語・

（写真4）英文学科クラス写真

（写真3）授業風景

英文の女子学生はキャンパスに華やかにあふれていた。語学の上智といわれていた時代。英文学科も九〇年の歴史のなかでまさに著名な先生方の業績とご活躍で黄金時代と言われ、私たち学生はマシー先生、ピーター・ミルワード先生、カリー先生、アルヴェス先生、ラブ先生の英語の授業に必死になって準備し、中野記偉先生、生地竹郎先生、安西徹雄先生、秋山健先生、佐藤正司先生、佐多真徳先生、別宮貞徳先生の演習では徹夜でレポートを書き上げた。高柳先生には卒論のメンターをお願いし、人生の中でこれほど勉強した日々はなかったと思っている。

平成に元号が変わってすぐに父は天国に旅立ったが、母によると私が同じ大学の英文学科に学び、さらにフランス語学科卒の同じソフィアンとクルトゥルハイム聖堂で結婚式をあげ、母校と強いつながりができたことが一番嬉しかったと語っていたそうだ。そのつながりを次代に引き継いでいくのが、幸せな学生時代を過ごさせてもらった母校への恩返しであり私の努めでもあり、父の遺志でもあると思っている。

父の追悼集を作成したとき、巻頭に記したのがシェイクスピアのソネット七一番。寝言に出てくるまで身体に染み込んだ一四行詩の暗誦を再び耳にしたのは、二〇一五年一月に開催した渡部昇一先生講演会の最後で先生が思い出としてソネット一八番を朗々と披露されたとき。時の流れをこえて英文学科の黎明期の風が会場を席巻したような気がした。

（写真５）セツルメントのロゲンドルフ先生

（写真６）英語会

# 第V部　追悼

渡部昇一先生追悼集会でのミルワード先生（2017年6月、英文学科同窓会主催）

渡部先生の葬儀ミサを司式するミルワード神父。この翌月、お別れの会として「追悼ミサ」が、やはりミルワード神父司式で執り行われた。

英文学科同窓会は二〇一四年の設立当初より、上智大学の中でも長い歴史と伝統をもつ英文学科の歩みをまとめた記念出版物の制作を目指してきました。

役員会で出版計画の骨子が作られていたその矢先、二〇一七年四月に渡部昇一先生が、八月にピーター・ミルワード先生が、相次いで他界されたことは、翌年の刊行を目指していた私共にとって、非常に大きな打撃でありました。

というのも、英文学科の先輩であり恩師でもあられた渡部先生、そして長年英文学科とともに歩まれたミルワード先生は、英文学科九〇年史の出版計画を大変喜ばれ、惜しみない協力をお約束くださっていたからです。

残念ながら、本書のためにお二人からお言葉を賜ることは叶いませんでした。

しかしミルワード先生が、先に他界した畏友・渡部先生を思って綴られた説教や、高柳先生が同志ミルワード先生のために綴られた説教には、英文学科を育ててこられた両先生の人となりが、大変味わい深く表現されています。

そこでこれらの説教を、両先生への追悼と尽きせぬ感謝の気持ちを込め、ここに掲載することといたします。

**編集委員一同**

# Homily for the Funeral Mass of Professor Watanabe Shoichi

渡部昇一先生葬儀ミサ（二〇一七年四月一九日、聖イグナチオ教会聖マリア聖堂）を司式された
ピーター・ミルワード神父の説教メモ（このメモをもとに、説教は日本語で行われた。）

Homily for the Funeral Mass of Professor Watanabe Shoichi
At the Church of St Ignatius, Sei Maria Seido, 10.30 am, April 19, 2017
Preached by Fr Peter Milward SJ

When we heard the news of Professor Watanabe's death from heart failure last Monday, we were filled with amazement as well as grief at the passing of so famous a man.

Yes, he was indeed famous in Japan, as well as great in himself, even or especially in his country origin in distant Tsuruoka, in the prefecture of Yamagata, even a countryman like William Shakespeare and Jesus of Nazareth, even what is called a country bumpkin. Then he entered Sophia University, better known in Japan as Jochi Daigaku, at a time when anyone applying for entrance was willingly accepted, as contrasted with today. And then after a further degree at Münster in Germany, he became a teacher in the Department of English Literature, as my respected colleague, as well as chairman. There his speciality was Old English, centuries before the age of Shakespeare, and many of his good students went on, through my introduction, to study at Campion Hall, Oxford. But he didn't confine his interests to English, or to Sophia

University, but it was chiefly as a social critic (or *hyoronka*) that he became so famous in Japan, as what is called VIP, with so many books and articles, with a strong conservative and traditional tendency. But not only that. What I would rather emphasize on this occasion of his funeral, is that he was also a devout Catholic, a follower of Jesus Christ, whom we believe to be the incarnate Word of God, and as such he was not only VIP but also what I would call VUP, a Very Unimportant Person. After all, as we believe, Jesus Christ has come to call not the powerful or wise of this world, but the weak and even the foolish, and so he says, in today's Gospel, "Come to me all you who labor and are burdened, and I will give you rest", and again, "Learn of me, for I am meek and humble of heart." It is precisely for very ordinary people, for very insignificant people, for very unimportant people, like you and me, that he has come to embrace and assist us here on earth and to welcome us there in the kingdom of heaven. What he wishes to show each and all of us is his divine Love. Accordingly, we have no need of any feeling of sorrow at Professor Watanabe's departure, but rather joy that he has passed to what Shakespeare calls "a better life past fearing death". And especially this holy season of Easter I may add, "Amen"and "Alleluia".

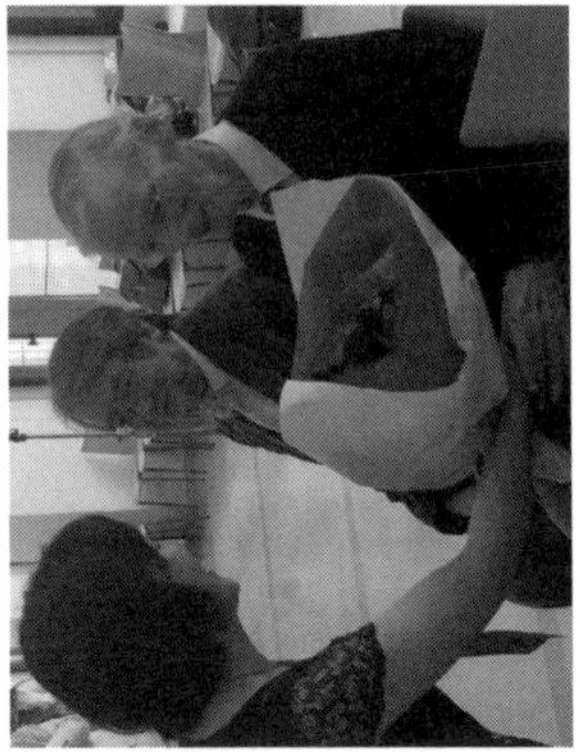
「ミルワード先生の卒寿を祝う会」で、渡部先生と（2015年6月、英文学科同窓会主催）

# 渡部昇一先生 追悼集会 ミルワード神父のことば

「英文学科同窓会　渡部昇一上智大学名誉教授追悼集会」（二〇一七年六月一〇日（土）上智大学一二号館）

先生が亡くなったと聞いたときはびっくりしました。そんなに早く亡くなるとは思わなかったです。

渡部昇一先生は有名な人でした。VIP、very important person、と言ってもよろしいでしょう。

世の中の誰もが渡部昇一先生のことをご存知だったでしょう。しかし、VIPは天国ではそんなに受け入れられないと思います。福音書で読まれているようにVIPは天国ではあまり歓迎されない、歓迎されるのはVUP、very **unimportant person,** なのです。

渡部昇一先生はある意味ではVUPと言ってよろしいでしょう。なぜならば、もともと出身は山形の鶴岡という田舎町でした。彼はイエス様やシェイクスピアもそうであったように全くの田舎者だったのでした。私は一九六二年より上智大学英文学科で教えてきましたが、それ以来渡部昇一先生と親しくしてきました。彼は有名になっていきましたが、こころは常に「田舎者のこころ」を持っておいででした。ですから、彼は間違いなく天国に歓迎されると思います。

マタイの福音書によりますと、イエス様は偉い人のためにおられるのではなく、弱い人のためにおられます。「疲れた者、重荷を負った者は私のもとへ来なさい。休ませてあげよう。」（マタイ一一・二八）

最後に、イースターの季節が終わりました。イースターの時に特別なことばがあります。「ハレルヤ」。ラテン語では「アレルヤ」、神に賛美という意味です。心の中で賛美を、まるでヘンデルのコーラスのように、「アレルヤ」と「アーメン」を何度も何度も繰り返します。

私のささやかな説教を終わります。

# ピーター・ミルワード先生葬儀ミサ説教（高柳俊一神父）

二〇一七年八月二二日（火）、聖イグナチオ教会主聖堂

（司式＝イエズス会日本管区長レンゾ・デ・ルカ神父）

本年は数ヶ月前に、名誉教授の渡部昇一氏が他界され、続いて私が米国留学から戻った時の最初の学生の一人だった永盛一氏が亡くなられました。ミルワード神父が本年帰天された三人目ということになります。英文学科の黄金時代が過ぎ去っていくのを感じます。九一歳のミルワード神父は、つい二・三週間前に入院されるまでお達者で、その間、かつ、いつも執筆の手を休められず、最後に入院される日まで続けておられました。

おしなべて平均寿命が年々長くなることと合わせて、そのことを思いながら、ふと私の脳裏にシェイクスピアの後期のロマンス劇『シンベリーン』の以下の言葉が浮かび上がってきました。

“By medicine life may be prolonged, yet death will seize the doctors too” (*Cymbeline*, Scene V)

（医学によって人の人生は長くなるかもしれないが、それでも死は医者たちも捕まえてしまうだろう）

ミルワード神父を含む私たち四・五人ほどが朝食のためにいつも同じ、六時半に食堂に現れていました。彼はテーブルの会話ではほとんど毎日のように、シェイクスピアの言葉を暗唱し「駄洒落」を連発していました。だからシェイクスピアのこの言葉をいまミルワード神父に捧げようと思います。なにしろ彼にとってシェイクスピアの言葉は聖書の言葉と同じ重みを持っていたからです。

ミルワード神父は一九二五年一〇月一二日、ロンドン南郊外の瀟洒《しょうしゃ》なバーンズという地区で生まれ、以後ウィンブルドンで中等教育を終えるまで父母のもとで育てられました。ウィンブルドンは有名なテニス場があり国際試合が

執り行われるところですが、かつて七・八年前までは、大げさにいえば、そこの教会はロンドン郊外のイエズス会英国管区の一大司牧拠点であり、教会の他に、中高学校がありました。現在は教区が受け持つようになったということを、英国の有名な知識人向けのカトリック週刊誌 *Tablet* で何年か前に読んだと思います。

ミルワード神父のご両親はともにカトリックでありましたが、お父さんは改宗者、おそらく母親がもとからのカトリックであったということを、戦後まもなく、落ち着いた時、祖国ドイツに帰郷し日本へ戻る途中にロンドンに寄ってミルワード神父の父母を訪ねたロゲンドルフ先生から聞かされています。家族は両親と弟と妹、五人家族だったようです。今ではご両親はもちろん他界されているでしょうが、弟さんと妹さんはどうされているのか、その考えがふと私の脳裏を横切ります。ミルワード神父の手がけた多くの教科書の中に父親との手紙のやり取りがテクストになっているものもあったと思います。しかし彼は家族について語られることはほとんどありませんでした。そこがドイツのラインラント地方で生まれ育ったオープンな性格のロゲンドルフ神父との違いでした。

ミルワード神父はイエズス会に入会、修練期を経て哲学を学び、普通だったら将来、オックスフォード大学で古典語を教えるか、いくつかあった中高の一つに派遣されて一生を送っていたことでしょう。しかし彼は日本に行くことを選び、志願し、一九五五年秋来日し、二年間日本語を学び、日本語習得中、横須賀に近い田浦から週一回、四谷の上智で英文学を教え始めました。

上智大学は同じイエズス会でもドイツ管区にまかされており、英文学科でもロゲン、ロゲンドルフといったドイツからの人材が英国のケンブリッジ、ロンドン大学で学位を取り、来日し、学科の中心を占めていたのでした。この状態は私たちが入学した一九五一年でもあまり変わってはいませんでした。ネイティブ・スピーカー（といってもにわかごしらえで送り込まれた米国人のイエズス会員）は一・二年生に英語力を徹底的に教え込むことに専念していました。

ミルワード神父は英国管区とはあまり関係のなかった日本宣教区に志願して来日したわけで、日本語学校二年終了後、すぐ石神井の神学院で四年間神学を学び三年目に司祭に叙階され、その後一〇ヶ月ほどの第三修練期を広島で行った後、上智の英文学科で教え始め、以後七〇歳まで教鞭をとられ、その後、執筆と公開講座で教えることをつづけていました。今では珍しくなった学生のための夏休み英国旅行を組織し、引率するのを二〇年間くらい続けてこられました。結局彼は六二年を日本、四谷のキャンパスで過ごされたわけです。

戦後、スペイン、南欧等々のイエズス会の若者の間に日本熱が盛り上がり、一九六〇年代後半まで、各国から神学生が続々とやってくるようになりましたが、英国からは後のミルワード神父が最初であり、その後三人ほど来日しましたが、最後まで残ったのは最初に来日した彼と、もう一人の英語学科のマイク・ミルワードだけでした。だから上智の共同体で最後は唯一の英国人の一人ということで、貴重な存在でありました。

巷ではアメリカ文学が隆盛を極め、戦前のイギリス英語に代わってアメリカ英語が勢いをふるっていました。だからブリティッシュ・イングリッシュは希少価値がありました。そういうわけでミルワード神父の大活躍の下地はできていました。おまけに彼はオックスフォードの学位を持っていましたので、日本英文学会、シェイクスピア学会などで注目され、長らくそれぞれの学会で活躍し、重要視される人物であり、率直に言って残念ながら我々イエズス会員の後続の中に彼の活躍を受け継ぐ人材が当面見当たらないことでありましょう。

一つ、彼についての逸話を紹介しましょう。まだ神学の課程をはじめたばかりのミルワード神学生は、当時、日本管区長との面談の折、新約聖書学を専門に研究して、将来聖書学を教えたいと訴えたようです。当時のアルペ管区長の答えは、河の流れの真ん中で乗っている馬を換えることはできないというものでした。

これが本当だったのか、アポクリファ、作り話だったのかはわかりません。とにかく、その後、司祭になった彼は、それから上智大学英文学科で熱心に七〇歳まで英文学を教えることになり、学会活動、多くの学術論文、さらには一般向け英語教科書、副読本を休みなく執筆し、出版されたことは驚嘆せざるを得ません。それらは文学の知識を通して我が国民をキリスト教精神に目覚めさせ、カトリックの教えに導く意図があったわけです。

さてミルワード神父の性格はイノセントで、多少、いや大いに、常識はずれ、あのチェスタトンの名作探偵小説の主人公ブラウン神父を思わせるものでした。誰かが彼のことをabsent-minded professorと呼んでも、彼は笑いながら自分からそれを使い、自称し、逆用していたものでした。確かに、彼がどうやって、どのようなことがきっかけで、この日本に行くことを決意したのかはわかりません。それを語ってもらいたかったと思いましたが、英国人の国民性には日本人の遠慮とか恥ずかしさの感覚に通じるreserveというものがあるようです。しかしabsent-mindedといわれても、彼はそれを越えて向こう側を見る、見たいと希求していたに違いありません。彼が他界した今、彼のinnocence, absent-mindednessは、そこから出てきたのではないかと思わせられるのです。

ミルワード神父の生涯はユーモアと駄洒落で人を喜ばせる一生でありました。そして彼は今、聖パウロとともにまじめに、真剣になって言うでしょう。

死よ、お前の勝利はどこにあるのか。
死よ、お前のとげはどこにあるのか。
（Ⅰコリント一五章五五節）

ミルワード先生、ご遺影

2017年10月8日英文学科同窓会主催の「ミルワード先生追悼会」にて。（左から）巽孝之先生、山本浩先生、高柳俊一先生、中野記偉先生、大塚寿郎先生、田村真弓先生。

あとがきに代えて

# 「上智英文」の歴史を歴史化する

「上智の英文学科の歴史をまとめた書物を発行したいと同窓会で検討しているのですが、加藤君、編集長をやりませんか。」――英文学科同窓会会長である巽孝之先生からそうお声掛けいただいたのは二〇一七年六月のこと。それから一年足らずで上智英文の学問的伝統の総括、教授陣のプロファイル、そして卒業生の多彩な活躍ぶりを総観できる本の出版が実現できたのは、まさに奇跡としか言いようがありません。すべては企画、編集、執筆にご協力、ご尽力いただいた同窓生の皆様の母校への愛、なにより学恩に報いたいという衷情の賜物と、まずは心より御礼申し上げたいと思います。

私はかねてから、お世話になった先生方がお元気なうちに、世代や専門領域を超えて上智英文出身の研究者たちが集い、学恩に対する謝意を伝えられるような機会をつくれたら、という漠然とした想いを抱いておりました。そのささやかな試みとして、二〇一七年五月二一日、静岡大学で行われた第八九回日本英文学会全国大会で、私は大会準備委員として高柳俊一先生の「招待発表」を企画し、その司会を巽孝之先生にお願い致しました。上智の黄金時代を導かれ、八五歳を過ぎてもなお、国内外でご活躍の高柳先生と、三〇余年に渡り日本の人文学研究を牽引してこられた巽先生――二一世紀の現在、上智の英米文学研究の伝統を支える両輪とでもいうべきお二人が揃ったならば、上智英文出身の研究者たちを一つに結びつける特別な時空間を日本英文学会でつくり出せるのではないかと思ったからです。そのとき、この試みがより大きな出版プロジェクトへと発展するとは夢にも思っていませんでした。

私が『上智英文90年』の出版企画に加えていただいたのは、この学会後のことです。平野由紀子副会長が二〇一四年の英文学科同窓会発足以来あたためていらした「記念出版」のアイデアを形にするべく、同窓会役員に大学で教鞭をとる精鋭数名が編集委員として加わり、二〇一七年夏、編集委員会が立ち上がりました。巽会長の大きなヴィジョンに基づき作成した企画・構成案をたたき台に、プロファイルや各界で活躍する卒業生のリストの検討を重ね、全六回の編集会議と無数のメールのやり取りを通じて企画は前進してまいりました。出版社探しから原稿執筆依頼、歴史資料の調査、インタビューとその編集、執筆まで、幾つかの試練を乗り越えつつも、メンバーの叡智と経験、広い人脈を結集しながら、ソフィアンズならではチームワークで作業を進め、この度の記念すべき出版に至った次第です。

今回の出版企画は、懐かしい思い出を語るだけの「記念誌」ではなく、上智英文の学問的達成、伝統の継承、発展について詳述した歴史資料ともなる「記念出版」であることにこだわりました。上智英文の黎明からロゲンドルフ神父様が「黄金時代」と呼ばれた時代を築かれた先生方と、幸運にもそこで青春時代を過ごしたかつての学生たちの「声」と「記憶」を呼び集め、二〇世紀のある時点で「上智英文」が放っていた圧倒的な「輝き」の実像を明らかにすること——それこそを本書の第一のねらいといたしました。

そこでまず「第Ⅱ部　90年の歩み」の冒頭「〈特別企画〉高柳×巽 対談」で、上智英文の「黄金時代」の立役者のお一人である高柳先生に、ご自身が入学された戦後間もない黎明期から、発展期、そして一九七〇年代から八〇年代にかけての「黄金時代」へと向かう上智英文の歩みを、当時の同僚でいらした巽豊彦先生のご子息でもある巽孝之先生とともに辿っていただきました。イエズス会の学匠司祭を中心とした教授陣、キリスト教精神に基づいた少人数制の教育、日々の英語の多読、ライティングの課題など、上智英文の「輝き」の鍵をそこで解き明かしてくださっています。次に本書では各教授陣のプロファイルの前に、敢えて「学問的伝統の総括」のページを設け、英文学、米文学、英語学の各分野の最前線でご活躍のお三方に上智英文の学問的伝統の全体の見取り図を示していただきました。その上でプロファイルをお読みいただくと、学科内の布陣、学問的系譜がよくわかるという構成になっています。プロファイルは、それぞれの先生のご研究を熟知され、継承されている「一番弟子」ともいえる先生方にご執筆いただきました。そして研究のみならず、教育、お人柄など、エピソードを交えながら、各先生の人生の歩みを多面的に捉えていただいています。続く「英文学科関連学会・研究会など」では、ゼミのない上智英文に特徴的な文化ともいえる「研究会」についても詳述しています。博識な先輩に追いつき追い越せと仲間たちとともに切磋琢磨しながら文学研究のノウハウを学ぶ。師弟関係とは違った上智英文の学びのスタイルで、学生時代、文学のベンキョーを大いに楽しんだ卒業生たちの多くが、現在、全国の大学で英米文学や英語学を講じ、文学を読むことの醍醐味を次世代へと伝えていることがおわかりいただけるはずです。

「第Ⅲ部　社会へ・世界へ――卒業生たちの活躍」では、上智英文での学びが現在のお仕事にどう活かされているのか、政治、経済、法曹界、文壇、マスコミ、音楽、研究、教育など、国内外のさまざまな領域でご活躍の卒業生の方々に綴っていただきました。大学時代に英米文学・英語学を学び、深い教養を身につけることで、いかにその後の人生の伸び幅が大きくなり、時代をリードする人材へと成長していかれるのか。人文学系の学問の意義が問われ、実学に重きが置かれようとされている今だからこそ、このセクションは大学・文学研究関係者だけでなく、官公庁や企業関係者、受験生やそのご父兄の方にも読んでいただきたいと思っています。そして「第Ⅳ部 卒業生の声――私の過ごした上智英文の教育の多様性」では、授業や研究会を越えた上智英文の師弟間、世代間のつながりを扱っています。長期休暇に未知の世界へと学生たちを誘って下さったマシー先生のフィリピンツアーやアルヴェス先生のヨーロッパツアー、現在まで続く師弟関係、恩師との出会いと別れ、上智英文がつなぐ父娘の絆などから、上智英文の教育が教室での学びを越えた「全人的なもの」であったことが感じられることでしょう。

『上智英文90年』を編むにあたり、六〇名近い方に原稿執筆のご依頼をして何より驚き、嬉しく思ったのは、ご多忙を極めていらっしゃる方ばかりであったうえ、タイトなスケジュールでのお願いだったにもかかわらず、九割以上の卒業生、関係者の皆様が、とても快く執筆をお引き受け下さったことでした。そうして届いた玉稿のひとつひとつからは、恩師の学問的ご貢献、お人柄を、責任を持って記したい、学恩に報いるべく努力を重ねてきて今の自分があることに感謝したいといった熱い思いが伝わってくるとともに、それぞれの心の奥に秘めた宝石箱を開いたかのように、上智英文で過ごしたキラキラとした時間が飛び出してくるようでした。遅刻すると閉じられてしまう教室の扉、敬愛する先生からの激励の言葉、博学多才な先輩や流暢な英語を話す帰国子女に抱いた羨望や劣等感、喫茶店大学に差し込む午後の光――違うときに過ごした時間、空間のはずなのに、「上智英文」での経験を語る言葉からは、どこか懐かしい声、音、空気、光、匂いが立ちのぼり、かつて見た景色が思い起こされるように感じられるから不思議です。皆様からお預かりした玉稿を拝読しながら、私自身、胸や目頭が熱くなることもしばしばございました。卒業生だけでなく、この本を手にしていただいた皆様に同じ感覚をご経験いただけたら幸いと存じます。

先述した通り、上智英文の記憶／歴史を記述し、その永続性を担保することが本書の第一のねらいなのですが、本出版企画には、実はもう一つのねらいが秘められています。それは「上智英文の歴史を歴史化すること」、そして本書をそのための有益な資料とすることです。戦前、戦中、戦後にかけて、ドイツ、アメリカ、イギリスからイエズス会の学匠司祭が、故郷を遠く離れてミッショナリーとして日本に渡り、英米文学、キリスト教文学、そして英語学を教えたこと。その無償の愛をもって施された全人格的教育で、文学・文化・言語の深い教養を身につけ、語学力に優れた卒業生が多く輩出され、「上智英文」が大きく躍進を遂げたこと。それは大きな歴史の流れのなかでの一過性の出来事に過ぎなかったのでしょうか。中小の大学が次々に「英文学科」の看板を下ろし、「英語コミュニケーション学科」や「国際グローバル学科」などと名称を変えたり、英米文学が再定義され、「世界文学」として英語文学を研究・教育していくことが求められたりしているご時勢のなかで、二〇世紀の日本の諸大学における英文学科の果たした役割をあらためて問い直そうという動きが起こりはじめています。英文学研究、英文学科の歴史自体が研究の対象となりつつある今、『上智英文90年』は必ず、その貴重な歴史資料としての価値を帯びてくることでしょう。

上智大学文学部英文学科創立九〇年の記念すべきこの年に、このようなかたちで本書を世に問うことができますことは、監修いただいた高柳俊一先生、巽孝之先生はじめ、ご執筆にご協力いただいた卒業生の皆様、企画から編集までご尽力くださった同窓会役員、および編集委員の皆様のお蔭と、あらためて心より御礼申し上げます。また年度の変わり目のご多忙の折、ご祝辞をお寄せくださった上智学院理事長、前理事長、上智大学学長、英文学科長、ソフィア会会長にも深く謝意を表したいと思います。そして超過密なスケジュールをこなされながらも、超人的なスピードで、でも息をするように編集作業をおすすめくださった彩流社の高梨治様には感謝してもしきれません。

最後に本書を、上智英文九〇年の歴史を築かれ、限りない愛を私どもに注いでくださった先生方、特に本書の出版を待ち望んでくださっていた渡部昇一先生、ピーター・ミルワード先生の御魂に捧げたいと思います。

そしていまから一〇年後の二〇二八年、上智英文が一〇〇周年を迎えるとき、このバトンをより若い世代の方々が引き継いで、さらに充実した『上智英文一〇〇年』を編んでくださることを祈念しております。そして、時代の流れに翻弄されることなく「上智英文」がますますの進化を遂げ、私たちの学び舎の伝統、歩みが永遠に続きますように。

二〇一八年四月

『上智英文90年』編集長　加藤めぐみ

Literature: Toyohiko Tatsumi, Sadanori Bekku, Takeo Oiji, Kii Nakano, Shunichi Takayanagi, Tetsuo Anzai; 2) American Literature: Motoshi Karita, Masunori Sata, Ken Akiyama, Yuzaburo Shibuya; 3) Philology and Grammar: Shoichi Watanabe and Yoshiaki Kanaguchi. What matters most is that these talented professors not only taught students enthusiastically but also kept publishing sophisticated articles and academic monographs, some of which became bestsellers. Hence, this was the golden age of Sophia's Department of English Literature.

Thus, it is very natural for the Sophia Englit Alumni Association, which was established on the occasion of the centenary of the university, to plan to edit a history of our department to celebrate its 90th anniversary. While editing the book, our editorial committee, chaired by Professor Megumi Kato, got excited about a number of historical facts that might have otherwise remained unknown. Therefore, we would like you all to share the joy of rediscovering our department as well as enjoying its annual Homecoming Day, for Sophia Englit has been and will remain your home.

From Left to Right: Prof. Ken Akiyama, Prof.Shoichi Watanabe, Prof. Hisao Kanaseki and Prof. Motoshi Karita

# SOPHIA ENGLIT 90: an Introduction

**Takayuki Tatsumi**
(Professor of English, Keio University / President, Sophia Englit Alumni Association)

While 2013 saw the centenary of Sophia University, 2018 sees the 90th anniversary of its Department of English Literature (Englit). Imbibing profoundly the spirit of Saint Francis Xavier, the first Christian missionary in Japan in the 16th century, Sophia University, from the beginning, has guaranteed academic freedom on its campus, with S.J. House as its center. Located in the capital of Japan, Sophia's campus has served as a kind of extraterritorial space totally free from whatever is political, filled with scholar-priests from many countries teaching traditional and interdisciplinary classes based upon extensive research and cutting-edge scholarship. Even during World War II, Professor Joseph Roggendorf avoided censorship and continued holding cultural meetings within the Kulturheim, inviting a pianist to play Debussy's "The Sunken Cathedral" and giving a lecture on the immortality of love. Without these unique circumstances Sophia University could not have acquired its brilliant reputation as an international institution in the High Growth Period, which encouraged the development of Sophia's English Literature Department itself.

Although it was Nicholas Roggen and Joseph Roggendorf, Jesuits from Germany, who established the Department of English Literature, postwar Sophia welcomed Anglo-American Jesuit scholars such as the noted Shakespearean Peter Milward, the literary Americanist Francis Mathy and the comparative literature scholar William Currie. The High Growth Period coincided with the academic advancement of Japanese professors of the department: 1) English

**難波田紀夫**（なんば・たきお）元桐朋学園大学教授　69卒
**難波雅紀**（なんば・まさのり）実践女子大学文学部英文学科教授　88院修了
**西 能史**（にし・たかし）上智大学文学部英文学科准教授　97院修了
**野谷啓二**（のたに・けいじ）神戸大学国際文化学研究科教授　79卒
**平野由紀子＊**（ひらの・ゆきこ）世田谷区立桜丘中学校・尾山台中学校講師　82卒
**牧 隆士**（まき・たかし）童話作家 83卒
**宮脇俊文**（みやわき・としふみ）成蹊大学経済学部教授　77卒
**森下正昭**（もりした・まさあき）立命館アジア太平洋大学国際経営学部准教授　90卒
**森本真一**（もりもと・しんいち）昭和女子大学名誉教授　74卒
**山口和彦**（やまぐち・かずひこ）上智大学文学部英文学科准教授　94卒
**ヤマモト＝ウィルソン、ジョン**（John R. Yamamoto-Wilson）元上智大学文学部英文学科教授
**山本 浩**（やまもと・ひろし）上智大学短期大学部学長　70卒
**吉田紀容美＊**（よしだ・きよみ）東海大学非常勤講師　82卒
**渡辺亜紀**（わたなべ・あき）（株）アルマ代表取締役　90卒

＊印は「編集委員」を兼務
上智英文出身者は学部の卒年のみ表記、他大学出身者は院修了／満退年を示した。

所属は2018年4月現在（五十音順）、第Ⅰ部、第Ⅲ部の執筆者については本文参照のこと。

【上智大学文学部英文学科同窓会】

［会長］＊巽 孝之　78 卒

［副会長］高柳俊一　54 卒　細川佳代子　66 卒　＊平野由紀子　82 卒
　今井雅人　85 卒

［事務局長］＊蓮沼尚子　85 卒　　［監事］山本 浩　70 卒

［顧問］池田 真 英文学科長

［役員］＊竹之内祥子　78 卒　鴨志田紀子　82 卒　＊吉田紀容美　82 卒
　＊桑山真里子　83 卒　杉本清美　92 卒　＊下永裕基　97 卒
　＊田村真弓　98 卒　井畑里佳子　11 卒

【執筆者】

**青山義孝**（あおやま・よしたか）甲南大学文学部英米文学科教授　73 卒

**網代 敦**（あじろ・あつし）大東文化大学文学部英米文学科教授　80 院修了

**飯田純也**（いいだ・じゅんや）上智大学短期大学部英語科准教授　79 卒

**石塚久郎＊**（いしづか・ひさお）専修大学文学部英語英米文学科教授　87 卒

**今里智晃**（いまざと・ちあき）広島大学名誉教授　71 卒

**織田哲司**（おだ・てつじ）明治大学農学部教授　88 卒

**小野 昌**（おの・まさる）元城西大学教授　68 卒

**小室龍之介＊**（こむろ・りゅうのすけ）上智大学言語教育研究センター非常勤講師　07 院満退

**下永裕基＊**（しもなが・ゆうき）明治大学農学部専任講師　97 卒

**杉野健太郎＊**（すぎの・けんたろう）信州大学人文学部教授 文哲 83 卒 / 文英 87 卒

**鈴木淑美**（すずき・としみ）翻訳家　外英 85 卒

**田所真理子**（たどころ・まりこ）SJ ハウス職員　77 卒

**田中みんね＊**（たなか・みんね）上智大学言語教育研究センター非常勤講師 94 卒

**田村真弓＊**（たむら・まゆみ）大東文化大学法学部准教授　98 卒

**徳永守儀**（とくなが・もりよし）東洋大学文学部名誉教授　55 卒

**外岡尚美**（とのおか・なおみ）青山学院大学文学部英米文学科教授　82 卒

**長瀬浩平＊**（ながせ・こうへい）桐朋学園大学教授　84 卒

【監修者】

**高柳俊一**（たかやなぎ・しゅんいち）

1932 年新潟県生まれ。 1954 年、上智大学文学部英文学科卒業。 1958 年、フォーダム大学大学院から博士号を、1970 年、ドイツのザンクト・ゲオルゲン神学院より神学修士号を取得。上智大学文学部英文学科教授を務め、英文学からキリスト教神学まで幅広く研究。代表作に『ユートピアと都市』（産業能率短期大学出版部、1975 年）、『精神史のなかの英文学』（南窓社、1977 年）、『Ｔ・Ｓ・エリオット研究』（南窓社、1987 年）他多数。

**巽 孝之**（たつみ・たかゆき）

1955 年東京都生まれ。 1978 年、上智大学文学部英文学科卒業。 1983 年、同大学院博士課程を単位取得満期退学。 1987 年 8 月、コーネル大学大学院博士課程修了（ Ph.D.）。現在、慶應義塾大学文学部英米文学専攻教授。アメリカ文学、現代批評理論専攻。代表作に『ニュー・アメリカニズム』（青土社、1995 年）、『モダニズムの惑星』（岩波書店、2013 年）、*Full Metal Apache* (Duke UP, 2006) 他多数。

【編集長】

**加藤めぐみ**（かとう・めぐみ）

1967 年東京都生まれ。1990 年、上智大学文学部英文学科卒業。1997 年、同大学院博士課程を単位取得満期退学。上智大学非常勤講師、東京学芸大学特任講師を経て、現在、都留文科大学文学部英文学科准教授。イギリス文学・文化専攻。共著に『ポスト・ヘリテージ映画』（上智大学出版、2010 年）、『終わらないフェミニズム』（研究社、2016 年）、『英国ミドルブラウ文化研究の挑戦』（中央大学出版部、2018 年）など。


**上智《じょうち》英文《えいぶん》90年《ねん》**

二〇一八年五月十五日　初版第一刷

監修者――高柳俊一／巽 孝之

編者――上智大学文学部英文学科同窓会

発行者――竹内淳夫

発行所――株式会社 彩流社

〒102-0071

東京都千代田区富士見2-2-2

電話：03-3234-5931

ファックス：03-3234-5932

E-mail：sairyusha@sairyusha.co.jp

Sairyusha

印刷――モリモト印刷（株）

製本――（株）難波製本

装丁――渡辺将史





ISBN978-4-7791-2487-7 C0098

http://www.sairyusha.co.jp